「狻《さん》猊《げい》、全部燃やせ。
燃えるものがなくなるほど、
風すらも燃やして消し飛ばせ！」
はぐれ皇子と
破国の炎魔
～龍久国継承戦～

紅《こう》運《うん》
長らく大魔を持たなかった第九皇子。基本はいじけ気味だったが、ときに思い切りが良すぎて兄弟の皇子に驚かれることも。絵が下手。
狻《さん》猊《げい》
かつて都の半分を燃やしたとされる凶暴な大魔。ガラは悪いが紅運の身を案じているようでもある。猫科っぽさが見えることがある。

白《はく》雄《ゆう》
文武両道で誰にも弱みを見せない第二皇子。庶民感覚に疎いところがある。使役する大魔・贔屓《ひき》は重力を操る。
桃《とう》華《か》
紅運の幼なじみ。宮廷の暗殺部隊に所属しており、紅運より武術に優れている。
青《せい》燕《えん》
身分の低い者にも平等で心優しい第六皇子。使役する大魔・蚣蝮《はか》は水を操る。

燃え盛る獅子が重みで傾ぐ馬車を引きながら駆け抜け、
その窓からひとつの影が飛び降りた。
「紅運!?」

はぐれ皇子と破国の炎魔

～龍久国継承戦～

木古おうみ
illustration 鴉羽凛燈

口絵・本文イラスト
鴉羽凛燈

装丁
木村デザイン・ラボ

龍久国宮殿周辺図

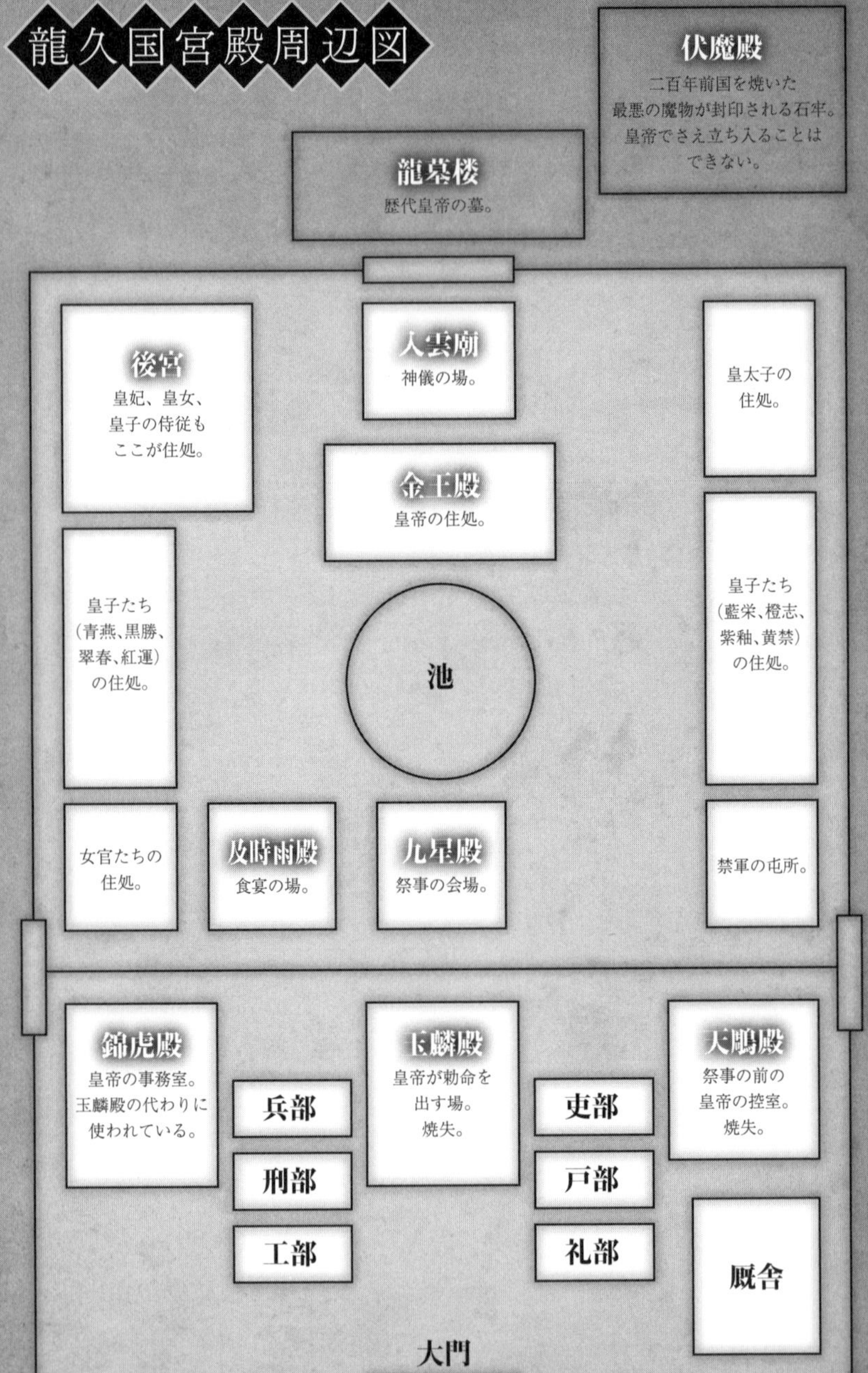

本書は、2022年カクヨムで実施された「「戦うイケメン」中編コンテスト」で優秀賞を受賞した
「龍久国継承戦：九人の皇子と九柱の大魔」を加筆修正したものです。

プロローグ

夕暮れの空より濃い深紅の楼閣が聳《そび》える宮殿の裏、忘れられたようにひっそりと立つ厩舎《きゅうしゃ》に、ひとりの少年がいた。

束ねた黒髪に、炎のように赤い瞳《ひとみ》の少年・紅運《こううん》は馬桶《うまおけ》の水でかじかんだ手を、馬小屋当番のような質素な服で拭《ぬぐ》う。紅運が腹を撫《な》でると馬は嬉《うれ》しそうに鼻を鳴らした。彼が笑みを漏らしたとき、厩舎に小さな影が飛び込んできた。脇目も振らず駆けてきた少女は衣の裾《すそ》が汚れるのも構わず、藁《わら》に突っ伏して泣き出した。大声に怯《おび》える馬を宥《なだ》め、紅運は躊躇《ためら》いがちに柱の陰から顔を覗《のぞ》かせた。

「……何かあったのか？」

思いもしなかった声に少女が跳ね起きる。彼女は咄嗟《とっさ》に逃げようとしたが、紅運の身なりを見て安堵《あんど》したのか嗚咽《おえつ》交じりに呟《つぶや》いた。

「女官長に叱《しか》られて……」

紅運は少女から少し距離を置いた場所に座った。目をこする幼い仕草から、後宮に入ったばかりの女官だろうと思う。

「もう嫌。父と母は上手《うま》くいけば皇子様に見初められて御妃様になれるなんて言ったけど、雑用ばかりだし、皆厳しくて、綺麗《きれい》なだけで最低の場所よ」

「王宮には魔物が棲んでいるからな」

少女は不思議そうに顔を上げた。

「俺の……知り合いの侍従から聞いた昔の諺《ことわざ》だ。皆が権力を求めて競い合ってる。まともな人間は生きられない場所だ」

「本当ね」

くすりと笑った少女に紅運も苦笑を返すと、頭上から馬が彼に鼻先を押し付けてきた。

「よく懐いているのね。昔から馬小屋当番なの？」

「いや、当番じゃ……」

「紅運様！」

紅運が言葉を濁したとき、厩舎の戸を開け放った侍従が声を上げた。

「皇子ともあろう方が何というお姿です。疾くお越しを。皇太子殿下がお待ちかねですよ」

少女が息を呑《の》む音が聞こえた。紅運は目を伏せて足早に厩舎を出る。馬が寂しげに一声鳴いた。

侍従の後を歩きながら、声などかけなければよかったと紅運は思う。あの少女に何と思われただろう。変わり者皇子に声をかけられたと噂《うわさ》を流されるかもしれない。思わず慰めようとしたのは、彼女の年や姿が、自分のよく知る少女に重なったからだ。尤《もっと》も、あの娘なら啜《すす》り泣《な》くどころか、相手に平手でも食らわせていただろう。

そう思ったとき、紅運には歩調も合わせなかった侍従が足を止め、深々と礼をした。

「白雄《はくゆう》様、お連れいたしました」

「ご苦労でした」

凛《りん》とした声が返った。目の前に悠然と佇《たたず》む青年がいた。流れるような黒髪には乱れひとつなく、庶民のような平服を纏《まと》っていても振る舞いから高貴さが滲《にじ》んでいた。

「紅運、また厩舎にいたのですか」

紅運の服から藁と泥が落ちた。侍従が同じ皇子で何たる違いかと言いたげな視線を投げる。

「宮で欠かせぬ仕事を学ぶのは善きことです。それに、戦では馬と心を通わせるのが第一ですから」

第一皇子・白雄は微笑《ほほえ》んだ。文武だけでなく優れた美貌《びぼう》を謳《うた》われる彼の面差しには、ひとに安らぎを与える穏やかさがあった。

「戦に出る機会なんか回ってこないさ。そっちこその服はどうしたんだ」

紅運は俯《うつむ》きがちに聞いた。平服の裾をつまんでから、白雄は澱《よど》みなく答えた。

「事前に伝えた通り、今宵《こよい》は街に赴きます。都を脅かす夜盗を退治し、民の憂いを払う。いつもの装いでは目立ってしまいますから」

「夜盗狩りなら刑部に任せればいいだろう」

「ただの夜盗ならそうです。しかし、此度のそれは面妖《めんよう》な術を使い、魔物すら使役する謎の盗賊と専らの噂。妖魔《ようま》退治なら我らが赴かなくては」

白雄が視線を向けると、都で咎人《とがびと》を取り締まる刑部の面々が現れた。

「夜盗は昨夜も？」

白雄の問いにひとりの男が口を開く。

「はい、都城への出入には目を光らせてはおりますが、まるで鼠のように潜り込み、我々が駆けつける前に姿を消すのです」

彼の顔に不安の色を感じ取り、白雄は柔和な笑みを見せた。

「ご心配なく。刑部は妖魔ではなくひとを咎めるもの。門の違う責を問うほど私の目は曇っていませんよ」

男は頰《ほお》を緩めてから気遣わしげに手を揉《も》んだ。

「恐れながら、紅運様も行啓なさるのですか」

紅運は唇を嚙《か》む。そう聞かれることは予想していた。皇子たちが其々一芸に秀でる中、何の才も持たない末端の九男。それが紅運の宮廷での評価だった。黙りこくる彼に代わって白雄が答えた。

「勿論《もちろん》です。伏魔の力を持つ皇子たる者、妖魔との戦いでは常に前線に立つべし。彼ももう十六なのですから、その責務を負わねば」

「しかし……」

白雄は男に視線を送った。威圧ではなく、弟を叱る親に許しを請うような控えめな眼差《まなざ》しだった。刑部の男は諦《あきら》めたように身を引いた。

「行きたくないな……」

周囲に聞こえないよう紅運は呟いた。これから赴くのは比喩《ひゆ》ではなく、真の魔物が蠢《うごめ》く場所だ。

「中も外も化け物だらけだ」

空は既に夜の色に変わっていた。

都の大路を抜けると、宮廷の荘厳な光とは異なる猥雑《わいざつ》な灯《あか》りが滲み出した。妓楼や酒房から漏れる音楽と話し声を浴びながら、平民に偽装した紅運は兄の後ろを歩いていた。

「歓楽街に来るなんて…」

「伏兵は潜ませていますよ。大所帯は隠密には不向きでしょう」

「だったら、俺は必要ないじゃないか」

「偶には都もいいものでしょう？」

白雄は片目を瞑《つぶ》った。彼の言外の意図は紅運にもわかっていた。天子が病に倒れ、様々な政の後任を決める動きが水面下で起こっている。廷内に居場所のない弟が軍なり六部なり速やかに入れるよう、功績を作らせてやるのが真の目的だろう。

──次の王座に就くことがほぼ確定している白雄らしい余裕だ。俺は競争相手ですらない。

胸中で紅運が呟いたのを察したように、白雄は言った。

「宮廷には妖魔に関わる案件に派遣される部隊があります。今年から桃華《とうか》も登用されたのはご存知でしょう。この件で密偵として送った彼女はまだ戻っていません。貴方なら誰《だれ》よりも彼女のことがわかるかと」

紅運は目を逸《そ》らす。

「昔の話だ。最近はろくに話したこともない。第一、桃華が倒せない相手なら俺が太刀《たち》打《う》ちできるはずがないだろ」

桃華とはひとつ違いで、幼い頃《ころ》は同じ乳母《うば》に兄妹のように育てられた。兄たちや、武官である彼女の父から共に武術を学んだこともある。しかし、桃華が武芸の頭角を現すのにつれ、いつしか紅運は鍛錬で一本も取れなくなった。紅運が鍛錬をやめてから、会話を交わすことも殆《ほとん》どなくなった。

何処からか響いた笑い声が嘲笑《ちょうしょう》のように聞こえ、紅運は俯いた。

「知ってるだろ。俺は皇子が皆従えるはずの大魔を持っていない。妖魔を倒す術がないんだ」

白雄が穏やかに首を振った。

「皇子は伏魔の力のみで皇子となるに有らず。本懐は魔をも統べるという心構えです。古来、我らの祖先が巨大な龍を討ち、亡骸《なきがら》を国土とし、龍の落とし仔らを服従させた。それから、魔物との間に遺恨が生じ、今も魔物は皇族を真っ先に襲います。故に、皇子は常に民を守る盾であり、矛となるべし。今夜は貴方にそれを教えたい。だから、我儘《わがまま》を言って付き合わせました」

兄たちは自分を虐げも蔑《さげす》みもしない。下々の民に慈愛を向けるのと同じく、気遣うような眼差しを向ける。いっそ、悪心を向けられていれば気兼ねなく恨めるのにと思ったのも一度や二度ではない。

白雄は妓楼の二階を見上げた。

「不穏な影はここに。行きましょう」

紅運は護身用の短剣を手に取り、再び懐に収め直した。


戸を潜ると、酒瓶を持った妓女が会釈した。

「すみません、今夜はどなたもお通しするなと……」

彼女は白雄とその陰に隠れる紅運を見る。ふたりとも若く質素な装いだが、出で立ちからは高貴さが見て取れた。

「二階の最奥の房にいる御人に言伝があり伺いました」

白雄は耳飾りを片方外して差し出した。

「持ち合わせがこれしかなく……足りるでしょうか」

妓女は掌《てのひら》に乗せられたものを見て目を剥《む》いた。白雄が渡した翡翠《ひすい》は琅と呼ばれ、都に一軒家が建つほどの高級品だ。

紅運は呆《あき》れながらふたりの間に割って入る。

「若様は世俗に疎《うと》いんだ。これで何とかしてくれ」

女から翡翠を取り上げ、侍従から万一のためと渡された銭の袋を押し付けた。

「少々お待ちを」

妓女が慌ただしく奥へ消えたのを見送って、紅運は兄を睨《にら》んだ。

「何でもできるくせに金勘定はできないんだな」

「精進します……これでは不足でしたか？」

白雄が耳飾りを付け直したとき、二階から皿の割れる音がした。どろりとした重い空気が流れる。

白雄は紅運に一瞥《いちべつ》を向け、階段へ駆け出した。


「待ってくれ、速すぎる」

飛ぶように駆ける兄の背を追いながら、紅運が二階に辿《たど》り着《つ》いたとき、既に最奥の房が開け放たれていた。悲鳴が聞こえる。皿と酒瓶の破片が散乱した廊下を掻《か》き分《わ》け、紅運は足を速めた。

「白雄、一体何が……」

房に踏み入った紅運の頬を短剣が掠《かす》め、柱に突き刺さる。木片がぱらりと落ち、紅運は青ざめた。

「紅運！」

紅運の前に立ち塞《ふさ》がるように立っていた白雄が振り向いた。窓際に男が三人いる。ひとりは先程の悲鳴の主の妓女を抱え、刀を突きつけていた。紅運は歯を軋《きし》ませた。

「賊か……！」

中央に立つ年嵩《としかさ》の男が肩を竦《すく》めた。男は夜盗らしからぬ思慮深そうな細面で、学者のような長い袖《そで》と裾の荒事に向かない服を纏っていた。

「ここは一見の客は入れない格式ある楼なのだがな」

「貴方方が入れたならば格式には疑問がありますね」

白雄は二歩下がり、紅運を庇《かば》いながら夜盗と相対する。

「来るな、この女が死ぬぞ」

男のひとりが刀を女の首に押し当てる。白雄は眉《まゆ》を顰《ひそ》め、武器を持たない手を宙に翳《かざ》した。

「頭が高い。御前と心得なさい」

人質を抱える男の巨躯《きょく》が見えない何かに弾かれたように飛び、天井に衝突した。轟音《ごうおん》が響き、妓楼全体が揺らいだ。

「彼女を！」

白雄の声に弾かれ、紅運は這《は》って逃げ出した妓女に手を貸す。再びがん、と鈍い音がして天井に張り付けられていた男が落下した。短剣を構えた男が踏み出そうとして膝《ひざ》をついた。突如上から巨岩を乗せられたように男の全身が震え、持ちこたえようと喰《く》いしばった歯が軋む。

「くそ、何だ！」

「白雄の大魔……」

紅運は思わず呟いた。龍久国《りゅうくこく》の皇子はひとり一柱、人智を超えた力を持つ強大な魔を従える。物の重みを操作し、武器や防具に変える奇跡こそが、白雄の従える大魔の権能だった。

膝をついた男が辛うじて動いた手で短剣を投擲《とうてき》する。白雄は窓の緞帳《どんちょう》を引いて防ぐ。柔らかいはずの布が鋼の如《ごと》く火花を上げて刃を弾いた。緞帳の陰で身を反転させ、白雄は男に接近する。新たな短剣を抜こうとしていた男の鳩尾《みぞおち》に白雄の拳《こぶし》が叩《たた》き込《こ》まれた。

昏倒《こんとう》するふたりの男を見下ろしながら、年嵩の男は冷静に笑った。

「驚いた。その大魔、第一皇子か」

突如、妓楼の壁からどろりとした影が滲《にじ》み、無数の黒い腕に変化した。指を蠢かせ四方から襲い掛かる手に思わず紅運は目を瞑った。

「白の大魔は重責を好む。威光を示しなさい」

凛とした白雄の声に衝撃の音が重なる。酒座の円卓が意思を持ったように立ち上がり、盾の如く攻撃を弾いた。紅運の開いた目に割れて乱れ飛ぶ酒瓶や皿の破片が映る。彼は腕に力を込め、気絶した妓女を庇った。

「ここでは地の利がないな」

夜盗は薄く笑い、妓楼の窓から身を投げた。白雄は迷わずそれを追って跳躍する。

「白雄！」

紅運が窓から身を乗り出すと、一陣の突風が駆け抜けた。後には滔々《とうとう》たる闇《やみ》と、大路に佇む白雄だけが残っていた。

紅運は階段を駆け下り、妓楼の外に出る。衛士たちが現れて白雄を取り囲んだ。

「ご無事ですか」

「勿論。ですが、取り逃がしました」

遅れて追いついた紅運に衛士が控えめな視線を向ける。

「紅運様もご無事で何より」

戦ってもいないのだから当たり前だ、とは答えられなかった。また何もできなかった。紅運は妓楼から響く妓女たちの泣き声に耳を塞ぎたくなるのを堪える。

衛士が沈鬱《ちんうつ》に首を振った。

「いつもこうなのです。取るに足らぬ物を盗み、攫《さら》うのも貧民のみ。我々が遅れを取るのを嘲笑《あざわら》うのが目的のようで……」

「確かに、都の沽券《こけん》を揺るがすのが狙《ねら》いのようですね」

白雄は上着を脱いだ。

「夜盗の素性と根城は見当がつきました。牛車をひとつ願います。話はその中で」


皇子たちを乗せた牛車は、大路に映る月を砕きながら郊外へ進んでいた。

「件の男には見覚えがあります」

輿《こし》に揺られながら、白雄は傍の紅運に言った。

「彼は楊廉《ようれん》。宮廷に仕えていた道士です」

「道士……だから、妖術《ようじゅつ》を使えたのか」

「貴方が生まれる前に彼は宮廷を辞しました。優秀でしたが、更なる秘術を求め、道を逸脱したと聞きます。死者を蘇生《そせい》する反魂の禁術に手を出したとか」

「才能に恵まれた者ほど欲は底なしだな」

出自以外の全《すべ》てに恵まれない俺は、宮廷を辞して行く場所すらないというのに。紅運は窓外に流れる闇を睨んだ。

「郊外の廃寺に住まい、秘術を研究する道士の噂《うわさ》がありました。山陰に居を構える賊と結託し、力を得たのでしょう。乗り込んで叩きます」

「……俺は、ここで降ろしてくれ」

紅運は唇を噛んだ。

「見ていてわかっただろう。俺は足手纏《あしでまと》いになるだけだ。大魔もなしに道士となんて到底戦えない」

沈黙に牛車が揺れる音だけが響く。白雄は変わらぬ微笑を浮かべた。

「九人の皇子は其々九柱の強大な大魔を従え、皇帝とともに国を守る。その習わしが廃れた由縁を知っていますね？」

「二百年前、第九皇子が謀反を起こしたからだろう。彼は討伐され、国を焼いた大魔は封印された。それ以降、九人の皇子を儲ける風習だけが残り、俺のような末子は使役する大魔を持たない無用の長物になった」

「私は無用だとは思いません」

「慰めなんて」

声を荒げかけた紅運を白雄が静かに制する。

「封印された九番目の大魔は炎を司《つかさど》る最も恐るべき魔物だったと聞きます。真の名を呼ぶのすら忌避され、国を平らげる燎原《りょうげん》の火《ひ》の意を込めて『破国の炎魔』とも呼ばれたとか」

御簾《みす》の隙間から差す月光が白雄の横顔をなぞった。

「力に溺《おぼ》れる者に危険な大魔は預けられない。末子の皇子がそれを預かるのは、全ての兄たちから学び、最も善き道を選べるからだそうです」

「結局、その第九皇子が謀反に走ったじゃないか」

「過ちは誰《だれ》でも犯します。彼もまた我々が学ぶべき古人ではないでしょうか」

紅運は顔を上げた。白雄の名の通り白い面差しが穏やかに彼を見下ろしていた。

「大魔がなくとも、それを統べる素質は貴方にも眠っていると感じます。ないものを見るより新しく得られるものに目を向ければ自ずと道は拓けるでしょう」

紅運は短剣を握りしめた。牛車は枯れ枝が天蓋《てんがい》のように垂れる山へ向けて進んでいた。


輿を降りた紅運を冷たい夜風が包む。朧《おぼろ》な月だけが廃寺を照らしていた。白雄は兵士から手渡された蛇矛を携えた。

「我らが国の領分に裏口から入るべき故は無し。正面から叩きます。紅運は隙を見て攫われた者たちの救助を」

戦力に数えられないことに安堵《あんど》する己に胸中で毒づきながら、紅運は頷《うなず》いた。月影が揺らぐ。

「気づかれたようですね」

白雄は蛇矛の刃を廃寺に向けた。妓楼で見た男が寺院から現れる。空気を破る鋭い音が響き、暗がりと同化した無数の腕が闇を掻いた。

辺りの木々が傾ぎ、半球を作るように垂れ込める。白雄が大魔の力を込めた木が檻《おり》となって腕たちを捕らえた。寺の門から次々と賊徒が現れ、各々の得物を構える。開戦の合図だった。激しく鋼の打ち合う音が響き、火花が散る。戦場に咲く赤光を頼りに、紅運は駆け出した。流れた矢が間近を掠め、梢《こずえ》を穿《うが》つ。紅運は身を竦めながら鬱蒼《うっそう》とした茂みに飛び込んだ。

「誰かいるか！」

答えはない。枝に頰《ほお》を掻かれながら進むと、廃寺の奥から女の微《かす》かな声が聞こえた。紅運は躊躇《ためら》ってから傾きかけた木戸を押した。

「紅運？」

暗がりで懐かしい声が答えた。

「桃華、無事だったのか！」

長髪を結い、簡素な防具を纏《まと》った彼女は記憶よりも大人びていた。すらりと伸びた背と押し上がった胸当ては別人のようだったが、闇の中でも燦然《さんぜん》と輝く大きな瞳《ひとみ》は変わらなかった。感傷に浸る間もなく、彼女の眦《まなじり》が鋭くなった。

「何故《なぜ》貴方が？　何をしに来たのですか？」

鋭い語気に紅運はたじろいだ。

「何って……夜盗狩りだ。白雄と刑部と一緒に来たんだ。お前が密偵に行って帰らないからと……」

「密偵が情報も持たずに戻る訳がないでしょう。中々敵が尾を出さないので近くに潜んで機を窺《うかが》っていたんです。もう少しで準備が整ったというのに」

桃華が華奢《きゃしゃ》な肩を竦めた。紅運は唖然《あぜん》とし、暗く息を吐いた。

「そうだよな。お前を心配した俺が馬鹿だった」

「私を心配、紅運が？」

桃華は紅運をまじまじと見つめ、咳払《せきばら》いをした。

「気持ちは受け取ります」

「気持ちだけか」

「情けない顔をしないで。私が年長者を敬わず、皇子を叱責する無礼者のようでしょう」

「実際そうだろう」

桃華が反論しかけたとき、戸の向こうから怒声が響いた。ふたりはとっさに陰に身を潜める。男たちの騒がしい足音が去っていった。

「まだ見張りがいたのか」

「堂を抜けたところに裏口があります。そちらから出ましょう」

紅運は迷わず闇《やみ》の深い方へ進む桃華の背を見て、かぶりを振った。

「本当に武人らしくなったな。お前の父上そっくりだ」

「冗談を言わないで。あんな髭《ひげ》だらけの鬼武者とは違います」

「そのうち髭も生えるんじゃないか。嫁の貰《もら》い手がなくなるぞ」

「紅運はうるさい親戚《しんせき》衆そっくりです。それに貰い手ならいるでしょう」

「そんな物好きがいるなんて知らなかった」

「忘れたのですか？」

桃華は大声を出してから慌てて口を押さえる。

「何でむきになるんだ。見張りに気づかれるぞ」

紅運は肩を竦め、壁の穴から外の様子を窺《うかが》う。月光が照らした光景に紅運は息を呑んだ。

＊＊＊

気を失った夜盗らが倒れる中、白雄は傷ひとつ負わず立っている。彼は膝をつく道士に蛇矛を突きつけていた。

「終わりです。楊廉殿、投降を」

「終わるものか……廃寺に向かったのは貴方の弟か、殿下？」

白雄の眉が僅《わず》かに跳ね上がったのを見て楊廉は不遜《ふそん》に笑う。

「それは重畳。全てに恵まれた貴方も失うことを知るがいい。ことに血を分けた者ならば尚更《なおさら》……」

刃を振るうまでもなく、楊廉は倒れ伏した。彼の鼻と口からどす黒い血が流れて地を汚す。

「紅運……」

白雄は廃寺を睨《にら》み、澄んだ声を張り上げた。

「廃寺へ向かいます。動けるものは皆私について――」

兵に告げる白雄の裾《すそ》を何者かが掴《つか》んだ。気絶していたはずの夜盗が次々と闇の中で蠢《うごめ》き出した。

＊＊＊

「何があったのですか」

壁穴を覗《のぞ》く紅運の肩にのしかかりながら、桃華が焦れたように聞く。

「桃華、近い……声までは聞こえないが、妙なんだ。白雄が賊を討伐したように見えたが、倒れていた奴らがまた動き出して……」

「早く合流すべきですね」

桃華が身を引いたとき、腐臭が鼻を突《つ》いた。

臭いは堂の奥から染み出していた。蝋《ろう》が溶けた燭台《しょくだい》の炎が、最奥の巨大な何かを照らしている。仏像ではない。溶けかけた鉄を幾重にも重ねて人型を作ったような歪《いびつ》な巨像だった。

「あれは何だ？」

「私も奥に行ったことはないのでわかりません。ですが、賊が時折攫ってきた方々を連れて行くのを見ました」

「人質がいるのか？」

「それはないと思います。連れてこられるのは皆病人や怪我人で、いつ死んでもおかしくないものから本物の死者まで……」

轟音《ごうおん》が響き、震動が廃寺を揺らした。震える足に力を込め、紅運は音に負けじと声を出す。

「何が起きてるんだ！」

傍らの桃華が青ざめる。堂の奥から動くはずのない巨像の影が徐々に迫っていた。太い足が腐れた床板を踏み抜く。紅運たちの三倍はある体躯《たいく》が、闇と同色の頭髪を天井から垂らして見下ろしていた。溶けた鉄に見えた皮膚は、死斑《しはん》の浮いた青黒い皮膚を繋《つな》ぎ合わせたものだとわかった。無惨に縫い合わされた傷口から血と膿《うみ》を滴らせた異形がそこにいた。

「禁術、死者を蘇《よみがえ》らせたのか！」

巨人が拳《こぶし》を持ち上げ、振り下ろした。間一髪で避けたふたりの頭上の壁が黒煙を巻き上げて陥没した。

「桃華！」

彼女は依然蒼白《そうはく》な顔で唇を震わせていていた。

「あれは死者、なのですか？」

「ああ、夜盗の正体は道士だ。人間を蘇生する禁忌に手を出したらしい」

「紅運、私は化け物と何度も戦いましたが、ひとを殺したことは……」

大きな瞳には怯《おび》えが宿っていた。彼女が妹のようについてきた頃《ころ》の幼い面影が過り、紅運は壁から腕を引き抜こうとする魔物を睨んだ。

「大丈夫だ。あいつは俺が何とかする。白雄が来るまで持ちこたえるくらいできるさ」

紅運は冷や汗を拭《ぬぐ》い、懐から懐剣を取り出す。刃はあまりに小さく心許ない。桃華は紅運を見上げ、不遜な笑みを取り戻した。

「本当に頼りない兄弟子ですね」

彼女は肩に背負った双剣の片方を押し付けた。

「可愛げのない妹分だな」

紅運はひったくるように受け取った。魔物は腐敗した下肢を引きずりながら両者に迫っていた。

「紅運、私が右です」

「わかった」

短いやり取りでふたりは武器を構える。幼い頃の稽古《けいこ》を思い浮かべ、紅運は左から斬り込んだ。分厚い腐肉は刃が掠《かす》めた箇所が僅かに破れただけで微動だにしない。間髪を容れず放たれた魔物の拳撃を何とか刃の背で受け、反動で紅運はたたらを踏んだ。身を反転させ、体勢を崩した魔物の背に刃を叩《たた》き込《こ》む。鈍い振動と骨を斬った感触が腕に響いた。

「上を失礼」

桃華が紅運の丸めた背に手をついて跳躍する。魔物の拳を足場に、彼女は掬《すく》い上《あ》げるような斬撃を放った。遠心力を乗せた刃は魔物の腹を深く抉《えぐ》り、鈍色の臓物が弾けた。たじろぐ間を与えず、膝《ひざ》、腿《もも》、肘《ひじ》と素早く関節を切りつける。亡者が轟《とどろ》くような咆哮《ほうこう》を上げた。

「桃華、気をつけろ！」

魔物が桃華を振り払い、子どものように両腕を回した。燭台が薙《な》ぎ倒《たお》され、火を零《こぼ》した床が燃え盛った。

「このまま戦っても焼け死ぬだけだ。まずは脱出するぞ」

桃華は曖昧《あいまい》に頷き、紅運に腕を取られて走り出した。

遠い扉の先から差す月光が強くなる。腐肉の焦げる匂《にお》いと煙も近づいていた。

「あともう少しだ！」

速度を上げたとき、辺りが暗く翳《かげ》った。膨れた五本の指が広がり、紅運の真上に降った。

「紅運！」

頭上ではなく真横からの衝撃に紅運の身体《からだ》が吹き飛ばされた。彼の脚を払って逃がした桃華の背後に影が広がる。爛《ただ》れた巨大な腕が彼女を壁に叩きつけた。

「桃華！」

紅運が粉砕された壁の瓦礫《がれき》と白煙の中に倒れる桃華に駆け寄り、肩を揺らすと、額から夥《おびただ》しい血が流れ出した。炎がふたりの足元に這《は》いよる。

「起きてくれ、桃華！」

薄く開いた桃華の唇から言葉の代わりに血が零《こぼ》れた。辺りの音と光景が急速に遠のいていく。熱が腐臭を巻き上げ、紅運がえずいて胃液を吐いた。亡者は振りぬいた拳を壁に食い込ませ、抜き取ろうと身を捩《よじ》ってもがいていた。

「くそ、何が皇子だ……こんなときまで何もできずに……」

兄の言葉が紅運の頭を過る。

「魔物は皇族を真っ先に襲う……」

紅運は深く息を吸い、陽炎《かげろう》に揺らぐ魔物を見定めた。

「宮廷道士の座まで捨てて、化け物を作りたかったのか、業突張りが」

紅運は床に視線をやる。落とした短剣は小さく、双剣には罅《ひび》が入っている。紅運は床に転げた長い燭台を拾い上げた。

紅運は亡者に向かって駆け出した。足に炎が絡みつき、裾が焦げる。

「来い、俺は龍久国の第九皇子だ！」

魔物が壁ごと抉り取って拳を引き抜く。妖魔《ようま》の開いた口が唾液《だえき》と死臭を巻き散らした。紅運は腐臭が目を刺す距離まで接近し、勢いに任せて両手を突き出した。凄《すさ》まじい重圧が紅運の両腕にかかり、溢《あふ》れ出た血膿《ちうみ》が指を濡《ぬ》らす。燭台は魔物の心の臓を貫いていた。

「これで、もう一度死ぬか⁉」

亡者がもがくほど燭台が突き刺さる。押し寄せる血潮に呻《うめ》きながら、紅運は手に力を込めた。

──まさか、大魔じゃなきゃ魔物は倒せないのか。

熱と重みに耐える紅運の脚に炎が這い寄る。最後の足掻《あが》きで両腕を振り上げた亡者が動きを止めた。赤い閃光《せんこう》が視界を染めた。

腐肉を貫通した燭台から、あるはずのない火が起こった。亡者の胸から背までを爆風と赤光が貫き、天井を炎が舐《な》める。火の粉が滂沱《ぼうだ》の雨のように降り注ぎ、闇《やみ》を染め上げた。呆然《ぼうぜん》とする紅運の前で、巨大な死者が業火に包まれ、瞬く間に焼かれていく。

紅運は思わず燭台から手を離した。炎の中で魔物が一瞬、穏やかな目をした。黒煙を残して火が消え、後には小さな骨が残されていた。どこかで獣の唸《うな》りが聞こえた。

「何だ今のは……」

呆気《あっけ》にとられる紅運の耳に聞き慣れた声が響いた。

「無事ですか！」

蛇矛で戸を破った白雄と兵士が雪崩れ込む。

「俺は大丈夫だ、それより桃華を」

紅運が駆け寄ると彼女が目を開き、小さく咳《せき》をした。紅運は安堵《あんど》の溜息《ためいき》をつく。

「貴方も無事で何よりです。いえ、案ずるのは侮りでしたね」

白雄は目を細めた。

「善く戦いました。それでこそ龍久国の皇子です」

紅運は血に汚れた服を見下ろした。火がついたはずの衣は何処も焦げていない。魔物を焼いた炎は影もなかった。


月は何も変わらず廃寺を照らしていた。

寒気に身を竦《すく》めた紅運を呼ぶ声がした。桃華は兵士たちに支えられながらも自力で立っていた。

「歩いて大丈夫なのか?」

「ええ、傷自体は深くありませんから」

桃華の額には血の滲《にじ》んだ包帯が巻かれていた。紅運が俯《うつむ》くと、彼女は低い声を出した。

「顔に傷があったら嫌なのですか」

「そんなことはない、心配しただけじゃないか……何故《なぜ》そんなことを聞くんだ?」

「なら、結構」

桃華は踵《きびす》を返して歩き出した。

「何を怒っているんだ」

紅運が手を伸ばしたとき、桃華は急に振り向いた。

「怒っていません。感謝してます。ですが、次はもっと強くなってください」

「次もこんなことがある予定なのか……」

紅運は呟《つぶや》いて遠ざかる背を見送った。


紅運が輿《こし》に身を滑り込ませると、白雄が隣に座った。

「楊廉は？」

「毒を飲んで自害しました。ひとまずこれで落着でしょう」

紅運は肩を竦めた。

「我欲と権威のために反魂の術をやった奴《やつ》が呆気ないな」

「我欲に違いありませんが、権威のためではないかもしれません」

白雄は下ろした御簾《みす》を上げる。

「彼が道を外れたのは流行病で妻子を失ってからだそうです。富や権力の無為を知って宮廷を憎み、愛する者に再び会わんと願う。根幹は人間的なものだったのかもしれませんね」

紅運は廃寺に目を向けた。亡者が最後に見せた穏やかな顔が浮かぶ。

――奴はただの禁術に溺《おぼ》れた道士だ。俺と同じ、ないものに焦がれ、無意味とわかって手を伸ばした者じゃない。そのはずだ。

紅運は考えを振り払った。

白雄は月のような微笑を浮かべた。

「善く戦いました、紅運。宮廷に手柄を持ち帰るとしましょう」

「誰《だれ》も信じないさ、俺がやったなんて」

紅運は皮肉ではなく、自分自身に言い聞かせるように呟いた。

牛車が動き出す。国を破ると恐れられた大魔が封じられた都は、失った火に代わって不夜の明かりを灯《とも》しているだろう。紅運は目蓋《まぶた》の裏に残る炎を追い出すように目を閉じ、輿に深く背を預けた。

龍久国継承戦　一

朝の宮殿に銅鑼《どら》の音が響いた。

紅運《こううん》は耳を塞《ふさ》ぐ。鼓膜を揺らす大音響は庭先から聞こえた。皇帝を守護する禁軍の稽古だ。筆頭で指揮を執るのは、第三皇子・橙志《とうし》だった。軍で剣術師範も務める、最も武闘派の皇子が使役するのは音を司《つかさど》る大魔だ。その権能を使った音響による指揮は宮廷に響き渡り、紅運を苛《さいな》んだ。

音が止《や》み、紅運は廊下に出た。冬の空気で冷えた木板が軋《きし》む。庭先に軍人たちの影がないのを確かめたとき、背後で低い声がした。

「紅運」

振り返ると、鎖帷子《くさりかたびら》を纏《まと》った橙志が立っていた。兄弟の中でも抜きん出た体躯に反して、全く足音が響かず、紅運は肝を冷やす。賊徒討伐の南方遠征から戻ったばかりの彼の肌は、薄い日焼けが残っている。太い眉《まゆ》と鋭い眼《め》は精悍《せいかん》さ以上に威圧感を覚えさせた。

「件の夜盗狩りにはお前も参加したと聞いたが、本当か」

紅運は曖昧に頷《うなず》く。

「国のために戦う覚悟があるなら見合う力をつけろ。ないなら半端に手を出すな」

橙志は冷たい視線を向けた。

「今度こそ途中で投げ出さないなら、また稽古をつけてもいいが」

「今回は白雄に言われてついていっただけだ。もうやらない。末端らしく出しゃばらずに大人しくしていればいいんだろう」

橙志は失望すら見せず、踵を返して立ち去った。紅運は俯き、廊下に伸びる影を見る。幼い頃《ころ》は剣の稽古を受けた師でもある兄の影が遠ざかっていった。


紅運は逃げるように庭へと踏み出した。手には絵筆を入れた筒と巻紙を携えていた。父の見舞いに絵を贈ってはどうかと、先日帰りの牛車で白雄が提案したためだった。討伐の結果を真っ先に伝えたかったが、皇帝の病状が芳しくなく叶《かな》わなかった。褒め言葉など期待もしていないが、自分を見る冷え切った目を見開かせる程度はできただろうに。

紅運は溜息をつき、巻紙を紐解《ひもと》いた。紙面に筆を走らせていると足元に一輪の椿がぽとりと落ちた。首を落とされたように転がる花から視線を上げると、近づいてくる影が見えた。

「ごめん、紅運！　そっちに枝が飛んだ？」

色素の薄い髪と少女のような細面の青年が、廊下の先から朗らかな声を上げる。

「やっぱり飛ばしちゃってたか。ぶつからなかった？」

「青燕《せいえん》」

彼は紅運に怪我《けが》がないのを確かめて屈託なく笑った。

「何してたんだ」

「ああ、庭師を手伝ってたんだ。花が枯れたからって呼ばれてさ」

「庭師が皇子を使い走りに？」

「僕から言ったんだよ。何かあったときは呼んでって」

青燕は向こうへ大きく手を振る。庭師たちが戸惑いがちに礼を返した。本来ならば皇子に軽々しく声をかければ首を刎《は》ねられる地位の者たちだ。青燕の大胆さと大らかさに、紅運は呆《あき》れつつ嘆息する。第六皇子である彼には特別優れた才はない。しかし、己と違って彼は常にひとに囲まれていた。近いようである意味最も遠い存在だと紅運は思う。

「紅運は何をしていたの？」

「絵を描いていたんだ。父上の見舞いにと、白雄に言われて……」

「父上は最近寝たきりで今年献上された美術品もまだ見られていないものね……僕も見てもいい？」

青燕は紅運の肩越しに覗《のぞ》き込む。

「きっと喜ぶよ。虎の絵なんて強そうで縁起がいいしね」

「これは……馬なんだ」

気まずそうに口を噤《つぐ》んだ青燕に苦笑し、紅運は紙を閉じた。

「いいんだ。絵は嫌いじゃないが、得意でもない」

それに俺が何をしようと父が喜ぶはずがない。紅運は胸中で呟いて立ち上がった。件の道士との戦闘も伝えたところで反応はなかっただろうと、本当は予想がついていた。初めて妖魔討伐に赴いたとき、自分を庇《かば》った兄が傷を負い、大敗を喫したことを報告した夜、皇帝は叱責すらしなかった。ただ紅運を一瞥《いちべつ》し、すぐ手元の書類に視線を戻した。以来、会話らしい会話もしたことがない。

青燕の後について廊下を進むと、萎《しな》びた椿が垂れているのが見えた。

「ここもだ」

彼は花を手に取る。硝子《がらす》のような水の雫《しずく》が弾け、枝を濡らした。当然のように大魔を使いこなす兄を紅運が横目に見ると、青燕が首を傾《かし》げた。

「おかしいな、庭中の花が熱に近づけたように枯れてるんだ。火気なんてないのに」

紅運は小さく声を上げた。先日廃寺で見た、あるはずのない炎が燃え盛る光景が浮かぶ。

「赤の大魔は本当に封印されているんだよな」

「どうして？」

「この前、夜盗狩りに出たとき、消えていた燭台《しょくだい》から炎が……」

青燕は首を傾げた。

「封印が解かれていたら大騒ぎだからそれはないと思うけれど」

「そうだよな。忘れてくれ」

「紅運自身に何かすごい力が眠ってたんじゃないかな？」

紅運は目を見張る。

「何を言い出すんだ。ある訳ないだろ」

「そんなことないよ。紅運は時々信じられないことをするじゃないか。狩りで皆と競争したとき、弓が折れたのに『まだ一匹も狩れてない』って暴れる鹿を素手で捕まえようとしたり……」

「大昔の話だろ。あの頃は何もわからない馬鹿だったんだ」

そのとき、穏やかな冬の庭の空気を一変させる銅鑼の音が響いた。巨大な龍の息吹《いぶき》のような、厳かで重苦しい音階が宮中に鳴り渡る。聞いたことのない響きに紅運は息を呑《の》んだ。

「まさか……」

「皇帝陛下、崩御！　皇帝陛下、崩御！　白江帝《はくこうてい》が只今《ただいま》身罷られた！」

銅鑼の残響に重なった声に青燕は手で顔を覆った。

「父上……この前少し良くなったって言ってたのに……まだ何もしてあげられてないのに……」

涙声を漏らす彼の横で、紅運は息を吐いた。涙は出なかった。父の死に一抹の悲しみも感じない自分に、頭の芯《しん》が冷えるような微《かす》かな怯《おび》えだけがあった。紅運は絵筆と紙を見下ろした。

「結局無駄になったな」

青燕が手を下ろし、赤くなった目を向けた。紅運は繕うように首を振った。

「これ以上苦しまずに済んだと思えばいい。それより、俺たちに召集がかかるはずだ。行こう」

「君のが年上みたいだ。そうだね、こんなときこそしっかりしなきゃ」

青燕は目を擦って笑みを作る。紅運は下を向いて一歩踏み出した。


長患いとはいえ急な崩御に騒めく宮殿を、緩慢な歩みで進む者がいた。

「黄禁《おうきん》兄さん！」

青燕が駆け寄ると、彼は振り向いて虚ろな笑みを返す。黒子《ほくろ》の散った青白い肌と、目の下のくまはどこか病的だ。呪術師を母に持つ異色の第五皇子は痩身を道服に包んでいた。

「早いね」

「ああ、銅鑼が鳴る前からわかっていたからな」

「何故《なぜ》？」

訝《いぶか》しむ紅運に近づき、黄禁は白い包みを握らせた。氷のような冷たさを手に感じながら紅運は布を解き、悲鳴を上げて投げ捨てた。

「何だこれは！」

布の中で一羽の鳥が死んでいた。

「凶兆だぞ。鳥は生命の象徴でもあるからな」

黄禁は事もなげに答える。唖然とする紅運の肩に、青燕が手を置いた。

「悪気はないんだよ。兄さんはちょっとああいうところがあるから」

「余計に質が悪い」

小さく吐き捨てた紅運に構わず、黄禁は再び歩き出していた。彼の振る舞いは宮中でも流言飛語の対象だった。周囲の評価を気にも留めない姿が羨《うらや》ましくも思え、紅運は溜息《ためいき》をついた。

「父上は俺たち九人に遺言を残しているらしい。目下の最優先事項は次期皇帝の決定だな」

「白雄に決まってるだろう。言うまでもない」

「まだわからないよ。ほら、藍栄《らんえい》兄さんのことがあるし……」

青燕が声を潜める。

「何にせよ九男には馬桶《うまおけ》洗いの仕事も回ってこないさ」

紅運はそう言って口を噤んだ。


皇帝の遺体を安置する玉麟殿は全《すべ》てが黄金で造られていた。入り口を守る禁軍の兵士の衣にも金糸で龍が縫われている。紅運たちが扉の前に着くと、先に橙志が到着していた。

「第三皇子、橙志様のお成り！」

鎖帷子を纏ったままの橙志は衛兵に剣を預け、紅運には一瞥もくれず奥へ進んだ。

「第五皇子、黄禁様のお成り！」

黄禁は先ほど拾い直した鳥の死骸《しがい》を衛兵に渡し、青ざめる兵に構わず門を潜った。

「第六皇子、青燕様、第九皇子、紅運様のお成り！」

ふたりは同時に殿に踏み入った。長い歳月で黒く変色した調度は室内に淀《よど》む空気を更に重くしていた。中央には屏風《びょうぶ》に描かれた神獣たちに見下ろされる金色の棺がある。棺の傍に侍っていたのは第七皇子の黒勝《こくしょう》だ。法を司《つかさど》る刑部の官吏として父を支えていた彼は髪をまとめ、いかにも文官然とした佇まいだった。

「まだ到着していないのは誰だ」

橙志の問いに、黒勝は哀別の視線を棺に投げてから答えた。

「翠春《すいしゅん》は訃報《ふほう》を聞いてまた寝込んだらしい。紫釉《しゆう》兄上は国外だ。戻りは早くても後半月はかかる。藍栄《らんえい》殿はいつもの外遊さ」

「第二皇子の自覚があるのか」

橙志が眉間《みけん》に皺《しわ》を寄せたとき、衛兵の声が再び響いた。

「第一皇子、白雄《はくゆう》様のお成り！」

雑然とした空気をひとつの靴音が一瞬で鎮めた。皇子たちが視線を向ける。黄金の床が白い喪服の影を映した。

「お待たせしました」

「白雄兄上、もう喪服を用意していたとは」

「第一子の名につけられる白の字は、前帝亡き後の国を背負う服喪の意味が込められています。常に備えていますよ」

白雄は微笑《ほほえ》んだ。つい先日、自分が肩を並べて都を訪れたのが信じ難い超然とした振る舞いに紅運は視線を泳がせる。それに気づいたのか、彼はもう一度微笑を浮かべた。白雄は棺の前に立ち、兄弟を見渡した。

「永きに渡り龍久国を治めた我らが父は、本日その政を冥府《めいふ》に知らしめ、天上からより良く民草を導くための旅路に向かわれました。哀惜の念は言うべきにあらず。しかし、民は我らより惑い憂いています。父上に代わって彼らを慰めなければなりません」

微塵《みじん》の揺れもない、詩を諳《そら》んじるような声だった。既に皇帝を仰ぐように白雄を見上げる兄弟たちを目にし、紅運は暗い息を吐いた。

「龍久国の元は龍九、即ち九に分かたれた龍の遺体から生まれた国とされます。我らが祖先・金王に討たれた原初の妖魔・始龍の身を大地とし、血潮は地下に奔る龍脈となった。王の血を引く皇族のみが龍脈の恩恵を受け、妖術《ようじゅつ》を使える所以《ゆえん》です」

白雄の背後に屏風の中の創世の神話が広がる。

「龍の腹からは九柱の大魔が落とされ、金王の九人の息子は其々を使役し、国を守ったのです。大魔の一柱が封印された今でも、必ず九人の男児を儲ける習わしはここから来ています。この場にいない者も含め、今日も九人の皇子が居る。天地開闢《てんちかいびゃく》の起こりから受け継がれた如《ごと》く、私たちもまた九つの力を合わせて龍久国を守っていかなければなりません」

鋼を打ったような澄んだ声が響き渡った。紅運は胸中で密《ひそ》かに呟《つぶや》く。

――合わせるべき力は、八しかないだろう。

紗《しや》の頭巾《ずきん》で顔を覆った神官が現れ、盆に積まれた巻物を運んでくる。

「父上の遺言か……」

独り言のように呟いた紅運の耳元で、小さな声が聞こえた。

「読まなくてもわかるだろうさ。白雄兄上が玉座を継ぐ、だろう?」

驚いて振り向くと、いつの間にか隣に並んでいた黒勝が目を細めた。紅運は答えず顔を背けた。

他の兄弟も声を抑えて口々に囁《ささや》き出す。

「父上のことだ。万事恙《つつが》なく整えてあるだろう」

「うん、倒れてからも何度も文机に向かっていたのを見たよ」

「私語を慎め。聞けばわかることだ」

白雄は僅《わず》かに緩んだ空気に咳払《せきばら》いし、神官から受け取った巻物の紐《ひも》を解いた。紙面が広げられ、墨の香りが漂った。

「城は墓楼に立って在り。鮮血を用いて旗を染め、剣を用いて九頭を束ねる。龍は死に水甚だ透き通る……伏魔伏国」

詩才にも長《た》けた前帝の作とは思えない、音韻が守られているだけの歪《いびつ》な詩だった。青燕が戸惑いながら口を開く。

「これは、どういう意味なの」

兄弟が怪訝《けげん》な視線を交わす中で、白雄、橙志、黄禁だけが微かに青ざめた。父と同じく詩学に通じた皇子たちだった。橙志の低い声が響く。

「都は墓上に立っている。血をもって旗を染め、剣をもって九つの頭を束ねる。龍が死ぬとき最も水は澄む。魔を統べる者が国を統べる……」

兄弟の視線は白雄に注がれた。

「伏魔の字は不吉故に忌避され、遺言に使うものでは到底ありません。何故なら、伏魔殿は赤の大魔が封じられているだけでなく、大昔在位した暴君が囚人たちを殺し合わせる残酷な遊戯の場だったからです」

「遺言をこのまま解釈するならば……九人の皇子で殺し合い、それぞれが従える大魔を調伏した者が次の皇帝になるべしと……」

黄禁は青白い顔色を更に白くし、呟いた。水を打ったような沈黙が黄金の宮に満ちた。

「……呆れた遺言だ。父上は乱心か？」

橙志が唸《うな》る。神官は頭巾の中で俯《うつむ》いた。

「それは、本当に父上の遺言なの？」

青燕《せいえん》の震える声に黒勝が首を振った。

「天子が即位の際賜る金印が押されている。間違いない」

紅運は目を伏せる。

――馬鹿らしい。死に怯えて錯乱したか。その妄言ですら俺は勘定に入っていなかった。

九の大魔のひとつは既に地中深く封じられている。代々の皇帝が眠る楼の背にひっそりと建てられた伏魔殿。天子すらも近づくことが禁止された石の廟《びょう》に。二百年前、即位した白凰帝《はくおうてい》の末弟は赤の大魔を使い、国を火の海に変えた。女子どもも境なく殺した炎は、宮殿の六割を全壊させた。内廷の殆《ほとん》どがまだ新しい漆喰《しっくい》の輝きを見せるのは、その頃建て直されたためだ。紅運は透かし彫りの窓から、己に与えられなかった大魔が封じられる北側の空を睨《にら》んだ。

「しかし、どうする？　皇帝の遺言は絶対。背いた者は首を刎《は》ね、城郭に晒《さら》すのが掟《おきて》だ」

黄禁が虚ろな目で問う。再びの沈黙の中、白雄は顔を上げた。

「その通りです。しかし、この遺言には刻限が記されていない」

皇太子は民に向ける慈悲の微笑みを兄弟に向ける。

「血で旗を染め、九つの頭を束ねるのであれば、兄弟と共に他国との戦に勝ち国をひとつにしろともとれます。信用に足る賢者に助言を求め、穏当な解釈が見つかるまで、服喪の間中は遺言を秘匿しましょう」

わずかながら玉麟殿に張り詰めた緊張が弛《たる》む。

「私は兄弟を信じています。恐怖にかられ、軽慮浅謀に走る者などいない。明日会談の場を設けるまではただ父を悼む、よろしいですね？」

黄金の宮に穏やかな声が反響した。


皇子たちが去り、最後に宮を出た紅運を呼び止める声があった。振り返ると黒勝が立っていた。

「散歩でもしないか。哀別の念はひとりで抱えるに耐えないだろう」

紅運は霧で烟る池の淵《ふち》を進んでいく黒勝の少し後ろを歩いた。

「俺はいいが、そっちは忙しいんじゃないか」

「忙しいさ。父上が倒れてから、国民の戸籍の編纂《へんさん》と、諸侯の土地にかける税の計算は殆ど俺だけでやっていたからな。広大な国土と民を治めるのは楽じゃない。権力の大きさの裏返しでもあるが」

「そんな大仕事を任せられるなんて、信用されてたんだな」

何気なく見上げた黒勝の張りつめた横顔に紅運は戸惑った。あてもなく進んでいるように見えた黒勝は、無人の楼閣の前で足を止めた。紅運は彼の肩越しに視線を向ける。深紅の門がそびえる皇帝の墓所だった。

「父上の遺言、どう思った？」

黒勝は勢いよく振り返った。

「どうもこうも、まともじゃないと思った」

「本当に？」

黒勝の瞳《ひとみ》は爛々《らんらん》と輝いていた。

「俺たち継承権下位の皇子が皇帝になれる機会だぞ。これは天啓だ」

紅運は詰め寄る兄の目に映る自分の顔が引《ひ》き攣《つ》るのを見た。

「あんたまでいかれたか」

後退った紅運の手を黒勝が掴《つか》んだ。文官として筆だけを握っていた手とは思えない力だった。

「俺と組まないか」

「大魔もいない俺に何ができると……」

「いるじゃないか、ここに！」

黒勝は上ずった笑い声をあげた。

「誰《だれ》も解けない封印なら態々立入を禁ずる必要はない。今でも赤の大魔は出せるということだ。考えたことはないか？」

紅運は身を竦《すく》める。大魔を欲したことはあっても、赤の大魔を解こうと思ったことは一度もなかった。幼少期から刷り込まれた恐れは変わらず、伏魔殿に近づくことも無意識に避けていた。

「ない。第一、俺に使いこなせる訳ないだろ」

「大魔は皇子に従うものだ。あれがいれば、兄弟と同格どころか国すらも思うがままだぞ」

「本当に殺し合う気か！」

黒勝は熱に浮かされたように頷いた。

「……大魔を使えるようになったら、俺も敵だろう。最後は殺す気か」

不意を打たれた黒勝が口を噤《つぐ》む。その隙に紅運は手を振り払った。

「お前は同志だ。父の死を悲しまないどころか喜んだだろう！」

「今の話は誰にもしない。その代わり、俺は何もしない」

胸のざわつきから逃げるように、紅運は背を向けて歩き出した。

「皇帝になりたくないのか！」

上ずった声が降りかかる。紅運は楼の影から逃げるように駆け出した。


夕刻、自室に戻った紅運に年老いた乳母《うば》の琴児《きんじ》が微笑《ほほえ》みかけた。

「お疲れでしょう。お茶の準備をいたしました」

紅運は平静を装って頷《うなず》いた。青磁の茶器に蓮《はす》の葉茶が注がれる。温かい茶器を受け取ったとき、頭の中で声が反響した。

――皇帝になりたくないのか。

考えないようにしていた。それは文官の道を選んだ黒勝も同じではなかったか。自分と違い、政治の才に恵まれた兄の燻《くすぶ》る野心に眩暈《めまい》がした。

琴児は何も聞かなかった。彼女のいた頃《ころ》の後宮では、貴妃の機嫌を損ねて血管に針を入れられた女官の噂《うわさ》も聞く。頭髪に白が交じるまで琴児が生き抜けたのは深慮と無口の恩恵故だろう。

「本日はもうお休みの準備をいたしましょうか」

「疲れてないさ。何もしてないいんだ」

「絵をお描きになっていたのでは？」

「無駄だったな。死人に絵を贈っても仕方ない」

紅運は自嘲《じちょう》気味に笑って絵筆と巻紙を机に置いた。琴児は墨で汚れた紙を広げて目を細めた。

「馬ですか、お上手ですね」

「わかってくれるのは琴児だけだ」

苦笑を返して再び表情を曇らせた紅運の背に、琴児が手を置いた。

「胸中はお察しします」

「辛くなんてない。一度も俺に見向きもしなかった父親だ。逆に、俺が死んでも父上は悲しまなかっただろう」

「そんなことはありませんよ。陛下は紅運様の御母堂をどの妃よりも深く愛されていました。あの方に瓜二つ《うりふた》の貴方も」

「ただの下女から美貌《びぼう》だけで皇妃になった母を、か」

「陛下は美姫など見慣れています。紅運様を産まれてすぐ儚《はかな》くなるまで寵愛《ちょうあい》を受けた由縁はそれだけではありませんよ」

「それで、俺は陛下から最愛の妻を奪った仇《かたき》になった訳だ」

紅運は描き途中の馬を見下ろした。紅運が以前ただ一度絵を贈ったとき、皇帝が目元を緩ませたような気がした。微《かす》かに嘆息した記憶の中の父の背の先には、紅運の母を描いた水墨画が飾られていた。

記憶を振り払うように紅運は窓外に視線を移した。池が王宮を映している。水中の都に手を伸ばしても触れられないように、目には見えても決して届かない玉座に届くと信じている者もいる。

「いっそ皇子じゃなければ」

呟きかけて紅運は首を振った。

「いや、市井で生まれていたらとっくに橋の下にでも捨てられていたな。俺には何もないんだ。俺は白雄や橙志のような武の才も、黒勝のような文の才もない。黄禁のような妖術どころか、青燕のような善心すら持ってないんだ」

「違います」

紅運は顔を上げた。琴児が衣の袖《そで》を皺《しわ》の寄った手で握りしめていた。

「紅運様はお忘れかもしれませんが、幼い頃私の足をご覧になったことがおありでしょう」

老いた乳母の爪先は長い裾《すそ》に覆われて見えない。

「私の生まれた頃にはまだ子女に纏足《てんそく》をしていました。とうに廃れた習わしですが、私の足指は今も折れ曲がって五寸もありません」

「……それがどうした」

「それをご覧になった紅運様は、いつか自分が――」

琴児の声を遮って銅鑼《どら》の音が響いた。典雅さはまるでなく、けたたましく打ち鳴らされる鋼は有事の報せだった。紅運は椅子を蹴倒《けたお》して窓枠に縋《すが》りついた。

「玉麟殿、炎上！　繰り返す！　玉麟殿、炎上！　既に数多《あまた》の衛兵が殺された！　禁軍は疾く後宮に残る者を救い、下手人を――」

言葉は不穏に途切れた。

＊＊＊

「まだ見つからないのか！」

兵士と同じ鎧《よろい》に兜《かぶと》は被らず、抜き身の剣を携えた橙志が叫ぶ。水の中の王宮が燃えていた。庭園の池に浮かぶ蓮は萎《しお》れて沈み、喧騒《けんそう》が水面に波紋を広げる。駆けつけた兵士たちの鎖帷子《くさりかたびら》も炎を映して輝いていた。

「恐れながら、犯人は……」

煤《すす》に塗《まみ》れた兵士が噎《む》せ返りながら答えた。

「死人です」

「何？」

「棺の警備の最中、兵士が急に胸を掻《か》き毟って事切れました。そして、死んだ兵士が起き上がり、駆け寄った者の喉元《のどもと》に齧《かじ》りつき、燭台《しょくだい》の火を放ったのです。同じことがそこら中で……」

「宮中に妖魔《ようま》が出るものか！　結界はどうなっている！」

「何者かに破られていました」

橙志《とうし》が眉間《みけん》の皺を深くする。

「二百年も破られなかった結界だぞ。死霊を使う道士如《ごと》きに……」

「道士ではない、黒の大魔・睚眦《がいさい》だ」

割って入ったのは黄禁だった。黒子の多い顔から虚ろな笑みは消えていた。

「黒勝が従える大魔の名が何故《なぜ》出る。あれに死者を蘇《よみがえ》らせる力などない。睚眦の権能は悪心を見透かすことだ。刑部が廷内に出入りする者の可否を問うため……」

「常は力を抑えていたのだろう。本来の権能は悪心を見透かすだけでなく、それを煽《あお》り殺人に走らせることだ。生者に権能を使えばただ死ぬのみ。しかし、死人に使えば身が砕けるまで荒《あら》ぶる餓鬼となるらしい。『睚眦の恨み』と言うだろう」

ひと睨みされた程度の怨恨《えんこん》を指す言葉の元は、古代の龍久国で睚眦を従える皇子が国内に目を光らせ、叛意《はんい》を抱く者をその権能で悶死《もんし》させたことに拠る。橙志は脳裏をよぎった故事を振り払う。

「……黒勝が殺され、睚眦を奪われたということは？」

「皇子にしか使えぬのはご存知のはず」

黄禁の言葉に橙志は沈鬱《ちんうつ》に目を閉じた。風に火花が散り、熱に耐えかねた宮殿の悲鳴が響く。橙志は開けた目を兵士に向けた。

「一衛は白雄殿下を呼べ。二衛は避難誘導と翠春《すいしゅん》と紅運の安否の確認を。三衛は青燕《せいえん》が来るまで消火に当たれ」

「既に火の手が激しく倒壊の恐れ有り。優先順位は如何しますか」

「今から俺が聞く。来い、蒲牢《ほろう》」

橙志の影が光を帯び、釣り鐘のように膨らむ。洗朱の鱗《うろこ》の龍が地に降り立った。

「橙の大魔は音響を好む。啼け！」

雷鳴が轟《とどろ》いた。空気そのものが吼《ほ》えたような咆哮《ほうこう》は城郭に叩《たた》きつけられ、無数に反響する。鳴動がくまなく捉《とら》えた城内の凹凸全《すべ》てを橙志の肌に伝える。彼は深く息を吸った。

「東の被害が甚大だ！　玉麟殿と天鵬殿は間も無く倒壊する！　女官は皇妃殿下を連れ、火の手の弱い南へ逃げろ。男は消火に当たれ。兵は妖魔の討伐を続け、首謀者を捜査せよ！」

銅鑼よりも鮮明に響いた声に兵士が素早く展開する。

「殿下、あちらが！」

兵のひとりが火を噴き上げる宮殿を指さす。

官吏が肩を貸し合って逃げる頭上で、屋根が火の粉を散らし、骨組みが崩れ落ちた。逃げる間もなく傾いだ梁《はり》は落下する。炎が官吏を捕える寸前、水晶に似た球体が空中で弾けた。大量の水が滴り、梁が水蒸気を上げて砕け散った。

「遅くなってごめん、怪我《けが》はない？」

「青燕殿下……」

煙の充満する通りを駆け抜け、青い衣を煤で汚した皇子が合流した。背後には四肢を持った巨大な魚が侍っていた。橙志は亡者たちと切り結んだ血濡《ぬ》れの刃を素手で払った。

「弟たちは？」

「翠春は御母堂と逃げたよ。紅運には会えていない。早く助けに行かないと」

青燕は目を伏せた。

「黒勝がこんなことするはずがない……そう思い込んでたのが駄目だったんだ。ちゃんと話す機会はいくらでもあったのに」

橙志が青燕の背を強く叩いた。

「過ぎたことを考えるな。今救える命があるだろう」

血豆が潰《つぶ》れた手の硬さと重みに青燕は顔を上げた。

「鎮火できない建物は崩して止める。下手人の誘導も兼ねたいが……」

「私が導線を引きましょう」

純白の喪服に黒鉄の蛇矛を携えた白雄が現れた。

「いつからそこに？」

「たった今です。ですが、橙志の考えなら兵法の最適解を選べば自ずとわかる。天鵬殿を崩して延焼を食い止め、瓦礫《がれき》で東への経路を塞《ふさ》ぐ。南は兵士の守りがある故、無人で被害を最小限に抑えられる北の龍墓楼へ誘導できる。違いますか？」

橙志は頷く。

「流石《さすが》です」

ゆらぐ陽炎《かげろう》から亡者の影が滲《にじ》み出《だ》した。白雄は蛇矛を振るい、頭上に茂る木を払う。枝葉が嚆矢《こうし》の如く地に刺さり、鋼の硬度の柵《さく》となった。

「また生ける屍《しかばね》とは。その上、先のものより数も強度も厄介ですね」

訝《いぶか》し気に眉根《まゆね》を寄せた橙志に、白雄は微笑《ほほえ》んで首を振った。

「黄禁、頼めますか」

「ああ。霊廟《れいびょう》に篭《こも》り、呪殺を打つ」

「青燕は引き続き消火を」

「わかった」

「橙志、足止めを頼みます」

「お任せください」

「宮廷は外敵の侵入を許さぬ精強さ故に、内敵との戦の経験は乏しい。皆、留意してください」

弟たちを見送った白雄は天鵬殿に向かった。催事の度花で彩られた宮殿を今飾るのは赤一色だ。

「白の大魔は重責を好む」

蛇矛が白銀の輝きを帯びる。重力を司《つかさど》る妖魔の権能を宿した刃が直線を描く。ひと突きで天鵬殿は砂のように崩れ落ちた。

＊＊＊

破壊の残響は紅運の耳にも届いた。

「紅運様、疾くお逃げを」

琴児が衣の裾をたくし上げる。布靴に包まれた五寸もない爪先が覗《のぞ》いた。歩くのも難しいだろう、小さな足だった。紅運は乳母《うば》の手を取って駆け出した。

周囲は煙と、木と肉の焦げる臭いが充満していた。遠くで皇帝を安置する宮を炎が包み、黒煙が夜空の暗雲に合流した。

「黒勝、本気だったのか」

紅運の見逃した兄が殺した者たちが廊下や庭に倒れている。あの後、他の兄に伝えていたら違っていただろうか。

「紅運様！」

思考を琴児の声が引き裂き、真横から二本の腕が突き出す。間一髪で躱した紅運の前を唾液《だえき》を滴らせた上下の歯が嚙《か》んだ。

「何だ、こいつは！」

襲いかかってきた男は鎧を纏《まと》っていたが黒いのは帷子ではない。裂けた腕や背から骨が見えるほど体が焼けて焦げている。常人なら立つことも叶《かな》わない火傷《やけど》だ。再び躍りかかった男の腹を紅運の踵《かかと》が打つ。男は勢いのまま頭から白壁に突っ込んだ。骨が砕ける音がしたが、二本の脚がまだばたついている。

「また死霊か……！」

紅運は自分の腰を見下ろす。とうに稽古《けいこ》をやめた剣など帯びているはずがない。紅運は舌打ちし、隅に転げていた黒い鞘《さや》を拾った。

「道が塞がれている。北へ逃げよう」

紅運は琴児の手を引いた。道の向こうで亡者が次々と倒れる。黄禁が廟《びょう》から呪術《じゅじゅつ》で生ける屍を死者に還しているのだろう。紅運は頼りない黒鞘を睨《にら》んだ。

朱塗りの楼門が見えた。それと同時に煙より一段暗い黒の塊が目に映る。死者の軍勢が門の下に蠢《うごめ》いている。琴児が手をそっと解いた。

「貴方様だけでお逃げください。老体は足手まといです」

「何を言うんだ！」

咳《せ》き込む紅運の声に、亡者たちが白濁した目を向けた。呻《うめ》きがこだまし、無数の腕が押し寄せた。

「死に損ないが……！」

死者の拳撃《けんげき》が紅運の構えた鞘を弾き飛ばす。押し寄せる顎門《あぎと》に紅運は目を瞑《つぶ》った。痛みは襲ってこない。目を開くと、亡者たちが焼けた梁に押《お》し潰されてもがいていた。瓦礫が広がる中に白髪《しらが》の老婆が倒れている。

「琴児！」

未《いま》だ燃え燻《くすぶ》る天鵬殿から老体とは思えぬ力で梁を抱え、亡者の群れに投げ落としたのだ。衣から覗く腕は赤く爛《ただ》れていた。

「どうして……」

煤と火傷で覆われた彼女を抱き起こすと、力無い笑みが返った。紅運は琴児の衣に点いた火を手で消して背に負った。火膨れした指がひりつく。鉛のような重みに耐えながら紅運は一歩ずつ進んだ。

「何で俺なんかを庇《かば》うんだ」

熱く細い息が耳にかかり、琴児が笑ったのだとわかった。

「今も覚えております……私の足を見た紅運様が……『皇帝になったら女官も馬を使えるようにしてやる。馬が走れないところは俺が背負う』と……。何もないなどと仰いますな……私にはずっと何より大事で特別な……」

琴児が肩からずり落ちた。慌てて抱き起こすと、まだわずかに息があった。風と炎の共鳴に怒号が混じる。今は白雄も、桃華もここにいない。

紅運が唇を噛んだとき、獣の唸《うな》りが響いた。先日の堂の奥で聞いたものと同じ響きだった。振り返ったが、変わらず赤い楼門があるだけだ。その奥から低い唸りが聞こえてくる。皇帝たちの墓の先にあるのは――。

「伏魔殿……」

紅運は琴児を楼門の下に寝かせた。

「すぐ戻る」


赤い支柱を潜り、紅運は気が遠くなるような長さの石段を駆け上がった。肺が鋭く痛む。豪奢《ごうしや》な廟の前を擦り抜けた先に、石を積み上げた、崩れそうな塔があった。白い縄で幾重にも封じられた入り口には天子すらも立入を禁じる札が揺れている。紅運が躊躇《ためら》ってから縄に手をかけると結び目は呆気《あつけ》なく解けた。

歪《いびつ》な石の扉を肩で押し開けると、湿気と熱が押し寄せた。魔物の胎内に呑《の》まれたようだった。紅運は闇《やみ》の中を手探りで進んだ。

闇の先に光が覗いた。足を速めるほど、熱は濃くなり息が詰まる。薄暗がりの中、赤光が煌々《こうこう》と照らすものが見え、紅運は息を呑んだ。

獣でも妖魔でもない。炎のような赤い髪をした男だった。うねる髪の奥に擦り切れた行者の服と、項垂《うなだ》れた顔がある。胸には深々と銅剣が突き刺さり、地に縫い止めていた。

「これが赤の大魔か……？」

呟《つぶや》きに呼応するように男が顔を上げた。

「お前、皇子か……？」

掠《かす》れた声だった。赤毛から険しい面差しが覗き、目蓋《まぶた》が開く。

「それとも、皇帝か？」

炎の芯《しん》のような金の瞳《ひとみ》が爛々《らんらん》と光った。紅運は口を噤《つぐ》み、静かに息を整えた。額から滴る汗を拭《ぬぐ》い、男を貫く銅剣の柄に手をかける。

「いずれそうなる」

紅運は銅剣を引き抜いた。紅蓮《ぐれん》の炎が噴き出し、獣の咆哮が北の空を揺らした。


全身を迸《ほとばし》る血が炎に置き換わったように熱い。赤一色に染まる紅運の目に、伏魔殿の中からは見えないはずの夜空が映った。伏魔殿を貫いて噴出した業火に乗り移ったように、宮殿を高みから見下ろせる。目下の廷内は楔形《くさびがた》に燃えていた。その切っ先に追い詰められたように石段を上る黒の軍勢と、同じ色の名を持った男の姿がある。

我に返った紅運は銅剣を手に、無意識に駆け出した。肺の痛みが消え、弾かれるように足が前へと動く。地上へ飛び出した紅運を夜風が包む。石段の下から熱を帯びた空気と死臭が這《は》い上がった。

「紅運か……？」

石段を上り切った黒勝が呟いた。背後には四肢の捩《ね》じれた死者の大軍と、山犬に似た魔物が侍っていた。

「黒勝……」

睚眦《がいさい》は紅運を一瞥《いちべつ》し、獲物を狩る許しを請うように主を見上げた。黒勝が目を伏せると、獣は満足げに吼える。睚眦が牙《きば》を剥《む》き出した瞬間、一陣の風の如く炎が駆け抜けた。突如現れた赤壁に黒勝と獣がたじろぐ。紅運は咄嗟《とっさ》に振り返った。背後に、光輝燦然《さんぜん》たる赤髪を風に躍らせる、金眼の男がいた。


「えらいことが起きてるみてえだな……紅運とは、お前の名か？」

紅運の耳元で男が犬歯を覗かせて笑う。男の呼気から熱が漂った。

「紅ってことは九男だな。継承権は最下位。死んでも玉座が回って来ねえ。違うか？」

「俺の名はいい。俺がお前の主だ。お前の名を言え」

赤毛の男が金の双眸《そうぼう》を細めた。

「狻猊《さんげい》」

熱が膨れ上がり、赤光が閃《ひらめ》いた。黒勝を囲む兵の鎖帷子《くさりかたびら》が黒さを増す。一瞬で、亡者の群れが炭化し、風に散った。紅運は目を疑う。炎を放った瞬間すら見えなかった。

「何だ、そいつは……」

黒勝が震える声で呟く。黒い山犬が石段を駆け上がって吼えた。

「睚眦じゃねえか」

狻猊は紅運の肩に顎を載せるようにして囁《ささや》く。

「お前の兄弟か？　睚眦に睨まれたな。ありゃあもう駄目だ。奴《やつ》に悪心を見抜かれたら、みんな唆されてイカれちまうんだ」

黒勝と妖魔《ようま》が同時に唸った。紅運は沈鬱《ちんうつ》に目を伏せた。

「そういうことか……黒勝なら上手い手はいくらでも思いつくだろうに、何でこんな短慮に走ったのか不思議だった。兄弟を殺そうかと思ったときから、あんたは睚眦の奴隷《どれい》だったんだな」

黒勝の瞳が嵐《あらし》の中の湖面のように震える。

「奴の本当の権能すらわかってなかったんじゃないか。知ってたらもっと周到にやったはずだろ」

紅運は火膨れの潰れた手で銅剣の柄を握った。

「諦《あきら》めろ。じきに追手が来る。妖魔のせいだとわかれば死罪には……」

咆哮《ほうこう》が紅運の声を掻《か》き消した。全身の毛を逆立てる睚眦の前に狻猊が立ちはだかる。二柱の妖魔を前に、黒勝は乾いた笑みを浮かべた。

「青燕《せいえん》の真似《まね》か？　慈悲深い振りはやめろ。お前は俺を殺すのが怖いだけだ。無能が露呈するのを恐れて、何をするにも怯《おび》えていたからな」

紅運は何も言わず視線を下げた。

「紅運、俺を見下すな！」

地面が爆《は》ぜた。土煙を巻き上げ、睚眦が突進する。赤い軌道が閃き、黒い巨躯《きょく》が弾かれた。狻猊の蹴撃が黒の大魔を正面から跳ね飛ばしていた。遥《はる》か先に叩《たた》きつけられた睚眦の爪痕《つめあと》が地に深い線を刻む。紅運は鈍痛の走った胸を押さえた。疲労が目を霞《かす》ませ、汗が滴る。妖魔を使役するには己の体力を分け与えるのだと聞いたことがあった。

黒勝が歯を軋《きし》ませ、睚眦《がいさい》が起き上がる。紅運は深く息を吸った。

「見下せるわけないだろ！」

黒勝の肩が小さく震えた。

「無能な俺が優秀なあんたをどう見下せっていうんだ！」

痛む肺に空気を取り込み、喉《のど》を押さえて紅運は声を振り絞る。

「ずっと羨《うらや》ましかった……いや、違うな。自分が惨めだから言わなかったが……俺には目もくれない父上が政の采配《さいはい》を尋ね、兄弟皆が信頼する、あんたを尊敬していた」

黒勝が何か言いかけ、睚眦の呻きがそれを掻き消した。

「黒勝、それじゃ足りないのか」

「足りない」

紅運の視線の先の兄は皮肉な笑みを浮かべた。

「お前は自分を無能と言い、兄弟に敬意を向ける。恐ろしい実力主義者だな。お前自身も才なき者は宮廷にいる価値がないと思っている証《あかし》じゃないか？　お前も結局腐った宮廷の一部分だ」

虚を衝かれた紅運に、黒勝は憔悴《しょうすい》した目を向ける。

「俺には白雄よりも政の才がある。だが、皇帝になれない。奴が長子で俺が七男だからだ。実力主義の宮廷で何故《なぜ》そんなことが？　わからないだろう。紅運。兄弟の誰《だれ》にも、皇帝にもわからない」

「俺はただ……あんたも他の誰も死ぬ必要なんてないと……」

紅運はかぶりを振った。黒勝の目が虚ろに光っている。紅運は汗と膿《うみ》が火傷《やけど》に染みる手で銅剣を握り、震える腕で黒い獣に切っ先を向けた。

「狻猊《さんげい》、あの化け物を殺せ！」

赤毛の男が獰猛《どうもう》な笑みを浮かべた。黒の大魔が地を跳躍する瞬間、男が傅《かしず》くように屈《かが》み込んだ。赤毛が火花を散らし、毛の一片まで炎を纏《まと》った獅子《しし》に姿を変えた。身を躍らせた睚眦の腹が闇のように頭上に広がる。獅子はただ首をもたげ、啼いた。走る光が全《すべ》てを紅《あか》く染める。凝縮された炎が妖魔の胸を穿《うが》っていた。睚眦は細い煙を一筋上げる己の胸の穴を見下ろす。穴の縁を赤光が丸く走り、妖魔は火に包まれた。

紅運は炎の照り返しを頬に受けながら、足を前に進めた。燃え盛る大魔を身じろぎもせず見つめていた黒勝が顔を上げる。

「あんたの言う通りだ。あんたがどれだけひとを殺していても、俺はあんたを殺すのが怖い……だから、投降してくれないか」

紅運は携えた銅剣を下げた。黒勝は唇を震わせた。

「紅運、俺は……」

黒勝が軽く背中を叩かれたように身を反らし、どさりと倒れ込んだ。

「黒勝！」

紅運が掴《つか》んだ肩は金属のように冷え切っていた。睚眦が焦げて癒着した目蓋を開き、絶命した黒勝を凝視している。

「狻猊！」

獅子が再び吠《ほ》え、睚眦《がいさい》を炭に変えた。火の粉を纏ったまま風に巻き上げられていく残骸《ざんがい》を見下ろし、紅運は目を閉じた。

いくつもの足音が響いた。蛇矛を携えた白雄、その後ろから橙志《とうし》と青燕が現れる。皇子たちは倒れた黒勝と、炭の塊と、そして、紅運を見た。

「それは……！」

炎を纏った獅子に皇子たちは言葉を失う。紅運が石段を下りかけたとき、青燕が声を上げた。

「待って」

彼は眉《まゆ》を寄せ、紅運を見つめた。

「大丈夫……じゃないよね」

「青燕、琴児を頼む。助けてほしい」

それだけ告げ、紅運は足を引きずって歩き出した。石段の遥か下、城郭は未《いま》だ燃えている。炎の獅子は熱の名残りに喉を鳴らした。

「狻猊《さんげい》、炎を消すことはできるか」

「できねえよ。俺は燃やすだけだ。俺のことは知ってんだろ。お前も破壊を望んでる。違うか？」

炎の中心のような金の目が楽しげに見える。試されている。

——俺には何もできない。だから、考えろ。兄たちならどうする。水の権能を持つ青燕は考えるまでもない。だが、全ての火を消すには青燕の魔力が足りない。橙志は燃える宮の急所を探し、白雄がそれを崩して火を鎮めた。風生火。黄禁が口にしていた万物が持つ性質の相関だ。風は火を生かす。物を燃やし尽くした炎を新たな場所へ運ぶからだ。火は燃えるものがなければ燃えられない。

「狻猊、全部燃やせ。燃えるものがなくなるほど、風すらも燃やして消し飛ばせ！」

狻猊は男の声で笑い、咆哮を上げた。灼熱《しやくねつ》の閃光《せんこう》が上空を走り、宮殿が爆風に煽《あお》られ、池の水が干上がる。一瞬の燃焼で酸素を奪われた火は周囲の官吏や女官を捕える間もなく、最期の輝きを残して消え去った。

紅運は安堵《あんど》の溜息《ためいき》をつき、その場に倒れ伏した。指先にすら力が入らない。妖魔を使役した代償で精も根も尽き果てた。深紅の髪の男が仰向けになった紅運の横に座った。

「お前は俺の封印を解いたんだ。

月の代わりに金色の瞳が紅運を見下ろす。

「どうする。国も王宮も兄弟も全部燃やすか？　そうしたら、最後に残ったお前が皇帝だ。末端のお前にはちょうどいいか？」

「それじゃ意味がない。せっかく守り抜いたんだ。そうだ、俺にも守れたんだ……」

紅運は震える手を空に翳《かざ》す。兄と同じように戦えるところを見せたかった父はもういない。悲しくなかったのは、それ以上に腹立たしかったからだと気づいた。

「もう二度と見せつけられないなら、俺が同じ高みまで行くしかない」

狻猊が眉を吊《つ》り上《あ》げる。

「それに、約束したんだ。宮殿で女官が馬に乗れるようにすると……」

赤の大魔は目を見張り、仰《の》け反《ぞ》って笑い声を上げた。

「良君でも暴君でもなく、いかれた皇子とはな」

紅運は哄笑《こうしよう》を聞きながら意識を手放した。水の中の宮はもうなく、干上がった池に炎の痕《あと》が泡に似た膨らみを残していた。

龍久国継承戦　二

目を開くと、紅運《こううん》は寝台に寝かされていた。

部屋に射す光が等間隔に遮られ、窓の鉄格子に気づく。手首に重みを感じて見下ろすと、枷《かせ》が嵌《は》められていた。狻猊《さんげい》の姿は見当たらない。ふたりの兵士が入室する。彼らは慎重だが素早い手つきで紅運に轡《くつわ》を嚙《か》ませ、手枷《てかせ》に鎖を繫《つな》いだ。

紅運は両脇を抱えられ、部屋を後にした。庭にはまだ煙が上がり、焼けた宮が無残な姿を晒《さら》していた。南側へ進むにつれ、火の手を免れた廷内は普段の様相を成す。琴児《きんじ》はどうなったと聞きたかったが轡に阻まれた。

兵は宮殿の門を潜った。漆の紋様と金箔《きんぱく》が彩る柱が天井を押し上げる広大な宮だ。奥には黒ずんだ長箱が置かれ、焦げた匂《にお》いを漂わせていた。黒石の床に座らされた紅運を四人の兄が見下ろした。

「紅運！」

駆け寄った青燕《せいえん》が兵士の制止を振り切って縛を緩める。

「罪人みたいに拘束することないじゃないか！」

目の下の青みを一層濃くした黄禁《おうきん》が頷《うなず》いた。

「その通り。妖魔を使うにはただ念じればよい。いくら縛めようと、狻猊《さんげい》は瞬く間に俺たちを焼き殺せるぞ。昨夜は宮殿の三割が燃えたらしい。二百年前と比べて半分の被害だ。赤の大魔は本調子ではないらしいな」

橙志《とうし》が軍の長らしい威圧でふたりを鋭く睨《にら》む。

「お前は言葉を慎め。青燕も勝手な行動はするな」

白雄《はくゆう》は冷たく輝く床を踏みしめ、紅運の前に進み出た。

「ここは錦虎殿《きんこでん》。玉麟殿が使えぬ際、催事を行い詔を発する場です」

彼は昨夜の疲労など微塵《みじん》も感じさせず、凛然《りんぜん》と告げる。

「まず貴方の奮励に感謝と敬意を。琴児は峠を越え、今眠っています。件の動乱は小火《ぼや》とし、黒勝は己が身を顧みず消火に当たった君子として龍墓楼で弔うことが決まりました」

死体が晒され、国賊と石を投げられることはない。事を穏当に収めるためだけではなく、兄たちの温情でもあるのだろう。しかし、黒勝の苦渋に満ちた述懐は誰にも知られることはない。紅運は嚳の奥で唸《うな》った。

「目下の課題は貴方です」

白雄は弟を真《ま》っ直《す》ぐに見下ろした。普段は慈愛に満ちた眼差《まなざ》しが、今は感情が読み取れなかった。

「赤の大魔を解いたのは死罪も免れぬ重罪です。しかし、今は裁きを下す皇帝も刑部の長もいない」

赤と白の紙箋が鼻先に垂れた。

「よって、我々の投票で処遇を決めます。極刑を是とするならば白、否ならば赤を」

壺《つぼ》を携えた官吏が皇子たちから紙箋を受け取る。その景色《けしき》が熱で揺らぎ、火花の爆《は》ぜる音がした。

「風前の灯火だな、紅運」

耳朶《じだ》を舐るような囁きに、昨夜の火の海が浮かぶ。

――狻猊。

「奴らを脅すのも殺すのも簡単だ。だが、それじゃ意味がない。奴らの意思でお前を救うならば生かす。殺すなら俺も奴らを焼き殺す」

大魔は権能を使うとき以外持ち主にしか見えないことは、従僕を持たなかった紅運も知っていた。魔物の爪が喉元《のどもと》にかけられたことに兄たちが気づく由はない。

やめろと声もなく叫ぶ紅運の前で、青磁の壺が返された。舞い落ちた紙箋は赤二枚、白二枚。

「同数、ですか」

「何でふたりも……」

青燕は白の紙箋を握る手に力を込めた。

「紅運は皆を助けてくれたじゃないか！　彼がいなきゃ被害はもっと増えてた。僕たちも死んでたかもしれないのに！」

橙志は腕を組み、憮然《ぶぜん》として答える。

「事は必ず収まった。被害が出ようと俺たちの誰かが死のうと残った者が後を継ぐ。大魔を解く必要はない。事によって件の遺言の後に……」

「俺は反対だぞ。弟殺しは嫌だしな。それに、皇帝を失い地脈が乱れる今、最悪の大魔は最大の抑止力になる」

黄禁は紙片を弄《もてあそ》びながら肩を竦《すく》めた。

「いっそ紅運に赤の大魔を呼ばせて、まだ悪意があるか聞けばいいのではないか。二百年の謹慎で大人しくなっているかもしれないぞ」

「ふざけるな！」

橙志と黄禁を視線で窘め、白雄は沈痛な面持ちで口を開いた。

「私は、賛成です」

皇子たちが言葉を交わす間に、紅運が膝《ひざ》をつく床が仄《ほの》かに熱を帯びた。

「紅運が宮廷を救ったのは確か。ですが、私は更により多くを、即ちこの国の民を救うべきだと考えます。赤の大魔の主を生かしておくことはそれに反する」

紅運の顎《あご》を唾液《だえき》が伝い、瞬く間に蒸発した。それに気づく者はない。金の柱を抜けて駆けつけた官吏が白雄に傅いた。

「第八皇子・翠春《すいしゅん》様の母君の命で参りました。こちらを」

舞い落ちた一片の紙箋は白だった。

「三対二……」

白雄は目を伏せる。陽炎《かげろう》が床面を這《は》って揺れた。

「待ってよ、本当にこんな決め方でいいのか！」

青燕《せいえん》の叫びをよそに室温が上がり出す。もがく紅運の耳に狡猾のくぐもった嘲笑《ちょうしょう》が響いた。

「無駄だ。命乞《いのちご》いにしか見えねえよ」

橙志が紅運を見下ろした。

「お前だけ逝かせる気はない。俺が早く軍を動かせば防げた事態だ。責は俺にもある。全《すべ》て片付けた暁には己が首も刎《は》ねる。地獄で待て」

「おかしいよ、ふたりとも死ぬ必要なんてない！」

紅運の全身に汗が噴き出す。部屋の奥の御簾《みす》が熱で軋《きし》み、黄禁が周囲を見回した。

「部屋が暑くはないか？」

「今そんな話はいいだろ！」

「違う。これは……」

轡が落ち、紅運は張り付いた喉奥《のど》を震わせた。

「皆、死ぬぞ……！」

掠《かす》れて声にならない叫びの代わりに涼やかな声が聞こえた。

「私が赤を入れれば同数かな？」

全員の視線が声の方を向く。切れ長の瞳《ひとみ》、高い鼻梁《びりょう》と唇までの陶器のような曲線。皇太子によく似た穏やかな面差しだが、老人じみた総白髪《しらが》だけが異なっていた。白雄と瓜二つ《うりふた》の双子だが、潔白な兄と正反対に、市井で浮名を轟《とどろ》かす放蕩人《ほうとうにん》の第二皇子の帰還だった。

「藍栄《らんえい》……」

白雄が微《かす》かに安堵したように呟《つぶや》き、すぐ表情を打ち消した。

「私がいない間に大変だったようだね」

紅運は汗と唾液に塗《まみ》れた顔を上げた。立ち込めた熱気が徐々に鎮まる。

「これは皇子の会合だ。お前は自ら臣籍降下を申し出たはずだろう」

橙志の低い声に藍栄は軽薄な笑みを返した。

「すっかり兄上と呼んでくれなくなったね、橙志。その通りだが、父上が最期まで受け入れなかったのさ。私は結局第二皇子のままだよ」

彼は白雄の手を取り、自分の拳《こぶし》を重ねる。開かれた手には汗でふやけた赤の紙箋があった。

「事態は急を要します。同数では決着がつかない。紫釉《しゆう》が戻るまで待つ気ですか」

「決着は四対三で処刑は否だ。何故《なぜ》って、彼も皇子だからね。まさか自殺を望んではいないだろう？」

藍栄は紅運を指す。紅運は荒い息で首肯を返した。白雄は長い溜息をついた。

「赤の大魔を知らぬ訳ではないでしょう」

「勿論《もちろん》。ひとを脅かす妖魔《ようま》と異なり、ひとと共にあることを選んだ九の魔物の一柱だ。人間も魔物も挽回《ばんかい》の機会は与えられるべきじゃないかな」

藍栄は指を鳴らした。

「父上が崩御し、抑えられていた各地の妖魔が再び動き出した。昨夜の小火と時を同じくして、皇妃の幾人も縁ある、城下の墓地で墓守の一家が惨殺されたよ。皇子として見過ごす訳にはいかない」

「それを討伐すれば民を守った神獣として認めろ、ということですか」

「ご明察」

白雄は沈黙の後、改めて背筋を正した。

「紅運の縛を解いてください」

青燕の安堵の息の音が響いた。兵士が紅運の枷を外す。雑然とした空気の中、白雄は宮の奥に身を寄せ、刀身に似た細い影の中で藍栄に囁《ささや》いた。

「全て計算済みですか」

「まさか。私も大概焦ったよ。何とか間に合ったけれどね」

藍栄は白髪の下の目を細める。

「助かりました。……迷っていたのです。皇子として処刑すべきでした。しかし、兄としてはそうすべきではなかった」

「まずは〝べき〟というのをやめるところからかな」

白雄は暗がりの中で俯《うつむ》いた。


紅運はまだ縛の感触がある手首を摩り、宙を睨んだ。

「狻猊、殺そうとしたな！」

「当たり前だろ」

赤毛の行者が犬歯を覗《のぞ》かせる。

「王宮を救った勇士の墓上に立つ国なんぞ俺が守ると思うか？　俺が従うのは国じゃなくお前だ。俺の気が変わるまでな」

「ふざけるな。また封印されたいのか」

「悲壮だな。お前を殺そうとした奴らを庇《かば》うのかよ」

狻猊が嘲笑を漏らしたとき、紅運の肩を叩《たた》く手があった。

「待たせたね」

藍栄が微笑《ほほえ》みかける。陽炎を残して狻猊が消えた。

「積もる話は道中にしよう。何分急がないとまずそうだ」

答える間もなく城門の方へ引きずられ、紅運は声を張り上げる。

「急ぐってどこに」

「もちろん街だよ。都を脅かす妖魔退治さ。向かうは羅城の北の墓地。敵は死体から出る瘴気《しょうき》を集めた怨霊、陰摩羅鬼《おんりょう》《おんもらき》だ」


都の大門を抜け、広大無辺に続く大路を進めばすぐ市場に辿り着《たどつ》く。

まるで音と色の洪水だった。果実から骨董品《こっとうひん》まで色とりどりの商店が犇めき、油の匂《にお》いの湯気が全てを霞《かす》ませている。牛車の緩慢な歩みを子どもが追い立て、物売りたちの声が喧騒《けんそう》に拍車をかけた。荘厳な都とは違い、猥雑《わいざつ》だが活気に満《み》ち溢《あふ》れた様に紅運は呆気《あっけ》にとられた。

「喪に服してないのか……」

「白雄が箝口令《かんこうれい》を敷いてるのさ。皇帝崩御の後、次代が決まらないとなると民が怪しむだろう？父上は未《いま》だ病床に伏していることになってるんだ」

商店の軒先には売物の魚や饅頭《まんじゅう》を模した提灯が揺れていた。藍染の袍に矢筒と弓を携えた藍栄を商人が呼び止める。

「いい絹が入ったぞ。垂領でも仕立てるかい？」

「今度にするよ、取っといてくれ」

「何だ弓矢なんか持って。今日の獲物は御婦人じゃないのか」

「人聞きが悪いな」

皇子と下民のやり取りとは思えなかった。笑いながら手を振り返す様は商家の放蕩息子のようだ。言葉を失う紅運を藍栄が振り返る。

「城郭とは王宮と防壁だけでなく、市から田畑、墓地までも有する巨大な都全てを指す語なんだ。自国を学ぶのは皇子の義務さ」

「だからって……」

「まあいいじゃないか。市井を訪れたことは？」

「昼間は初めてだ」

「では、存分に見て回ろう。楽しいよ、私はこれに生かされてる」

藍栄の背が雑踏に消える。追おうとした紅運の視界を赤髪が掠めた。

「狻猊！」

紅運は惨劇の予感に青ざめたが、男は金の瞳で市場を見回しただけだった。視線は食堂の軒に垂れる子どもの背丈ほどの魚に注がれていた。

「気になるのか……？」

「あの店は何だ。窓も屋根も様式が妙だし、店主の肌も蝋みてえだ」

「俺も詳しくないが、たぶん西から来た商人の店だろう」

「天子の都に異邦人が住みついてんのかよ。考えられねえな」

狻猊は居心地《いごこち》悪そうに吐き捨て、再び辺りを見た。

「あっちで売ってるのは何だ？」

「銀細工だろうな。数年前銀山が見つかって……」

「大門の近くの酒楼は？　都の顔だった老舗《しにせ》がねえぞ」

「詳しくないって言ってるだろ」

初めての市に戸惑う子どものような様子に紅運は思わず苦笑した。

「何だよ」

「いや、さっきの店は魚が気になったのかと……」

「獅子《しし》と猫は違えぞ」

狻猊は怒るでもなく憮然として呟いた。

「何処も変わってやがる。二百年前と大違いだ」

「封印される前か。昔の主と市場に来たことがあるのか？」

何の気なしに尋ねた紅運の頬《ほお》を熱風が掠めた。炎の色の髪が覆いかぶさるように広がる。金眼には宮殿を焼いたときの凶暴さが戻っていた。

「一度しか忠告しねえぞ。俺に前の主のことを聞いたら殺す」

狻猊は陽炎《かげろう》となって消えた。紅運が呆然《ぼうぜん》と立ち尽くしていると、藍栄の姿が見えた。彼は両手に湯気を立てる竹筒と笹葉の包みを抱えていた。

「昨夜から何も食べてないだろ？」

押し付けられた筒からは茶の香りが漂い、笹の包みを解くと蒸した饅頭が現れた。紅運は温《ぬく》もりが染みる手の平を見下ろした。

「敵地へ急がなくていいのか。それに、毒見役もいないのに市井の物を食べるのは……」

「腹ごしらえは重要だろう。心配しなくても毒など入ってないさ」

藍栄は饅頭をひと口齧《かじ》って見せた。紅運は諦《あきら》めて茶を啜《すす》る。赤提灯が湯気の中で揺らめく市場は騒がしいがひどく長閑《のどか》でもあった。藍栄は事も無げに言った。

「小さい頃《ころ》から食と毒は隣合わせでね。お陰で大抵は見抜ける。ほら、白雄と私は双子だろう？　皇太子がふたりじゃ都合が悪い。物心ついた頃から常に刺客の影はあったよ。この髪もそのせいだ」

「だから、臣籍降下を？」

「そう。白雄には重責を押しつけて申し訳なく思ってるよ」

飄々《ひょうひょう》と答える藍栄の横顔越しの市場の風景は、以前白雄と歓楽街を訪れた記憶を呼び覚ました。あのときとは違う、今朝《けさ》の白雄の眼差《まなざ》しも蘇《よみがえ》り、紅運は俯いた。

「恨んでないのか？」

「恨む余地などないさ。君は白雄を恨んでいるかい。危うく処刑されるところではあったが」

「正直、恨むほど気持ちが追いついていない……誰《だれ》に対してもそうだとはいえ、何かと気にかけてくれてはいたからな。いや、気遣うのも処刑するのも、皇太子として当然だからやるか」

藍栄が僅《わず》かに眉《まゆ》を下げたのを見て、紅運は自嘲《じちょう》気味に笑った。

「気にしてない。俺が白雄の立場でも俺なんか見捨ててたさ」

「白雄は君を軽んじていた訳でも見放した訳でもないよ。ただ、愛する者でも規律の為《ため》に切り捨てなければいけない立場なのさ。言うべきことと言いたいことで板挟みというところかな。君が生き延びてくれて、白雄も救われただろう」

「助けられても、俺は借りなんて返せないぞ」

「充分さ。これ以上兄弟が減るのはごめんだ。黒勝は目利きでね。私が質屋で珍品を買うたびに呆《あき》れながら真贋《しんがん》を見てくれたんだ。次会うときにも鑑定を頼んでいたんだが、忘れられてしまったようだね」

紅運は俯いた。壺《つぼ》を積んだ荷車を押す商人が前を横切る。藍栄は紅運の肩を叩いて歩調を早めた。

「思い出話は仕事を片づけてからにしよう。行こうか」


目抜き通りから郊外の林道に入るにつれ、鬱蒼《うっそう》と茂る黒い木々が放つ湿気と冷気が死人の肌のように纏《まと》わりつく。

「この先に例の妖魔がいるのか」

「ああ、墓地にね。魔物は大魔たちがいる宮殿には近づかない。都から離れた、こういう暗い場所によく現れる」

路肩に苔《こけ》むした墓石が散らばっていた。石自体はまだ新しく、歳月以外の何かが砕いたらしい。

「陰摩羅鬼、弔われなかった死者の気が淀《よど》んで生まれる妖魔だ」

「民は葬送をなおざりにしていると？」

「いるじゃないか。未だ安息を得ていない死者が」

紅運は息を呑《の》む。錦虎殿《きんこでん》の奥にあった黒ずんだ長箱。あれは焼け残った皇帝の棺ではなかったか。

「龍久国は荒《あら》ぶる龍脈の上にある。それを抑える皇帝不在の今は地獄の蓋《ふた》がないのと同じさ。民草は騙《だま》せても妖魔はそうはいかないらしい」

藍栄《らんえい》は弓を手に取った。千段巻の麻糸に塗った漆の上から装飾を重ね、細い籐《とう》で補強した重籐の弓だった。

「まだ何もいないが……」

「いや、いるさ。私はとても目が良くてね」

疾風が走り、藍栄の足元にごとりと硬いものが落ちる。矢を放つ瞬間すら見えなかった。紅運は感嘆しながら足元に視線をやって思わず呻《うめ》く。落ちていたのは人頭だった。

「陰摩羅鬼とはこれか？」

「これは飛頭蛮《ひとうばん》。死体の胴から離れて飛ぶ生首さ。妖魔の中じゃ雑兵だ」

藍栄は矢筒から新たな一矢を取る。

「敵が多いほど私に有利だ。藍の大魔は眺望を好む。来い、螭吻《ちふん》」

藍栄が目を閉じると、藍色《あいいろ》の釉薬《ゆうやく》を塗ったような光沢を持つ鯨が現れた。主の開眼と共に、鯨の体表の傷が無数の目となった。

三条の雷光が奔った。矢は見えない妖魔を正確に撃ち落とした。断末魔の呻きと風切り音、肉が潰《つぶ》れる音が林に響く。藍栄が振り向き、紅運に弓を向けた。避ける間もなく矢が紅運の肩を掠《かす》め、背後の幹が軋《きし》む。

「失礼」

後ろから奇襲を狙《ねら》った飛頭蛮が木に磔《はりつけ》になっていた。風に混じる甲高い声に藍栄が眉を顰《ひそ》める。

「向こうが本命のようだね」

墓地の方へ駆け出した藍栄の後を追い、林を抜けた紅運に咆声が降りかかった。開けた墓地の中央を睨《にら》む。異形の鳥が羽を広げていた。漆黒の羽の中、双眸《そうぼう》だけが赤い。鋭い嘴《くちばし》には死人の髪が蔦《つた》のように絡んでいた。ふたりの皇子を見留め、陰摩羅鬼は嗜虐の笑みを浮かべた。

「私が奴《やつ》を追い込む。とどめを頼めるかい？」

狼狽《うろた》える紅運の肩を藍栄が押す。

「大丈夫。妖魔《ようま》も大魔も力の根源は同じ龍脈だ。妖魔に有利な場所ほど私たちにも有利なんだよ」

紅運は先ほどの狻猊の形相を浮かべつつ、意を決して呼んだ。

「来い」

墓地の風景が歪み、狻猊が降り立った。紅運は獅子の横面を盗み見たが表情は読めなかった。螭吻の体表の瞳《ひとみ》が瞬き、藍栄が豪速で放った矢が墓石を穿《うが》つ。垂直の射撃が化鳥の飛翔《ひしょう》を阻んだ。速度と精度だけではない。着地点を予測して打ち、飛躍も反撃もさせない射撃だ。藍栄は袋の鼠のように妖魔を追い詰めていく。狻猊が唸《うな》った。

「手柄だけは俺たちに譲ろうってか。いけ好かねえ」

陰摩羅鬼は最奥の土壙墓へ誘導されている。紅運は狻猊の背に飛び乗った。燃える毛皮は主だけを焼かない。

——下手《へた》を打てば邪魔になるだけだ。藍栄の矢よりも速くなければ。

記憶の中の火が爆《は》ぜる。橙志《とうし》から剣の稽古《けいこ》を受けていた頃、一度見た異邦の武器があった。火薬と呼ばれる、まだ軍では開発途中の武器は爆発と燃焼で上空まで火花を散らした。

「行け！」

炎の推進力で加速した狻猊は火矢の如《ごと》く飛んだ。大地に黒い轍《わだち》が残り、苔が一瞬で枯れ果てる。

敵は既に眼前にいた。

「吼《ほ》えろ！」

短い咆哮《ほうこう》が熱波として飛んだ。その瞬間、陰摩羅鬼の嘴が紅運を指した。空中で身を捩《よじ》った狻猊の横合いを轟音《ごうおん》と爆炎が薙《な》ぎ払《はら》った。狻猊は距離をとって着地する。土煙の中で化鳥が笑っていた。

事態が飲み込めない紅運の横で藍栄が呟《つぶや》く。

「死体の瘴気《しようき》に引火したのか……」

紅運は同じ火炎を見たことがあった。幼い頃、都で病が流行《はや》り、白雄に伴われて慰問に訪れたときだ。地に膝《ひざ》をつき病人の手を握る皇太子に涙する民の肩越しに青い火が浮かんでいた。帰りにそれを口にすると、骸《むくろ》が発する気は風に触れて火を生むことがあるのだと長兄は言った。亡者から生まれた化鳥の嘴から蒼炎が溢れている。最強の炎が通用しない。

皇子たちの隙を突《つ》き、陰摩羅鬼の翼がはためいた。藍栄が咄嗟《とっさ》に放った一矢が乱気流に砕かれる。剪刀《はさみ》じみた嘴が紅運の頭上に迫っていた。赤光が過ぎる。妖魔の嘴は紅運の前に出た赤毛の男の心臓を貫いた。

「狻猊！」

背を貫通した嘴の先端に鮮血ではなく、煙が絡みつく。

「炎に急所があるかよ」

瞬く間に火が広がった。目を焼かれた化鳥は絶叫しながら、狻猊の胸を抉《えぐ》り抜いて逃げる。元の黒と焦げ跡が交じる身を震わせ、妖魔が吼えた。蒼炎が空を焼き、林の鳥が一斉に飛び立つ。

「今ので仕留められないのか」

炎熱のせいか焦りか、藍栄の頬《ほお》を汗が伝う。鳥たちが逃げ去った墓地に、化鳥だけが全身から噴煙を上げながら立っている。狻猊の胸の風穴を炎が埋め、跡形もなく消した。

「どうする、紅運？　火力を上げれば灰にできるぜ」

「駄目だ。爆発したら街にも被害が及ぶ。それに藍栄を巻き込むだろ」

「競争相手が減っていいじゃねえか」

狻猊がにじり寄る。

「俺は皇子が嫌いなんだ。国のためと嘯《うそぶ》いて自分も兄弟も平気で殺す。手前らの首には全《すべ》てに替わる価値があると思ってるからな。気に入らねえよ。野良犬みてえに焼き殺して思い知らせてやるのもいいだろ」

藍栄が小さく笑った。

「優しい妖魔を持ったね」

「どこが……」

紅運だけでなく呆気《あっけ》にとられた狻猊を横目に、藍栄は矢を抜いた。

「誰も死なせないよ。この世には楽しみが沢山あるからね。早くここを切り抜けようじゃないか」

化鳥の鳴き声に張り詰めた弓が震える。

「先ほどより正確に射れなさそうだ。手伝ってくれるかい？」

紅運は額の汗を拭《ぬぐ》った。

「俺が囮《おとり》になる」

藍栄が頷《うなず》き、螭吻の体表の目が四つ開いた。陰摩羅鬼が羽ばたく。

「正面から頼む」

赤毛の男が炎を脚に纏う。狻猊が素早く紅運の両脚を抱え、跳躍した。抗議する間も余裕もない。

「火が使えないなら」

紅運は銅剣を握る。すれ違いの刺突は激音を立て、黒鉄の羽と火花を散らしただけだった。

「くそっ……」

二本の矢が妖魔の首を逸《そ》れて墓石を粉砕した。蒼炎が牽制《けんせい》するように周囲を焼き払った。藍栄の射撃の精度は格段に落ちている。足場すら要せず狻猊が回転した。

──藍栄は何故《なぜ》狻猊の速さを知って尚、背後を取れと言わない？

紅運が顧みた先で、藍栄が最後の一矢を番えた。両の瞼《まぶた》は閉じている。

──まさか。

紅運は再び化鳥を見やった。

「狻猊、切り離された身体《からだ》は火に変えられるのか」

大魔は頷く。弓を引き絞る音。命じる前に狻猊が地を蹴《け》った。赤髪の旋毛を見下ろして念じた思考は口にせずとも伝わったようだ。

陰摩羅鬼に追従して風が渦巻く。狻猊は減速しながら肉薄した。開かれた嘴と腐臭が迫る。

「俺の首に価値などあるか」

紅運は己を抱える妖魔に銅剣を向けた。狻猊が空中で身を屈める。化鳥の嘴は虚空を啄《ついば》んだ。攻撃の寸前、狻猊は紅運を上に放り投げている。

「命懸けじゃなきゃ何も……」

錐揉《きりも》みされる紅運の視界に、唯一の標の如く伸びる男の手があった。

「できないだけだ！」

振るった銅剣は狻猊の手首を狙い通りに切り飛ばした。落下する紅運を狻猊が片腕で抱え、切断された己の肉を蹴り上げる。仰ぎ見た空に銀の一線が走った。矢は空中の手首を貫き、直進する。

魔物の開いた口腔《こうこう》に飲まれる瞬間、手首が燃え上がった。嘴に絡む死人の髪が細く煙を上げ、青い光が薄く漏れる。轟音とともに陰摩羅鬼の半身が炸裂《さくれつ》した。

赤と青の炎が絡み、墓地に煙と腐肉の焦げる匂《にお》いが充満する。藍栄が悼むように目を閉じた。亡者の鳥は体の内外の炎に焼かれて屠《ほふ》られた。

帰路の林道で紅運は息をついた。身体は汗と空気に溶けた油脂でべたついていた。紅運は脂で照る唇を舐《な》める狻猊を呆れ交じりに見上げた。

「何とかなったな」

「当たり前だろ。俺が殺せない奴がいるかよ」

「敵じゃなくお前が何をしでかすか心配だったんだ」

「そりゃあこっちの台詞《せりふ》だ」

狻猊は金の眼《め》を細めた。

「お前はまともで大人《おとな》しいつもりでいるかもしれねえが、普通は人間の姿の奴の手首を躊躇《ちゅうちょ》なく切り落とさねえよ。いかれてるぜ」

答えに窮した紅運を見て、藍栄が声を上げて笑った。

「何にせよ、よくやってくれた。君たちの手柄だ」

狻猊が舌打ちする。

「法螺《ほら》吹きやがって。目がいいなんて大嘘じゃねえか。お前、盲目だろ」

藍栄は少しの間沈黙した。

「わかるかい？」

紅運は首を垂れて肯定を示す。

「螭吻《ちふん》の権能は眺望。ただ遠くを見るんじゃねえ。周りの生き物の視界を覗《のぞ》き見《み》てんだ。墓場の鳥たちがいなくなったら何も見えねえ。だから、俺たちの目を使うため正面から敵を討たせた。じゃなきゃ、どこに矢を撃てばいいかもわかんねえからな」

「全盲って訳じゃないさ。それに、市井は幾らでもひとの目があるから不自由しない」

「それで、生かされてるって言ったのか……」

「厭魅蠱毒《えんみこどく》さ。八つの頃《ころ》やられて、髪だけじゃなく目も駄目になった」

老人のような白髪《しらが》が日に透けた。

「恨んでないかと聞いたね。私も人並みに恨みはあるさ。高熱に魘される中、視界が闇《やみ》に食い破られるのがわかった。次に起きたときに見るものが己の目で見る最後の景色《けしき》だと悟ったよ。そのとき、誰かひとりでも傍にいてくれたら許そう。誰《だれ》もいなければ国も宮廷も家族も全て恨もう、と誓ったんだ」

「……それで？」

「枕元で突っ伏した白雄がいたよ。目を真《ま》っ赤《か》に泣き腫《な》らして《は》。刺客に備えて短刀を握って、公務も放り出して寝ずの番をしていたと後で聞いた。だから、私は恨んでないのさ」

藍栄は目を閉じて笑った。

「玉座を争い傷つけ合うなんて本意ではない。他の兄弟も君も、同じじゃないのかな」

「でも、遺言で……それに……」

「始め吾《わ》が心已に之を許せり」

耳慣れない言葉に紅運は戸惑う。

「古書の一節さ。ある男が名剣を持っていて、客人がそれを羨《うらや》んだ。男は後日剣を譲ろうと彼を訪ねたが、客人は病で急死していたんだ。男は『初めから私は君に剣を譲ることを心の中では許していたのに』と悔やんで墓前に剣を供えた」

藍栄は笑った。

「思いは言葉で伝えなくてはね。間に合わなくなってからでは遅い」

紅運は答えられず俯《うつむ》いた。目抜き通りの喧騒《けんそう》が漏れてきた。


市場を抜けて戻った宮廷は常時より厳粛に思えた。錦虎殿《きんこでん》の祭壇で、紅運は跪《ひざまず》き、兄たちと向き合う。中央の白雄は静かに告げた。

「紅運、貴方の功績を認め、赤の大魔を正式に迎え入れます」

跪いた紅運は目を見張る。黒曜石の床に反射した白雄と目が合い、微笑が返った。何度も見た、穏やかな慈愛に満ちた眼差《まなざ》しだった。

壇上から駆け下りた青燕《せいえん》が紅運の首に飛びついた。

「本当によかった。力になれなくてごめん」

橙志が眉《まゆ》を顰める。

「お前は慎みを覚えろ」

傍で黄禁が首を傾《かし》げた。

「兄上は行かなくていいのか。互いに斬首から救われたのだろう」

「誰が行くか」

厳かな殿内の空気が緩む。青燕《せいえん》は泥と煤《すす》に構わず紅運を抱きしめた。

「やっぱり君はすごい奴《やつ》だよ」

「青燕、苦しい」

「あ、ごめん」

身を離した彼の衣に汚れが移っているのを見て、紅運は息をついた。

「言わなければ伝わらない、か」

紅運は立ち上がり、兄たちを正面から見据えた。

「聞いてくれ」

五人の視線に息が詰まりかけるのを堪え、紅運は声を振り絞る。

「赤の大魔を解いたのは皇位争いのためじゃない。俺も皆と一緒に、まだ遠く及ばないが、何とかしてその、遺言の通りにしなくていい方法を探そうと、具体案は浮かんでいないが……」

途切れ途切れの言葉に耳を澄ませていた皇子たちから、誰ともなく微笑が漏れた。嘲笑《ちょうしょう》でない穏やかな笑みだった。藍栄《らんえい》が目を細めた。

夕刻の鐘が鳴る。藍栄が一足早く踵《きびす》を返したのを白雄だけが見留めた。

「もう行くのですか」

「やるべきことがあってね。またすぐ戻るさ」

白雄は完璧《かんぺき》な横顔で微笑する。

「藍栄、貴方に感謝を。道中気をつけて」

「ああ、君も用心したほうがいい」

「それは、赤の大魔のことですか」

「違う、少し気掛かりではあるけれどね。何せ人型の大魔など例がない。記録に残る狻猊は獅子《しし》の姿だ。何より、本来伏魔殿には宮廷そのものと同等の強固な結界が張られているはずだ。皇子ひとり如《ごと》きに解けるものではないんだよ」

はっとした白雄に歩み寄り、藍栄は彼だけに聞こえるよう囁《ささや》いた。

「もっと恐ろしい敵が宮中にいるかもしれない」

藍色《あいいろ》の袍を翻し、ひとりの皇子が去る。夕陽《ゆうひ》と影が白雄の足元に伸びていた。

龍久国継承戦　三

宮殿の大門は、城下へ続く大路まで星より赤く大きな輝きで満ちていた。紅運《こううん》は溜息《ためいき》をつく。

「こんなときに祭りなんて、白雄は何を考えているんだか」

城を彩るのは弾ける間近の鬼灯のような燈籠《とうろう》だった。龍久国は年始を迎えた。この時期は新年を祝うため、都中に燈籠を吊《つ》るし、宮廷と市井の両方で演劇や出店など数多《あまた》の催しを行う元宵節《げんしょうせつ》の祭りが開かれる。皇帝崩御の事実を隠したまま、宮殿は既に華やかな空気で彩られていた。

「昨年の憂いが残る顔ですね、紅運」

真紅の燈籠の向こうから汚れひとつない白の衣が覗き、白雄《はくゆう》が微笑《ほほえ》んだ。

「本当に民と一緒に祭りをやるのか。何かの弾みで皇帝の死も露見するかもしれないぞ。しかも、皇子直々に準備なんて」

「隠し通すために行うのです。重なる凶事で民は怯《おび》え始めている。常と変わらず祭りを催すことで民の心も安らぐかと。我々が準備を手伝うのもそのためです。先の小火《ぼや》の被害で人手が足りないのが一番の理由ですが。今年は皇子監修の下、演劇も行います。善い祭事になりますよ」

「演劇を？　誰が？」

「それは後の御愉しみということで」

白雄は片目を瞑《つぶ》った。踵を返した彼を瞬く間に家臣が取り囲む。門楼で行う音楽、演武の手配から警備の配置まで淀《よど》みなく指示する姿は一国の主のようだった。件の遺言さえなければ今頃《いまごろ》、白雄が玉座についていたのだろう。紅運は横目で喧騒を眺めた。

「橙志《とうし》隊長、正門の櫓《やぐら》の警備を確認していただけますか」

「青燕《せいえん》殿下、民に配る団子の材料が揃《そろ》いました」

「藍栄《らんえい》様はまだ？　楽士の手配をしてくださると仰《おっしゃ》ったのに」

兵士や女官が口々に皇子たちを呼ぶ。紅運を呼ぶ者はいない。地面に犇《ひし》めく吊るされる前の燈籠を避けながら、紅運が門から離れたとき、微《かす》かな熱を感じた。燈籠より赤い髪を揺らして狻猊が現れる。

「皇子殿下、公務を果たさなくていいのか」

「うるさい」

「こういうときこそ己の評価がわかるよなあ？　貴人は弱者を虐げも貶《おとし》めもしねえ。だが、決して必要ともしねえ。お前が見上げている場所にお前の席だけがねえんだ。堪えるだろ」

「わかったような言い方を」

「わかるさ。俺は常に末端の皇子と一緒だったんだぜ」

紅運は肩越しに狻猊《さんげい》を睨《にら》んだ。

「俺に仕事がなくてもお前にはあるんじゃないか。炎の大魔が燈籠を灯《とも》してやれば……」

目の前で火花が爆《は》ぜた。全身から汗が噴き出すような熱が押し寄せ、紅運の喉《のど》に獅子の牙《きば》が突きつけられていた。

「坊や、二度と下らねえこと言うんじゃねえ。国を亡ぼすだけの凶獣が祭りの燈籠をどうするって？

いいぜ、いっそ城郭から都まで燃やしてやろうか。二百年前、国がどうなったか見せてやるよ」

「狻猊……！」

思わず後退った紅運の耳元で女の声がした。

「あら」

炎の獅子が姿を消し、大輪の花のような薫香が膨らむ。鉄のような輝きの髪と真っ白な肌を持つ女がいた。

「龍皇貴妃《りゆうこう》……」

「銀蓮《ぎんれん》で構いませんわ。驚かせてごめんなさい」

紅運は喉を摩りながら身構える。龍銀蓮。何の後ろ盾もなく、美貌《びぼう》のみで正妻に次ぐ地位に上り詰めた彼女には不穏な噂《うわさ》が絶えない。今も、他の皇妃たちが後宮に籠《こ》もる中、銀蓮は金絹の衣で艶《あで》やかに着飾っていた。

「いや、皇妃たちは来ないものだと思っていたから」

「皆、喪に服しているのね。新年を楽しく祝う方が陛下もお喜びになると言ったら、他の方々に睨まれてしまったの。後宮は暗くてつまらなくて逃げてきてしまったわ。紅運様も退屈そうね？」

「よく俺の名を……」

「存じているわ。妾は貴方が最も皇帝に向いていると思っていたもの」

薄紅の唇が吊り上がる。彼女は第八皇子の母でもあるが、子がいるとは思えない若さだった。

「戯《たわむ》れを……」

「戯れではありません。生まれたときから全《すべ》てを持つ者に下々の気持ちがわかるでしょうか。艱難《かんなん》

「辛苦《しんく》を知る者こそ施政者に相応《ふさわ》しい」

紅運は目を逸《そ》らした。水面下で池の鯉が騒ぎ出す。

「陛下の弔いが遅れているのは何か事情があるのでしょう？　きっとよくないこと。乱世が来るかしら」

彼女は豊かな胸元に垂れた髪を払い、婉然《えんぜん》と微笑んだ。

「それもいいわ。荒《あら》ぶる龍の上に立つ国に平穏など似つかわしくない。元より宮廷は蠱毒の壺《つぼ》のようなものだもの。皆が喰《く》らい合い、最後に残る者が王になる。それはどなたかしら？」

血の気が引くような微笑に紅運は息を呑《の》む。銀蓮は急に背後を振り返って、朗らかな声を出した。

「あら、翠春《すいしゅん》。青燕様もご一緒ね」

青白い肌の少年がいた。不安げな顔を銀蓮と同じ色の長い前髪が隠す。史学や詩作に長《た》ける教養人ながら、普段は部屋に籠《こ》もりきりの第八皇子・翠春。彼を見るのは紅運も久方ぶりだった。

「龍皇貴妃、紅運もいたんだね！」

傍らの青燕が手を振る。紅運は曖昧《あいまい》に頷《うなず》いた。

「ああ……翠春は久しぶりだな。具合が悪いと聞いていたが」

「おれは元気なときは殆《ほとん》どないから……ただ、今日はどうしても来なきゃいけなかったから来ただけだよ」

「今年の演劇は翠春が監修するんだよ。楽しみだなあ」

青燕に肩を叩《たた》かれ、彼は気恥ずかしげに俯いた。

「白雄が言ってたのはそのことだったのか」

紅運が目を丸くすると、銀蓮が微かに表情を曇らせた。

「熱が下がったばかりなのに心配だわ。無理に働かなくていいのよ。翠春は妾の息子でいてくれればい充分なの」

「母上、本当に平気だよ。辛くなったらすぐ帰るから……」

「そうしてちょうだいね。約束よ」

彼女は更に俯いた息子の手を恋人のように取り、頬《ほお》に寄せてから離した。銀蓮が去った後、青燕はすぐ翠春の顔を覗《のぞ》き込んだ。

「演劇の準備があるんだろ？　僕も手伝うよ」

「本当に？　じゃあ、舞台から水を出す演出があるんだけど……」

ふたりは連れ立って歩き出す。紅運はその背を見送る。青燕の気さくさが誰《だれ》にでも隔てなく向けられるのは知りつつ、先ほどの狻猊の言葉が胸を過った。

「つい先日啖呵《たんか》を切っておいてこの様じゃ駄目だな」

紅運は深く息を吸った。

「俺にも手伝わせてくれ」

紅運は意を決して声をかけた。大門では純金の燈籠を吊るすのに苦戦していた兵士たちが目を丸くする。彼らの指揮を執っていた橙志の鋭い視線が飛んだ。

「お前がか」

紅運は一瞬怯《ひる》みかけて虚勢を繕った。

「ああ、紐《ひも》を結ぶくらいなら俺にもできる」

「まあいい。途中で投げ出すな」

　橙志の視線を受けつつ、紅運は自分の頭より大きい燈籠を手に取った。重みにふらつき抱えるのもやっとだ。早くも額に汗が滲《にじ》む。燈籠を置いて辺りを見ると、粛々と仕事をこなす白雄と一瞬目が合った。紅運は咄嗟《とっさ》に目を背け、再び燈籠と向き合う。遠くで風鈴のような音が響いた。

「もう一度だ。ひとつくらい自力でやらなければ……」

　闇雲に上げた腕を硬い掌《てのひら》が支えた。赤の間から白髪《しらが》が覗いた。

「藍栄……」

「頑張っているようだね。持ち方にコツがあるんだ、貸してごらん」

　藍栄が燈籠を自分の膝《ひざ》に乗せ、手際よく紐に括《くく》るのを見て、再び橙志が剣のような視線を向けた。

「横から手を出すな」

「一度やり方を教えるだけさ。効率が上がった方が君も助かるだろう」

「それを考えるのも奴《やつ》の仕事だ。そうでなければ為《ため》にならない」

「何だかんだと言って弟想《おも》いじゃないか。それなら少しくらい笑って話したらどうだい。誤解されてしまうよ」

「皇子が軽薄に笑う方が余程誤解を招くのでは」

　橙志は眉間《みけん》に皺《しわ》を寄せ、藍栄が肩を竦《すく》めた。紅運は彼に倣って燈籠を膝で押さえる。手汗で滑る紐を括ると、僅《わず》かに傾いていたが、城門を彩る装飾に赤い実がひとつ加わった。紅運は次の燈籠を手に取った。

「赤以外のものもあるんだな」

「そうとも。しかし、私たちの名にある九色を飾れるのは宮廷だけ。代わりに、諸侯からの贈品は形で趣向を凝らしてあるのさ」

「蓮《はす》形に五芒星《ごぼうせい》。すごい、硝子《がらす》でできた馬の形もある」

橙志が口を挟んだ。

「紫釉《しゆう》の奴だな。宮廷に戻らず、こんな色物を送り付けるとは」

紅運は苦笑いしながら、毒々しい七色に輝く馬を手に取った。

「しかし、夕刻までにこれを全て飾るのか。猫の手も借りたいな」

「要るか？」

突然紅運の鼻先に肉球が突き出された。黄禁《おうきん》が痩《や》せぎすの腕に、白と黒のでっぷりと太った猫を抱きかかえていた。

「要らない。何で本物の猫を連れているんだ」

「庭先で見つけてから餌付けしているのだ。愛らしいだろう」

「暇ならばお前も働け」

橙志の叱責も意に介さず、黄禁は猫の手を振る。

「呪術師の仕事がないのは平和の証拠だぞ。まあ、仕事なら終えてきたのだ。めでたい今日の運勢を占うとかで星見をした」

「結果は？」

紅運の問いに黄禁は眉《まゆ》を下げた。

「よくないな。嵐《あらし》が来ると出た」

「雨雲なんて何処にもないが……」

空を見上げた紅運の目に、門上の櫓にいるひとりの少女が映った。大きな瞳《ひとみ》がこちらを覗き込んでいる。紅運は頬を引きつらせた。

「よく当たる占いだな」

桃華《とうか》は軽々と櫓から飛び降り、皇子たちの前まで来て一礼した。

「皆様、御無沙汰《ごぶさた》しております」

真っ先に応じたのは橙志だった。

「息災か。東部での妖魔《ようま》の征伐は？」

「お陰様で恙《つつが》なく終わりました。遠征中も師範の御武功はかねがね」

「遠征？　師範？」

戸惑う紅運に桃華は淡々と答えた。

「禁軍で橙志に稽古《けいこ》をつけていただいているのです」

「道理でどんどん怖くなる訳だ」

桃華の目が吊り上がったとき、藍栄《らんえい》が紅運の背を強く叩いた。

「後は私たちに任せて君は行くといい。元宵節は若者の祭りだ。良家の子女もこの日ばかりは気兼ねなく男児と大路を歩けるのだからね」

「何言ってるんだ。そういうんじゃ……」

「行っておいで。そうだ、今日の装いを褒めるのも忘れないように」

藍栄は紅運にだけ聞こえるよう囁《ささや》いて押し出した。羅城の燈籠が灯《とも》り出す。桃華に引きずられる紅運を眺めながら、黄禁は呟《つぶや》いた。

「嵐は、彼女のことではないのだがなあ」


都は天の星を全《すべ》て堕としたような光景だった。燈籠《とうろう》が夕空の色も見えないほど天を埋め尽くす。地上は両端に所狭しと屋台がひしめき、煙や湯気で辺りを霞《かす》ませていた。旅芸人の音楽や龍舞の音に耳を刺されながら、紅運は桃華とともに祭りの中を進んでいた。

「急ぎましょう。夕刻に燈籠が灯《とも》されてからすぐ祭りを訪れても、露店の全てを回り尽くす頃《ころ》には夜が明けると言います。ほら、あっちに大道芸人が……」

「わかったから、引っ張らないでくれ」

はしゃぐ桃華に幼い頃の面影が重なる。今日の彼女は黒髪に花を編みこみ、透けるような薄桃の衣で着飾っていた。

「桃華……今日は何か違うな」

不意に言われた桃華は、燈籠の色を映す頬を更に赤くした。

「本当ですか？　気づきましたか、例えば、具体的に、どこがどう……」

「ええと、服と髪型が……」

「どんな風に違いますか。ほら、大人っぽいとか」

「ああ、うん、そうだな……確かに大人らしいし……いいと思う」

だんだんと声が小さくなる紅運に、彼女は溜息《ためいき》をついた。

「まあ、紅運にしてはいい方です。気づかないかと思っていたので」

「さすがにそれくらいはわかる」

桃華は硝子に花弁を閉じ込めたような飾り燈籠の下を進んだ。

「紅運も少し変わったようですね。妖魔を調伏したとか」

紅運は曖昧に答える。滅国の炎を解いたことは、あの夜宮廷にいた者以外に知られぬよう口外を固く禁じられていた。

「師範に尋ねても教えてもらえないのですが、どんな魔物ですか？」

「こういう魔物だ」

火花が散り、擦り切れた行者服の男が現れた。

「狻──」

名を呼びかけて紅運は口を噤《つぐ》む。桃華は丸い目で狻猊を眺めた。

「これが魔物ですか。まるで人間のような……」

「ああ、皇子に仕える大人《おとな》しい魔物だ。お前は何だ？　見てくれは皇女と変わんねえな。どこぞの令嬢か？」

「魔物の方が口が上手《うま》いではありませんか。彼から学んでください」

紅運は狼狽《うろた》えつつ、桃華から狻猊を引き剥がした。

「さっきはあれだけ脅しておいて今度はどういうつもりだ！」

「悪かったと思ってるから助け船出しに来てやったんじゃねえか」

男は金眼を歪《ゆが》めてけたけたと笑う。紅運は目を剥いた。

「桃華、こいつに近づくな。名前は言えないが、この魔物は危険だし性格が悪い。すぐ火をつけるし、主への敬意の欠片《かけら》もないし……」

桃華は吹き出し、声を上げて笑った。

「何だ、少し心配していましたが、仲がいいんですね。よかった」

「どこがだ……」

「紅運がそんなに声を張り上げるのは久し振りです。昔はもっと笑って話してくれたのに、最近はいつも暗い顔でしたから」

紅運は俯《うつむ》いた。狻猊は一瞬憐《あわ》れむような目をし、犬歯を覗かせた。

「俺は名もない下級の魔物だが、これでも二百年は生きてきたんだ。護衛ついでに祭りの案内でもしてやろうか？」

「いいのですか？　では、行きましょう。紅運はいい魔物を得ましたね」

桃華は既に人混みの方へ踏み出している。挑むように行き先を顎《あご》で指した狻猊を睨《にら》み、紅運も彼女の後に続いた。

花火が上がり、楽士の笛の音が響く中、狻猊は喧騒《けんそう》から少し離れた水路にかかる太鼓橋を指した。

「やっぱり変わんねえな。ここには四角の燈籠しかねえ」

「何故《なぜ》ですか？」

「あの橋は大昔に王が治水をした名残りだ。祭りの日は橋が水に映って真円を描く。王に敬意を表して他の丸いもんは置かねえんだよ」

紅運は燈籠の灯に溶け合う赤毛をなびかせる男を呆《あき》れて見上げた。

「お前が普通に案内してくれるとは思わなかった」

「言うじゃねえか。俺は皇子が嫌いなだけだ。他の奴《やつ》は構わねえよ」

頭上から垂れる赤札が紅運の額を打った。呻《うめ》きながら見上げると、楼閣を模した一際大きな燈籠に沢山の紙が張られていた。

「何だ、これは……」

「灯謎だ。書かれた謎かけを答えられれば景品がもらえるってやつだな」

「誰《だれ》が早く解けるか試しませんか。魔物の貴方も一緒に」

桃華は何枚もの紙を剥《は》がし、ふたりに渡す。狻猊は肩を竦めた。

「俺は答えを知ってる。お前らでやりな。難しけりゃ助言を書いた紙も上に張ってあるぜ。坊じゃあ届かねえか」

「お前は嫌味を言わないと喋《しゃべ》れないのか」

紙に視線を下ろした紅運の横で、桃華が目を細めた。

「何だか子どもの頃に戻ったみたいですね」

「あの頃は隣に魔物なんていなかったぞ。ひとまず奴が大人しくしてくれてよかった」

「彼は本当にお祭りに詳しいんですね」

「そうだな。狻……じゃない、お前も二百年前ここに……」

狻猊は金眼の瞳孔《どうこう》を細め、上空を凝視していた。燈籠に張られた紙が急に燃え上がる。紅運が身を竦めた桃華の前に出る間に煤《すす》が降り注いだ。

「危ないですね……中の火に引火したんでしょうか」

「違う、こいつだ」

名前を呼べない代わりに、紅運は男の袖《そで》を強く引いた。

「やっぱりこんなもんやるな。それより演劇が始まるみたいだぜ」

狻猊はざわめく群衆を肩で押して歩き出した。燻《くすぶ》る燈籠から焦げた匂《にお》いが流れる。紅運は桃華に呼びかけ、狻猊の後を追った。


「相変わらず何がきっかけで怒るのかさっぱりわからない」

暗い息を吐く紅運を余所《よそ》に、祭りは盛況を極めていた。花火の音が響き、飴《あめ》を持った子どもが駆ける。傍らの桃華は出店で買った、茹《ゆ》でたての団子を頬張《ほおば》りながら言った。

「剣の稽古は再開しないのですか。やっと魔物を従えて力を得たのに」

「冗談じゃない。あいつは凶暴で周りの被害も考えないんだ。禁軍に交じって稽古をしたら死人が出る。それに、今更橙志《とうし》が許さないだろう」

「怖いんですね」

「怖いもの知らずの桃華にはわからない。その団子だって毒が混ざってたらどうする。お前も宮廷の関係者なんだぞ」

桃華は急に紅運の肩を掴《つか》んで振り向かせ、口に匙《さじ》を捩《ね》じ込んだ。

「何するんだ！」

紅運は押し込まれた団子を飲んで噎《む》せる。桃華は口を曲げた。

「毒見なら私がしたから安全でしょう。稽古を再開したいなら、私が橙志師範に話をします。何を怖がることがあるのですか」

「何でそうまでするんだ」

「昔のようにまた肩を並べたいから、ではいけませんか」

声を掻《か》き消《け》すように大輪の花火が上がった。紅運が聞こえないふりをして俯く。団子のつゆの甘味だけが口に残った。

前を歩く狻猊が足を止めた。辿《たど》り着《つ》いた広場には演劇の舞台として組まれた櫓《やぐら》があった。舞台上から、ひとりの役者がこちらを見下ろしている。男物の衣を纏《まと》っていたが、透けるような肌と柔らかな輪郭は女だった。男装の女は切長の瞳を細め、上から小さく手を振った。

櫓に上がると、最上段に皇族とその護衛専用の席が設けられていた。毎年天子が座る場所には白雄が座し、背後の警備に交じって橙志が侍っていた。群衆はおろか舞台も燈籠も見下ろせる高みに、紅運は息をつく。やっと見えた空は夜の色だった。

いつの間にか狻猊は姿を消していた。席には既に藍栄、黄禁、青燕《せいえん》、翠春《すいしゅん》が集っていた。席には酒を注いだ盃《さかずき》と酒瓶が置かれている。桃華と共に席に着くと、青燕が身を乗り出した。

「聞いた？　今回は劇団も翠春が手配したんだって」

紅運は首を横に振る。奥に座す翠春は前髪で顔を隠すように俯いた。

「恥ずかしがることないよ。すごいじゃないか。題材も今までにない珍しいものなんだよ。本当に翠春は詳しいよね」

「大したことない。二百年前の講談を纏めた書から選んだだけだよ。庶民が好む通俗小説だし、昔、大火で文献が焼失したから宮廷で知られてないだけだし。『竜生九子遺事』っていうんだけど……」

黄禁が首を傾《かし》げた。

「それは禁書ではなかったか。龍に変身した皇帝を九人の皇子が討つ怪奇小説で、後に不敬故に取り締まられただろう」

「ああ、うん……でも、父上の代には解かれたよ」

そのとき、盃の中の酒が急に泡立ち、熱湯のように湯気を上げた。紅運は慌てて杯を掴む。

「さっきからどういうつもりだ、狻猊！」

声を抑えながら怒鳴ったが、狻猊は姿を見せない。杯は徐々に冷えていった。兄たちや桃華は気づいていないようだった。紅運は息をつく。黄禁はまた首を傾げた。

「何故それを演じさせようと思ったのだ？」

「母上が……見たいからって」

櫓の反対側の席で、銀蓮が嫣然と微笑《ほほえ》んでいた。再び俯いた翠春に、藍栄がそっと近寄って耳打ちした。

「恥じる動機ではないよ。私も白雄も似たようなものさ」

翠春は顔を上げた。

「私たちの母は知っての通り不吉な双子を生んだだろう。以降、陛下の寵愛《ちようあい》は薄れ、皇后の座も危うくなり、心を病んでね。私は母を安心させるための振る舞いを必死で覚えた。白雄が文武の才を現したのもその頃《ころ》だ。今思えば己の功績で母の再評価を試みたんだ。君の気持ちはわかるとも」

藍栄は光を失った目に燈籠の光を映し、翠春は小さく頷《うなず》いた。黄禁だけは観劇の衆を見下ろし、低く呟いた。

「嵐《あらし》は去る気配なしか。暗雲も満ち始めたぞ」

楽士の演奏が喧騒《けんそう》を一瞬で鎮めた。櫓に濛々《もうもう》と煙が流れ、舞台を雲の上のように塗り替えた。桃華が姿勢を正す。人工の雲海に先ほどの役者が立っていた。男の服装で目尻《めじり》と唇に紅を差した少女の、神聖な雰囲気に紅運は息を呑《の》む。煙中で火花が上がり、役者が跪《ひざまず》くと炎を纏《まと》った一振りの剣が現れた。観客がざわめく。青燕は翠春に囁《ささや》いた。

「これってどういう場面?」

「皇子が名乗りを上げるところだよ。九人は先々代の白凰帝とその弟の名前がつけられているんだ。炎を使っているから、あれは九男の屠紅雷《とこうらい》」

耳をそばだてていた紅運は思わず振り返った。

「その頃の第九皇子って、あの赤の大魔で国を焼いた?」

「たぶん。この話の中では兄弟と協力する戦士のひとりだけどね」

「名字があるのは国士を皇族から排除されたとか?」

「その場合は与えられる姓は扇だから違うな。屠姓を貰《もら》うのは出家した皇子。例えば、古代国抱えの道士、羅真大聖《らしんたいせい》に弟子入りした……」

空気が熱を帯び、炎色の髪が視界を掠《かす》めた。押し留めようとした紅運は伸ばしかけた手を止めた。前方を凝視する狻猊の顔に怒りはなかった。舞台上では九人の役者が剣舞を舞っている。刃が燈籠の輝きを鈍く反射した。渦巻く赤毛から覗《のぞ》く頬《ほお》を雫《しずく》が流れ、滴る前に蒸発した。

「泣いてるのか……?」

男は紅運の声に振り向き、姿を消した。

「狻猊！」

紅運は立ち上がった。下の市街に微かな陽炎が揺れていた。紅運は駆け出し、降り注ぐ音楽と煙を浴びながら、雑踏に飛び込む。後を追って下りた桃華の肩を橙志の硬い手が掴んだ。

「どうした、御前の出し物の最中だぞ」

「師範……失礼致しました。紅運が急に席を立ったものですから」

「紅運が？　最近何をしでかすかわからんな」

「本当です。今日は昔のように過ごせると思っていたのに」

桃華は眉《まゆ》を寄せる。橙志は夜空を縁取る紅の灯を睨んで言った。

「昔からの奴《やつ》の性分だ。剣の稽古《けいこ》から逃げたのも、いずれ俺の副官として従軍する気はあるかと聞いた翌日だった」

「でも、紅運は臆病者《おくびようもの》ではありません。この前だって……」

「奴は身ひとつなら豪胆にもなれるが、他人や責務を背負う局面では途端に臆病になる。自信のなさ故だろうが、捨て鉢な強さは皇子に求められるものではない……上が騒がしいな。警備に戻る」

橙志が足早に去り、桃華は黒い波のような雑踏を見つめた。


紅運は硝子《がらす》細工や果実を売る露店の群れを掻き分《わ》けながら進んだ。砲声に似た花火や、龍舞に夢中な人々は第九皇子を気にも留めない。

「一体どうしたんだ。あんな顔で、人間みたいに泣くなんて……」

紅運が路地裏に踏み込むと、明かりの消えた燈籠《とうろう》の下で炎の色の髪が揺らいだ。

「抜け出していいのかよ。劇は始まったばかりじゃねえのか」

座り込む狻猊の声は力なく疲労に似た陰りがあった。紅運は少し躊躇《ためら》って隣に腰を下ろす。狻猊は拒むでもなく身を引いて場所を空けた。

「聞いていいか……あの話に出てきたのがお前の元の主なのか？」

「とんでもねえ劇だな。国を焼いた大罪の逆徒が国を守る戦士だとよ。二百年経《た》ったら恐怖なんか忘れちまうのが人間か？」

紅運は答えられず、ただ夜祭りを眺めた。行商人の声も音楽も遠く別世界のようだ。油と炭の匂いが絡んだ煙が流れ、狻猊が言う。

「この騒ぎならお前ひとりいなくなろうが気づかれねえだろうな」

「何の話だ？」

「宮廷から逃げようとは思わねえのかって話だよ」

紅運は男の横顔を見返した。静かな闇《やみ》が金の瞳《ひとみ》を曇らせていた。

「現実は劇とは違え。末端の皇子は孤独なまま、命を賭《か》けても何も救えず、追い詰められた末に破滅しか待ってねえ。お前も祭りが終われば後継者争いに戻るだけ。この先宮廷にいていいことがあると思うか？」

花火が光の爪で夜空を掻いた。裂傷のような紅光が尾を引き、狻猊の姿を浮き上がらせる。紅運は首を横に振った。

「逃げない。苦難が多いのはわかってる。何も報われずに死ぬかもしれない。でも、やっと自分が宮廷にいてもいいのかもと思えたんだ。今、何処かへ逃げたら死ぬまで後悔すると思う。お前には悪いが……」

「何が俺に悪いって？」

「俺を気遣ってくれてるんだろ。昔の主のような最期を迎えないように。きっと彼は世間で言われているような悪人じゃなかったんだろうな」

狻猊は目を剥《む》き、大げさに不満げな顔を作って見せた。

「餓鬼が、知ったような口聞くんじゃねえ」

「お前が話し始めたんじゃないか。だいたい――」

反論しかけた紅運を、狻猊が突き飛ばした。

「そんなに強く押すことないだろ！」

叫んだ紅運の真横を矢が掠めた。全身から血の気が引く。狻猊は紅運の胸倉を掴んで立たせた。

石段に突き刺さった矢が焼失する。

「刺客か……？」

「今のは流れ矢みたいだぜ。お前を狙《ねら》った訳じゃねえ」

狻猊の視線の先には、未《いま》だ演劇の煙で霞《かす》む櫓がある。

「狙《ねら》いは皇子全員か……行くぞ！」

紅運は再び喧騒の中へと駆け出した。騒がしい祭りの声と、煙と火花は奇襲を巧妙に包み隠す。

肩をぶつける群衆が持つ提灯が暗器に見え、すれ違うたびに身が竦《すく》んだ。人波に見知った影がある。

「紅運、何処に行っていたのですか！」

「悪い、桃華。手を貸してくれ。刺客が紛れ込んでいる！」

紅運に両肩を掴まれ、桃華は一瞬目を背けてから溜息《ためいき》をついた。薄桃の衣の下から双剣が現れる。

「用意が良すぎる」

「着飾ろうと備えを忘れない心構えを褒めたらどうです。行きますよ」

紅運と桃華は雑踏を縫って進む。群衆に紛れた男が握る懐剣が閃《ひらめ》いた。

「紅運！」

「わかってる。でも、ここで剣を使う訳には」

「ならば、押さえてください」

男が刃を突き出す。紅運は反って避け、闇雲に男の肩を押さえた。その隙に潜った桃華が男の顎《あご》に肘《ひじ》を打ち込んだ。

「あちらに警備の兵が侍っています、早く！」

櫓の下に辿り着くと、黒帷子《くろかたびら》の兵士の中心にいた橙志が振り返った。

「紅運、桃華？　何事だ」

「大変だ。門楼の皆を狙う刺客がいる！」

「本当です。私も先ほど交戦しました」

橙志は眉間《みけん》の皺《しわ》を深くした。

「まだ事を荒立てるな。群衆が混乱すれば刺客を逃がしかねない」

「急がないと……」

「白雄兄上には俺の大魔を使った通信用の法具を渡してある」

彼は櫓を見上げた。

楼上の白雄が鳴動を感じ取る。劇は終わっていたが、まだ周囲に煙が残っていた。彼は表情を変えず、銀の簪《かんざし》を二度弾いた。藍栄《らんえい》の目から光が失われて以来、互いで決めた符丁だった。私用なら一度、緊急なら二度。藍栄は即座に群衆の視界を盗み、弓を取った。櫓から銀の閃光《せんこう》が走り、向かいの酒楼の屋根を貫く。紅運たちの前に黒衣の男が落下し、地を削った。桃華が息を呑む。

「この男……舞台にいました。役者のひとりです」

「やはり嵐《あらし》が来たか」

黄禁が緩慢な歩みで現れた。橙志《とうし》は怪訝《けげん》に問う。

「知っていたのか」

「嫌な気が漂っていると思っていたのだが、散策の際、彼方此方《あちこち》の燈籠にこんなものが貼ってあった。灯謎に紛れさせたのだな」

黄禁は燃え殻を見せた。紅運は灯謎を急に燃やした狻猊を思い返す。

「それは？」

「呪詛《じゅそ》を書いた札だ。多くが焼けていたお陰で助かったが……敵はおそらく呪術師だぞ」

平然と答える黄禁に、桃華が語気を強めた。

「呪術師とは何です。道士とは違うのですか」

「違う。占星術から妖術《ようじゅつ》まで、名の通り超常の道を極める者の総称が道士だ。その道士の中で、殺しの技を極めた邪道の流派が呪術師。市井の呪術師の主な生業《なりわい》は要人の暗殺だ」

藍栄と共に櫓から下りてきた白雄は険しい顔で言った。

「話は伺いました。つまり、役者の振りをして刺客が紛れ込んだと？」

「我々を暗殺しても得があるとは思えないな。祭事で混乱を起こし、それを調停すべき皇帝の不在を明るみに出すのが狙いと考えるのが自然だろう。ともすれば、どこからか情報が洩《も》れている恐れもある」

白雄は更に眉を曇らせた。黄禁は煙る櫓《やぐら》を見上げた。

「父上の死を知る者は限られる。あの一座を手配したのは誰《だれ》だったか」

彼の視線は櫓の梯子《はしご》に注がれていた。蒼白《そうはく》な顔の翠春《すいしゅん》が、青燕《せいえん》に支えられながら下りてくる。駆け寄った銀蓮が、彼を衣で包んだ。

「気を確かにね。貴方は何も悪くないのよ。早く逃げましょう」

紅運は言葉に詰まりながら黄禁を見た。彼は虚ろに微笑《ほほえ》み返す。

「なんてな。紅運、俺は身内を疑わないぞ。それが狙いだろうからな」

蛇矛を携えた白雄が言葉を引き継いだ。

「ええ、証拠が揃《そろ》いすぎている。まず罠《わな》を疑うべきでしょう。下手人を捕縛し、吐かせます。私と桃華で索敵を行います。藍栄は援護を。祭りを恙《つつが》なく終えることも大切です。できる限り事を荒立てぬように」

「皇帝らしい指示ぶりじゃないか。一足早く玉座を楽しんだからかい」

藍栄は肩を竦め、桃華は固い首肯を返した。櫓の上からどろりと重い煙が垂れる。橙志は剣に手をかけた。

「まだ上に何かいるな。俺が行く。青燕も来い」

「わかったよ。紅運は?」

「ああ、俺も行く」

橙志は鋭く紅運を見たが、咎《とが》めはしなかった。青燕は燈籠が光をまぶす空を見上げ、息を吸った。

「来てくれ、蚣蝮《はか》。青の大魔は水を好む」

怒濤《どとう》の白浪が櫓を包み、滂沱《ぼうだ》として雫が降り注いだ。煙が押し流される。楼が傾ぐほどの水流を受けながら、壇上の女は揺るがずに佇《たたず》んでいる。

「あの女が首魁《しゅかい》か」

橙志が抜刀しながら告げた。

「先の弓兵は拘束しておけ。下端から情報が落ちるとは思えんが」

「この男は俺が借りてもいいか」

黄禁は、藍栄に射られた傷に呻《うめ》く刺客を見下ろしていた。

「何をする気だ」

「贄《にえ》だ。敵の呪《のろ》いを呪いで返すために使う。この男が捕まってよかった。贄は人間が至上だからな。それに、獣を使うのは哀れだが、兄弟を狙った咎人ならば呵責《かしゃく》は要るまい」

「黄禁……」

「兄上、俺も呪術師だぞ」

彼の空洞のような瞳に、端で見ていた紅運は底冷えを覚えた。橙志は眉を顰《ひそ》め、好きにしろというように首を振った。

「青燕、行くぞ。紅運、来るなら遅れるな」

衛兵用の簡素な剣が紅運に押し付けられた。鞘《さや》から刃を抜いた紅運を、桃華が見つめていた。

「気をつけて」

「そっちこそ」

紅運は口角を上げ、ふたりの兄に次いで櫓を駆け上がった。梯子からは再び煙が流れてくる。無人の観客席に白磁の酒瓶が置かれていた。橙志は壇上に跳ぶと同時に剣を薙《な》いだ。男装の女は鞭《むち》のような斬撃を避け、暗剣を放つ。躍り出た青燕が剣の柄でそれを弾いた。紅運が攻防の隙を突《つ》いて切り込む。女は軽々と避け、再び暗剣を投擲《とうてき》した。刃が紅運を襲う寸前、橙志が片足で刺客の腹を蹴《け》り抜き、刺突した。女の舞台衣装が千切れて舞った。紅運は煙幕に噎《む》せながら橙志の横で構えた。

「悪い、助かった……」

「詫《わ》びる暇があるなら一撃入れろ」

紅運は剣を握り直しながら思考を巡らせた。狡猊が現れない。その上、橙志と青燕は剣だけで刺客と切り結んでいる。紅運は靄《もや》を裂いて飛んだ暗剣を躱《かわ》しながら叫んだ。

「何故《なぜ》皆、大魔を出さないんだ！」

橙志と青燕が目を見開く。ふたりの額には大量の汗が滴っていた。女が赤い唇を歪《ゆが》めて笑った。

「お前は何も見えていないのか？　それほど煙を吸ったのに」

紅運は思わず口元を押さえた。充満する煙が微《かす》かに甘く、遅れて脳の中心がぐらつく。ふらついた紅運を庇《かば》った青燕の肩を刃が掠《かす》めた。

「青燕！」

「大丈夫だよ、このくらい。蚣蝮《はか》！」

「無駄だ。お前が怯《おび》える限り魔物は使役できない。従魔は人間の意思に左右されるのだから」

女の追撃を橙志の剣が弾く。青燕は痛みか、怯えか、震える手を肩の傷口にやる。紅運は苛立《いらだ》ち混じりに剣を振るった。

「くそ、奴《やつ》の呪いは何なんだ。何故狻猊が出てこない！」

紅運は声を張り上げ、思わず深く煙を吸いこんだ。

「しまった……」

紅運が膝《ひざ》を折り、青燕も剣を取り落とす。女の放つ暗器の猛攻を切り抜け、橙志が斬り込んだ。

「立て、お前らそれでも皇子か！」

刺突を躱した女の背後に宮殿の床が映り、橙志は目を疑った。床の上で少年が陸に上がった魚のようにもがいている。

「こんなもの、幻覚だ……」

橙志は無意識に剣から手を離し、頭を抱えた。もがき苦しむ少年の傍に茶器が転げていた。乱れる黒髪と面差しは白雄に似ていたが、違うことも知っていた。藍栄だ。己の手を取って弓を教え、的を外そうと優しく微笑んでいた兄が血を吐いていた。彼の世話係の男が、ふたりの皇太子を排したい官吏に囁《ささや》かれ、金一封と引き換えに毒を盛った。男は偶然目撃した橙志を殴りつけ、逃走した。

「こんなものは過去のことだ……今は違う……」

橙志は舞台に倒れ込み、かつてと同じく床に爪を立てた。充満した煙が黒く燻《くすぶ》り、空気のはぜる音と共に火花を散らす。陽炎《かげろう》を立てて燃え盛った業火の中、女が立っていた。橙志は咄嗟《とっさ》に弟ふたりに覆い被さった。

「こいつらを殺したいなら、俺を殺してからにしろ……！」

唸《うな》るような兄の声と重圧に紅運は我に返る。

「橙志、何で俺を庇うんだ……」

彼の肩越しに、炎を背に笑いながら剣を振り上げる女が見えた。紅運のふらつく頭に、桃華の声が蘇《よみがえ》る。怖いんですね、と。

——青燕も橙志も何かに怯えている。あの女の呪いはひとが恐れるものを見せるんだ。猰㺄もか？違う、主が怯えていなければ大魔は来るはずだ。幻覚を見てないなら猰㺄は何を恐れている？

紅運は震える手を伸ばし、観客席の酒瓶を掴《つか》んで放った。中の酒が飛び、刺客の女にかかる。

「悪足掻《わるあが》きを……」

忌々しげに呟《つぶや》いた女の顔から化粧が垂れた。紅運は声を振り絞った。

「猰㺄、来い！　見ろ、怯えるな、どこもお前の主に似ていないだろ！」

炎が煙を薙《な》ぎ払《はら》い、掠れた笑い声が響いた。

「悪夢の呪いかよ。厄介な奴に狙《ねら》われやがったなあ」

見慣れた炎色の髪を広げ、猰㺄は獰猛《どうもう》に笑う。幻影の火を消して炸裂《さくれつ》した炎熱に、女が呻きを上げた。

「何故……炎への恐れは皇族に染みついているはずだ……」

女の半身は見る影なく焼《や》け爛《ただ》れていた。猰㺄は肩を竦めた。

「今の代の皇子はイロモノ揃《ぞろ》いだぜ。手前と同じ呪術師の皇子が術に綻《ほころ》びを作った。更に妙な奴がいる。国を焼く炎を恐れない皇子がな」

紅運は倒れたまま男に笑みを返した。

「炎は、俺の味方だ。そうだろ？」

「冗談じゃねえ。とんでもねえ阿呆《あほう》に仕えちまった」

女が傷を庇いながら距離をとる。橙志は身を引き、剣を杖《つえ》代わりに立ち上がった。橙志は鋭い眦《まなじり》で紅運を見定めた。

「青燕はまだ動けん。大魔の炎は使うな、櫓が崩壊する。戦うのは俺とお前だけだ。できるか」

紅運は強く頷《うなず》いた。薄く渦巻く煙が敵の影を映す。紅運は息を呑んだ。女の焼けたはずの皮膚の下から獣のような体毛が突き出していた。

「狻猊、あれは何だ。ひとじゃないのか」

「さあな。化け物か、呪いで化け物になっちまった人間か」

橙志は剣を構えた。

「どちらでもやることは変わらん。行くぞ。合わせろ」

半獣と化した女が身を屈めた。女が床を蹴ると同時に、橙志の剣が一閃《いっせん》した。切っ先が白木の床板を抉《えぐ》る。散った破片に女が一瞬怯《ひる》んだ。紅運は剣の先を敵に定める。突き出した刃は咄嗟に避けた女の上を掠めた。

「遅い！」

橙志の檄《げき》と焦りが紅運の手を汗で滑らせた。女の獣じみた爪が振り上げられ、危うく剣を取り落としかける。紅運の前に割って入った橙志が鋭い爪を防いだ。鍔《つば》迫《ぜ》り合《あ》いの間隙に彼の額から大粒の汗が零《こぼ》れ落ちた。

「何度でもやってやる。俺は殺した。我が兄を狙い、あまつさえ情に縋《すが》って減刑を求めた薄汚い暗殺者どもを！　この剣で！」

譫言《うわごと》のように呟く兄の背に紅運は歯噛《はが》みした。

――くそ、全く役立てていない。橙志はあれほど無理をしているのに。狻猊の炎がなければ戦えない。だが、今火を使えば櫓が焼け落ちる。

煙の中で煌《きら》めく刃が、紅運の中の炎の記憶を呼び覚ました。黒の大魔を屠《ほふ》ったときの、閃光のような高濃度の炎。紅運は叫んだ。

「橙志、一瞬でいい！　隙を作ってくれ！」

「それを敵にも聞かせる奴があるか！」

橙志は怒鳴りつつ、押し合いの最中、突然僅《わず》かに後退った。重心の支えを外された女が前につんのめる。橙志はその一瞬で、魔物の爪を切り払った。女が短い悲鳴を上げ、舞台を囲む柵《さく》の上に駆けのぼる。

「今だ！　狻猊、炎を俺の剣に集中させろ！」

紅運は疾走し、櫓から飛び降りようとする女に接近した。

――刺突だ。橙志のように全体重を一点に掛けろ。

紅運は女へ向かって跳躍すると同時に刺突を放った。半獣と化した女が宙に身を躍らせた。紅運の刀身から一条の赤が伸びる。凝縮された炎は獣の眼《め》を穿《うが》った。遅れて獣の身体《からだ》が膨れ、炎が爆散した。肉片が燈籠《とうろう》の都を更に赤く彩る。勢いづいて櫓から落ちかけた紅運の足首を硬い手が掴んだ。

「後先を考えろ、馬鹿者！」

逆さ吊《づ》りの紅運を、櫓から身を乗り出した橙志《とうし》が支えていた。逆転した視界に、夜祭りの明かりと、櫓の上から紅運を見下ろす狻猊が映った。

「やっぱり、お前は似てねえや」

問い返す前に、狻猊はどこか満足げに笑って姿を消す。橙志に引き上げられ、櫓に戻った紅運を夜風が包んだ。


紅運はくたびれた脚を引きずりながら櫓を下り、広場に戻った。遅れて、青燕を負った橙志が降り立つ。広場では変わらず、花火が空を染め、果物や酒を売り歩く商人が行き交う。紅運は周囲を見回した。

「騒ぎになっていないのか……？」

「白雄兄上たちが事を収めたのだろう。先の戦闘も劇中の演出ということになっているだろうな」

橙志は青燕を肩から下ろしながら答えた。彼の背後が暗く陰る。黒衣を纏《まと》った影が短刀を逆手に握っていた。紅運は声を上げる。

「まだいたのか……橙志、青燕！」

ふたりが反応する前に、刺客が音もなく倒れた。地に伏せる男の瞳孔《どうこう》は完全に開き、事切れている。困惑する皇子たちの前に黄禁が現れた。

「何とか間に合ったようだな。よく無事で戻った」

「黄禁、その傷は……」

紅運は指さす。彼の鼻から黒い血が流れ落ち、指は青黒く変色していた。

「ひとを呪《のろ》わば何とやらだ。呪術《じゅじゅつ》には代償が要るからな」

「……助かった」

「気にするな。これが呪術というものだ。命を奪うなら俺も命をかけなければ。それに、もうこれ以上兄弟が減るのは御免だからな。そのためなら血でも骨でもくれてやる」

彼は平然と道服を翻し、背を向けて手を振った。

「捕らえた敵は全員自刃した。身元はわからず終いだ。思っていたより強固な暗殺集団だったらしいな。白雄兄上たちは後始末に奔走するらしいが、残りの者は祭りを楽しむといい。夜明けままだ時間があるからな」

彼を見送った後、青燕《せいえん》が小さく呻いて傷を押さえた。

「全然役立てなくてごめん。皆はすごいな……」

「気にするな、傷が深いんだから……」

紅運の言葉に、彼は首を横に振る。

「ううん、傷は全然浅いんだ。怖気づいちゃったんだよ。生身の人間と戦うのは初めてだったからさ。子どもの頃《ころ》、水を使うたび誰か巻き込んでるんじゃないかって不安だった。それを思い出して……」

「そうか……でも、半分化け物だったからな。気にしなくても……」

しどろもどろの紅運と、苦笑する青燕を横目に、橙志は低く呟いた。

「恐怖を自覚するのは悪いことではない。寧ろ敢《あ》えて強く振る舞う方が悪手だ。それは弱さを隠している証左だからな」

「そうだね……僕は僕なりに頑張るよ」

橙志は紅運に何か言いかけてやめ、青燕に歩み寄った。

「青燕、傷の手当が済んだら祭りに戻ってはどうだ。紅運も連れて行ってやれ。こいつも珍しく働いた」

「兄さんは？　紅運に言いたいことがあるんじゃないの？」

「俺よりお前のが気安いだろう」

青燕はふと息をつくと、声を張り上げた。

「紅運、橙志兄さんが話があるって！」

目を見開く橙志を置いて、青燕は颯爽《さっそう》と屋台の方へ逃げ出した。

「お前……」

橙志は青燕の背中に舌打ちしてから腕を組んだ。

「お前の大魔も呼べ」

「何故《なぜ》……」

「主の話は従僕にも関わる」

紅運は見回したが、狻猊の姿はない。講談師の声と笑い声の混じった喧騒《けんそう》が響くだけだった。

「出てこないみたいだ」

「従僕も手懐《てなず》けられないでどうする。剣も未熟だ。稽古《けいこ》を怠ったせいだな」

「わかってる。戦い終わった後で怒らなくてもいいじゃないか……」

「怒っているように見えるか」

紅運は狼狽《うろた》えながら頷いた。

「笑わないし……」

「笑わないようにするのがしみついているだけだ」

橙志はまっすぐに前を見つめて言った。

「優しく笑う者は侮られる。命を狙《ねら》い、尊厳を踏みにじっても許されると思われる。幼い頃それを知った。ならば、優しい者が笑っても殺されぬ時が来るまでは俺は何にも怯えず、何時も笑わず、最も強く恐ろしい皇子になろうと決めた」

紅運は口を噤《つぐ》むと、橙志はかぶりを振った。

「今の話は忘れろ。怒っているのではないと言いたかっただけだ。本題だが……その気があるなら、また稽古をつけてやろうか」

思わず見返すと、剣の柄にやった橙志の手が忙《せわ》しなく動いていた。紅運は乾いた喉《のど》で絞り出す。

「頼む」

「今度は逃げるな。刀は百日、槍《やり》は千日、剣は万日。続けられるか」

「もう逃げない。逃げられなくなった」

切れ長の瞳《ひとみ》が紅運を見返した。

「狻猊、俺の大魔が逃げないかと言ったんだ。俺は断った。断ったからには、奴が二度と主を失わないですむように頑張らないと」

火よりも穏やかな赤の夜光が紅運の輪郭をなぞった。

「お前なりに手懐けていたのか」

「どうだかな」

「……元宵節に何故燈籠を吊るすか知っているか？」

唐突な問いに紅運は首を横に振る。

「古来、強大な妖魔《ようま》が都を襲おうとしたとき、皇帝が燈籠を吊るし、既に国が焼かれたように見せかけ難を逃れたという。転じて年始に太平を祈る祭りになったのだろうな」

「知らなかった……」

「赤の大魔が封印される前は、都中の燈籠に火を灯《とも》すのは第九皇子の仕事だったとか。国を焼くしか頭にない悪魔という訳でもないのだろう」

橙志の鎧帷子《よろいかたびら》が夜光で赤く染まっている。紅運は唇から息を漏らした。

「力は持ち主と使い方次第。忘れるなよ」

踵《きびす》を返した橙志と入れ替わりに、遠くから桃華が駆けて来た。

「桃華、もう終わったのか？」

「一足早く解放してくれました。貴重な機会だから遊んで来いと……」

彼女の髪は殆《ほとん》ど解け、花も落ちていた。桃華はハッとして俯《うつむ》く。

「もしかして、今の私はひどいことになっていますか？」

「いや、今の方が見ていて落ち着く。帰ってきたという感じがして」

「内心複雑です。やはり魔物より口が下手《へた》ですね。いえ、普段の方がいいという遠回しな誉め言葉なら……」

口元を綻ばせた彼女に、紅運も眼《め》を細める。

「桃華は強いな」

「急に何です」

「考えていたんだ。桃華も、兄たちも、本当に強い奴は余裕がある。俺は弱いから全力で戦おうとするし、頭に血が上る。俺の魔物もすぐ怒るんだ。信じられないくらい強いあいつも、弱さを隠してるのかと……」

戸惑い気味に見上げる桃華に、紅運は首を振った。

「何でもない。それより、稽古を再開する事にしたんだ」

桃華の丸くなった瞳に上空の花火が花を咲かせた。彼女は口角を上げる。

「よかった。数年の空白を埋めるのは大変でしょうけれど。私が手伝ってあげても構いません」

「始める前から嫌なことを想像させないでくれ」

ふたりは大路に向けて歩き出す。空には闇《やみ》を拭《ぬぐ》い去《さ》るような無数の赤い燈籠が浮かび、新年の清潔な冷気の下で温かく輝いた。

龍久国継承戦　四

荒野を一台の馬車が進んでいた。強い日差しを弾くため屋根と覆いを白く塗った豪奢《ごうしゃ》な輿《こし》には皇族にしか掲げることが許されない、五本の爪を持つ龍が描かれていた。馬車の窓から男が顔を出した。

「もっと急げないんですか？」

若くして国境付近の監察を担う按察使《あんさつし》まで上り詰めた呉烏用《ごうよう》。彼の長髪と肌は熱砂の洗礼を受けて赤茶けていた。

「いいよ、急がなくて。今行ったら絶対忙しいじゃないか。全部終わった頃着けばいいよ」

鷹揚《おうよう》な声に、烏用は片眼鏡の奥の眼を歪《ゆが》める。隣で伸びをする青年こそが第四皇子・紫釉《しゆう》だった。

褐色の肌に吊り気味の紫紺の瞳は東南の遊牧民の血の表れだ。

「紫釉殿下！　皇帝陛下が崩御なさったんですよ。異国の姫君たる母上の後ろ盾、語学、商才を併せ持つ貴方が諸国を抑えずどうします？」

「俺が煽《おだ》てられて動く奴じゃないって知ってるだろ」

「貴方に付く私の身にもなってくださいよ。これじゃ永遠に出世が望めない」

「それが本音じゃないか」

烏用は息をついた。

「何故そんなに王宮を嫌うんですか」

「だって、俺の真上と真下は橙志《とうし》と黄禁だよ。両方おかしいじゃないか。いると疲れるんだよ。それに……あの国、何か気持ち悪いんだよな」

紫釉は窓を開け、熱風に漆黒の短髪をそよがせた。

「いっそこの辺の娘と結婚しようかな。皇位なんて冗談じゃない」

空の青に黄色を一筆刷いたような荒野は連綿と続いた。

＊＊＊

王宮の空に弾かれた木剣が舞った。無手となった紅運《こううん》の首筋に鋭い鋒が突きつけられる。

「今日で三度死んだな」

橙志は低く呟《つぶや》き、木剣を収めた。

「体幹がなっていない。体術も学べ」

数年の空白は実力の差を更に広げた。これでは寝ずに稽古しても追いつかない。暗澹《あんたん》たる思いで砂利に刺さった剣を引き抜く紅運に橙志が言った。

「お前は狻猊《さんげい》に乗って戦うのか」

「それが多い」

「なら、南の武術を学べ。南拳北腿《なんけんほくたい》、南では拳法《けんぽう》が、北では足技が発達した。何故かわかるか」

紅運は思考を巡らせた。沈黙と視線に息が詰まりそうになる。

「北の民族の方が脚が長い、とか……」

「違う。北は山岳地帯だ。地に足をつけて戦える。だが、南は運河が多く揺れる船上で蹴《け》りは使えない。だから、拳での戦いが主流となった。いいか、全《すべ》ての物事には理由がある。常に考える癖をつけろ」

「はい」

紅運は力強く頷《うなず》き、剣を構えた。

「もう一戦」

「しない」

橙志は不意に背を向けた。

「間も無く服喪の儀だ。着替えない気か」

狙《ねら》ったように鐘の音が鳴った。重なる凶事は皇帝の怨念《おんねん》のせいではとの噂《うわさ》が宮中に広がり、皇子たちが鎮魂のための祈祷《きとう》を行うことになっていた。

「忘れていた……馬鹿だな、これじゃ子どもだ」

紅運が溜息《ためいき》をついたとき、橙志が急に足を止め、振り向いた。

「先ほどの意気は良い。まだ意気だけだが」

紅運は驚いて剣を取り落とし、再び向けられた兄の背に一礼した。

自室に戻ると、琴児《きんじ》が喪服を用意して待っていた。衣を持つ腕には赤黒い火傷《やけど》の痕《あと》がある。

「まだ休んでいればいいのに」

「何の、これが生き甲斐《がい》なのですよ」

琴児は紅運に喪服を着せ、襟を整えた。久しぶりに見る乳母《うば》の柔和な笑みに、紅運も頬《ほお》を緩める。

琴児に見送られながら庭に出ると、青燕《せいえん》が池の淵《ふち》に屈《かが》んでいた。

「いい加減出ておいでよ。僕が怒ってる訳ないじゃないか」

「何してるんだ」

並んで覗《のぞ》いた水面には魚の影しかない。青燕が顔を上げる。

「蚣蝮《はかす》が拗《す》ねて出てこないんだ。この前僕を助けられなかった、狻猊は出てこられたのになぜ自分は、って」

「そりゃ俺は別格だからな」

紅炎が揺らぎ、紅運の隣に赤毛の行者が並んだ。

「水芸しかできねえ大魔とは訳が違う。拗ねたところで……」

水面から放たれた水鉄砲が狻猊の額を打った。紅運はぎょっとしてずぶ濡《ぬ》れの男を見る。狻猊が犬歯を剥《む》き出した。

「クソ魚もどきが。煮魚にしてやろうか」

水面が泡立ち、池の水が湯に変わる。池の端から端まである大魚が飛び出し、狻猊に相対した。鱗《うろこ》を逆立てる大魔に青燕が飛びついた。

「やっと出てきた。心配したんだよ」

子どものように頭を撫《な》でられ、蚣蝮は戸惑ったように喉を鳴らす。狻猊の舌打ちが響いた。

「わざと煽《あお》ったのか？　意外と身内想《おも》いなんだな」

囁《ささや》いた紅運を狻猊が睨《にら》む。

「知るか」

赤毛の男が消える。残る陽炎《かげろう》に紅運は苦笑した。

「少しずつあいつのことがわかってきたのかもしれないな」

紅運は呟いてから、青燕とともに儀礼の場に歩を進めた。

錦虎殿《きんこでん》には皇子だけでなく皇妃や皇女も集っていた。頭ひとつ抜けた長身は、橙志の姉で国軍左将軍の妻・香橙《こうとう》公主。彼女は弟の前を悠然と歩いている。

「姉上、公の場で皇子の前に立つのは……」

「既に二度も皇子を狙った襲撃が起きています。今が三度目にならぬと言えますか。私が盾になるのは当然のこと」

香橙は弟に似た太眉《ふとまゆ》と鋭い眦《まなじり》を向けた。

「ですが、俺の面目も考えていただきたい」

「首が落ちては立てる顔もないでしょう」

観念して姉に続いた橙志の後ろで、武骨な黒眼帯で顔左半分をほぼ覆った道妃《どうひ》が叫んだ。

「黄禁《おうきん》！　何ですか、その汚れは。先刻着せたばかりでしょう」

「猫がいてな、遊んでいたら汚れてしまった。最近餌をやっている。母上にも後で見せよう」

答える黄禁の指はまだ包帯で覆われている。

「猫はいいのです！　こちらを見なさい。枯葉までつけて……」

彼女は皇妃だが後宮に入らず、神儀に携わる。畏怖《いふ》と嫌悪を向けられる女呪術師の影は今はない。

ふたりを眺めて、青燕の母・江妃《こうひ》が嫋《たお》やかに微笑《ほほえ》んだ。

「道妃があんなに楽しそうなのを見るのは初めて。仲良しなのね。あの方の笑顔も見てみたくてよ。黄禁様と一緒にいれば笑ってくださるかしら」

「楽しいのとは別じゃないかな。ずっと一緒にいたら鼻血出して倒れそうだし……」

権力闘争より安寧を選んだ妃の明朗さと慈愛は、息子に受け継がれていた。

女たちの中で唯一褐色の肌の皇女がいる。兄と同じ革のような黒髪と肌を持つ紫玉《しぎょく》は所在なさげに佇《たたず》んでいた。

「息災でしたか、紫玉」

名の通り白皙《はくせき》の皇太子に声をかけられ、紫玉は表情を綻《ほころ》ばせる。

「白雄《はくゆう》様、お陰様で」

「紫釉が不在の間は不自由でしょう」

「全然、兄はいないようなものですから」

「困り事があれば何時でも」

白雄は微笑を残し、殿へと進んだ。そのとき、紅運の近くを歩いていた影が倒れてきた。思わず支えた掌《てのひら》に柔らかな重みが走った。

「御免なさい、最近目眩《めまい》がして」

銀蓮《ぎんれん》が狼狽《うろた》える紅運の胸に身を預けて微笑む。肌が普段より青白い。

「……どこか、具合が？」

「だって、せっかくのお祭りであんなことがあったでしょう？　翠春《すいしゅん》が呼んだ劇団員が賊で、呪術師だったなんて。息子はまた寝込んでしまったし、妾は眠れないわ。本当に皇子の誰かが……」

「流言はお止めなさい」

道妃が残る片目で鋭い視線を投げていた。

「件の刺客が用いたのは、かつて反乱を起こした呪術師集団の者です。宮廷の人間と手を組むはずがない。私の調べにまだ不安があるというのですか」

黄禁は無言で母の傍にいる。銀蓮はそっと身を引いた。

「そう。ならば安心ね」

さっと衣を翻して進もうとした銀蓮の肩を江妃が掴《つか》んだ。

「龍皇貴妃《りゅうこう》！　大変、お顔が真っ白だよ、私に掴まって。気つけにお湯を持ってきましょうね」

江妃は拒む暇も与えず彼女を連れ出した。道妃は呆気《あっけ》にとられてふたりを見送る。紅運はまだ銀蓮の髪の感触が残る喉《のど》を摩った。

喧騒《けんそう》は錦虎殿に入った途端に静まった。中央に煤《すす》を被った黄金の棺が鎮座していたからだ。進み出た白雄はそれを背にして立ち、口を開いた。

「花発《ひら》けば風雨多し、人生別離足る。花散らす風雨の如《ごと》く別れは常なるものですが……宮を襲った二度の凶事はさしずめ嵐《あらし》と言えるでしょう。その所以《ゆえん》を未《いま》だ成されぬ陛下の魂に求めるのは」

踵《かかと》が棺に触れ、振動で蓋《ふた》が揺らいだ。一瞬振り返った彼の表情が凍りつく。白雄はすぐに向き直ったが、瞳は微《かす》かに震えていた。

「些《いささ》か憚《はばか》られますが、鎮魂を要するのは勿論《もちろん》……」

途切れかけた言葉を藍栄《らんえい》が遮った。

「身内に長い挨拶《あいさつ》は不要だろう？　朝寝が必要なのは父上だけだ」

一同がひっそりと笑い、橙志姉弟《してい》だけが眉を顰《ひそ》める。白雄は目を伏せて微笑み、締めくくった。

「謹んで哀悼を」

祈祷は恙《つつが》なく執り行われた。服喪の儀が終わり、皇妃や皇女が殿を後にする中、藍栄が白雄に歩み寄った。

「先の弔辞はどうした。らしくないじゃないか」

白雄は沈鬱《ちんうつ》に首を振った。

「皇子を集めてください」

六人の皇子が棺の前に集う。白雄は不安げな弟たちを見渡した。

「どうか今から見るものは内密に。これは私にも為《な》すべき術が浮かびません」

彼は棺に手をかける。煙の匂《にお》いが零れ、重い蓋が傾いた。

青燕が声を震わせる。それは天子の遺体だった。半身は細かな刺繍《ししゅう》の死装束が着せられている。

「嘘《うそ》だろ、何だこれ……」

しかし、皇子たちの視線が注がれているのはもう半身だった。人体が黄金の鱗で覆われている。金の輝きは尊顔まで伸び、破れた面を被《かぶ》せたようだ。皇帝は化生に変容していた。

兄弟が絶句する中、黄禁が口を開いた。

「変貌《へんぼう》だな」

「変貌？」

「龍脈の満ちる国を治める天子はその身に龍の力を受け続ける。魂が旅立ち箍《たが》が外れた今、亡骸《なきがら》は注がれる力に侵され魔物と化す。不敬だと廃れた話だが、迷信ではなかった訳だな」

紅運は幾度となく聞かされた建国の神話を思い返す。龍久国は初代皇帝・金王に討たれた龍の亡骸を大地とし、皇帝は地下に奔る龍脈を抑えている。権威付けのための御伽噺《おとぎばなし》のように思えたそれは、皇帝崩御の後、各地に溢《あふ》れた妖魔《ようま》の存在が裏付けた。そして、国を守っていた父は最大の敵に変貌しつつある。新帝を立てる前に、護国の責務は紅運たち皇子に移行した。だが、敵対したところで敵うのか。紅運は震える手を押さえた。

「では、次の皇帝を決め亡骸を葬るまで凶事は収まらないと?」

白雄の問いに黄禁が頷く。

「いつまでも隠し通せないな。猶予は如何程か、父上が変わり果てたらどうなるか……」

藍栄の呟きを橙志が遮った。

「御託は不要。解決策は」

燭台《しよくだい》の火の影が棺の縁を舐《な》めた。黄禁が兄弟を見据える。

「古代は国仕えの道士が国葬を執り行い、遺体の穢《けが》れを祓《はら》ったと聞く」

「古代の道士など今何の力になる」

「まだ望みはあるぞ。かの道士とは今も尚不老不死の仙人と謳《うた》われる、羅真大聖だからな」

淡々とした返しに、白雄は首を振る。

「戯《たわむ》れではありませんね?」

「勿論。しかし、伝承によれば彼が住まうのは最果ての霊峰・泰山だ。一縷《いちる》の望みの為皇子が赴くには遠すぎる。使者を遣るにしてもこの凶事を明かす必要がある。簡単ではないな」

沈鬱な溜息が殿に満ちた。重みを増した空気に抗《あらが》うように、紅運はそっと手を持ち上げた。

「俺が行く」

皇子たちが一斉に紅運を見た。手の震えを抑えて声を張り上げる。

「俺は仕事もないし、欠けても一番支障がない。それに、羅真大聖は狡猊の昔の主が弟子入りした相手だ。一緒に行けば何か教えてくれるかもしれない。頼む、宮廷に禍は持ち帰らないし、万一の責任は己で取るから……」

頭を下げた紅運は兄たちの視線に目を瞑《つぶ》る。暫《しばら》くして降ったのは長兄の静かな声だった。

「霊山は按察使すら赴かない未踏の地。何があるかわかりませんよ」

「覚悟の上だ」

白雄が細く息を漏らした。

「……ひとつ約束を。無事帰ることです」

紅運は薄目を開ける。皇太子は見慣れた穏やかな微笑を浮かべていた。紅運は頷いた。


殿を出た紅運は夕刻の冷気に身を震わせる。

「狡猊は……来ないか」

辺りを見回すと、白の喪服との対比が眩《まぶ》しい黒い肌の皇女がいた。

「紫玉、何をしているんだ」

彼女が答える代わりに微かな羽音がし、七色の羽の鳥が細い指に止まった。驚く紅運に紫玉は小さく笑った。

「この子の調教です。西方では伝書鳩の代わりに鸚鵡《おうむ》を使うこともあるんですよ」

赤を基調とした七色の鳥は忙《せわ》しなく首を動かす。

「紫釉《しゆう》との通信に使うのか？」

「兄は常に移動しているから使えません。鳥が居場所を見つけられず帰ってきてしまうの。紅運様はどうなさったんですか？」

「ただの気晴らしだ。儀礼で少し疲れたから」

「私も儀礼は苦手です。異国の母を持つ皇女なんて他にいないから居辛くって」

自嘲《じちよう》気味に笑った紫玉は沈黙を不快ととったか、慌てて手を振った。

「すみません、私と一緒なんて不快でしたよね」

「いや、違うんだ。紫玉は語学にも通商にも通じて第四皇子の留守を守ってるだろ。俺とは全然違う。でも、最近は頑張ろうと思って……紫釉のようにはいかないけど、俺も明日から少し遠出する」

紫玉は目を丸くし、袖《そで》を口元にやって噴き出した。

「驚きました。私の想像と全然違う方ですね」

紅運は微かに笑って、鮮やかな鳥の羽を見た。

「少し触っても？」

「勿論です」

指の背で軽く触れると、鳥は従順に頭を寄せた。

「大人《おとな》しいんだな」

「紅運様は好かれたみたいです。兄はこの子によく噛《か》まれるんですよ」

紫玉は鸚鵡の羽を撫でた。

「羽根が重くなっています。雨になるのかも」

途端に、宮殿の屋根瓦《やねがわら》を針のような雫《しずく》が静かに打ち始めた。

「すごいな、予言者みたいだ」

少し前までならこれほど素直に話せなかっただろう。苦笑した紅運の肩を冷たい雨が濡らした。

激しくなった雨に追われて廷内に戻ると、奥から声が漏れていた。緞帳《どんちょう》で遮られた部屋の奥に上三人の皇子が集っている。

「紅運は変わったね」

聞こえた藍栄の声に、紅運は思わず幕に隠れた。部屋の様子を窺《うかが》うと、三人は煙管《キセル》を手に、濡れた土が篝火《かがりび》の赤を映す庭を眺めていた。

「ええ、大魔を従えてからは」

煙を夜景に吹きかけて白雄が答える。全《すべ》てが真鍮製《しんちゅうせい》の長い煙管は栄華の象徴だった。橙志《とうし》は煙管の羅宇を弾いた。

「大魔はただの発端。奴《やつ》を変えたのは己自身だ。気概に技量が追いついていないがな」

憮然《ぶぜん》とした声に、紅運は小さく口角を上げた。

「相変わらず手厳しいね。たまには褒めてあげればいいのに」

「霊峰で手柄を立てたら考えてもいい」

白雄は微笑してから再び煙を吐いた。

「事の重大さは計りしれません。我々でも対策を講じねば。服喪の儀も完璧《かんぺき》には行えませんでした。

廷内で気づく者が出る頃《ころ》かもしれません」

「何の、我々以外は完璧だったと思っているさ。しかし……」

藍栄は煙管の先で煙草盆を打った。

「改めて見ると皇妃も少ないものだ。我々の中で母が存命なのは青燕《せいえん》、黄禁、翠春だけだろう」

「それがどうした」

「いや、本当の凶事の発端はいつだったのだろうと思ってね」

紅運は耳を澄ませたが言葉の続きはなかった。沈黙の後、白雄は煙管を置いて雨雲を見上げた。

「しかして、黄禁はどちらに？」

「儀礼の後から見ていないな」

「奴がふらついているのはいつものことか」

とりとめのない会話が始まり、紅運は身を離した。思わぬ賛辞よりも気がかりな言葉の方がのしかかる。

「凶事の発端なんぞ、この王宮ができたことに決まってるだろうに」

不意の声に飛《と》び退《の》くと、狻猊が闇《やみ》に赤毛を広げて嘲笑《あざわら》った。紅運は騒ぐ胸を抑えて言った。

「お前、何か知ってるのか」

「それを調べるのが仕事じゃねえのか」

「調べていいんだな。お前の元の主にも紐《ひも》づくことかもしれないぞ」

狻猊は金眼を見開いた。憤怒の予感に紅運は身構えたが、男は低く唸《うな》りをもらしただけだった。

「使い魔が持ち主を止める術はねえ。だが、後悔するぜ。人間が何かを知って幸せになることはねえ。知れば知るほど無力さに気づくだけだ」

凶暴さのまるでない静かな声と眼差《まなざ》しに紅運はたじろぐ。その間に男は姿を消した。後は啜《すす》り泣《な》きに似た雨音が響くだけだった。

＊＊＊

同刻、黄禁母子は毛氈《もうせん》を一枚敷いた床に座して向かい合っていた。道妃は眉間《みけん》に皺《しわ》を寄せる。

「黄禁、先の襲撃では悪手を選びましたね。何故《なぜ》下手人を生け捕りにしなかったのです。お陰でお前にも疑いが及んだのですよ」

「だが、戦いが長引けば兄弟が危なかった」

「お前はいつもそうです。肝心なところで間が抜けています。昔、呪物の毒虫を逃がしたこともありましたね。そのとき、呼んだ侍従が忙しいから待っていろと言ったら、愚直に二刻も鶏舎で遊んで待っていました。あのときは第二皇子毒殺未遂の直後だったというのに！　黄禁、今笑いましたか？」

「ああ。母上はよく俺のことを覚えていてくださる。俺の死後もこうして思い返してくれるのだろうと思ったら嬉《うれ》しくなった」

道妃は眼帯に覆われた顔を歪《ゆが》めた。

「母上……俺は後どれほど生きられる」

「二年。禁術を続けるならばですが。今やめれば幾らでも生きられます。気は変わらないのですか」

「ああ。しかし、二年の内に事は片付くだろうか」

「わかりません。ですが、その時が来ればお前は真っ向から敵と戦うことになる。命の保証がないのは同じです」

「俺は呪術師だ。命は惜しくないが、前はもう少し皆といたいと思っていた。だが、今は兄弟が分かたれ骨肉の争いが起こるのを見る前に死にたいと思っている」

道妃は深い溜息《ためいき》をついた。

「お前は誰《だれ》より呪術《じゅじゅつ》の才を持ち、誰より呪術師に向きません。情が深すぎる。何を想《おも》って生きようと、我々が最後に吐くのは呪詛《じゅそ》なのですよ」

黄禁は僅《わず》かに目を伏せた。

「宜しい、お前の命はお前の好きに使いなさい」

道妃は裾《すそ》を払って立ち、窓の竹細工に手を触れた。

「仕上げは私がします。子を失う母の恨みに勝るものはないのだから」

囁《ささや》いた言葉は軒を打つ雨音に掻《か》き消された。

＊＊＊

未《いま》だ夜明けの色を残した空の裾が城郭に触れていた。浅い眠りから目覚めて庭に出た紅運は白い息を吐く。乾いた空気が遠い銅鑼《どら》の音を研ぎ澄ませていた。橙志が指揮する早朝の訓練だ。彼との稽古《けいこ》の傍ら、銅鑼の音階が意味する内容も教わった。高音が鳴る。今のは「左翼に展開せよ」。

「昔は煩いだけだと思っていたのにな」

紅運は呟《つぶや》いて、眠る宮殿を見渡した。後少しで官吏たちの朝礼が始まる。束《つか》の間《ま》の静けさを感じていると、あるはずのない人影が見えた。庭木の下、毛氈の如《ごと》く敷かれた桃の花弁に道服の衣が重なっていた。

「黄禁！」

紅運が駆け寄ると彼は虚ろな目を開けた。

「死んでるのかと思ったぞ。何故こんな場所で寝てるんだ」

「猫に餌をやるのを忘れていてな。探すうちに眠っていたようだ」

頰は蒼白《そうはく》、首筋は汗で花弁が張りついている。病人の様相だ。

「どこか悪いのか……」

「まさか。昨夜寝るのが遅かっただけだ」

黄禁はふらつきながら木に縋《すが》って立ち上がった。何も言えずに俯《うつむ》く紅運の脛《すね》に柔らかな感触が触れる。丸々太った白黒の猫が擦り寄っていた。

「そこにいたのか」

黄禁が猫を抱き上げる。痩《や》せた腕が重みに耐えて震えていた。不安で見つめた視線が黄禁と合い、紅運は慌てて逸《そ》らした。

「……猫の名は？」

「まだない。橙志の部屋の前で見つけたから橙志とつけようとしたが怒られた」

「当然だ」

呆《あき》れる紅運に猫が身を乗り出して鼻を近づける。手で制すと柔らかな毛並みが指に触れた。血色の悪い顔で黄禁が笑う。

「名付けてくれるか？」

己が戻るまで兄は息災でいるのだろうか。

「帰るまでに考えておく」

「では、無事を祈る。いや、猫のことがなくても無事が一番だぞ」

黄禁は猫を抱えて去っていった。後ろ姿が細く頼りなかった。

空が明るみ出した。女官の足音と湯の香りがする。洗面用の湯桶《ゆおけ》の準備だろう。紅運が踵《きびす》を返そうとすると、強い芳香が漂った。

「お早いのね」

いつの間にか銀蓮が背後に立っていた。

「……そちらも」

「息子が夜中に目覚めてしまうのよ。悪夢を見るのかしら。妾がいないと寝付けないの。でも、紅運様が祈祷《きとう》してくださるなら安心ね」

泰山へ向かう名目は加持祈祷《かじきとう》ということになっていたことを思い出し、紅運は曖昧《あいまい》に頷《うなず》く。

「安心なのは紅運様もね。宮廷より最果ての霊峰の方が安全だもの」

銀蓮が歩み寄った。意図を取り兼ねて紅運は眉《まゆ》を顰《ひそ》める。

「凶事は祈りで除けられるかしら。この国は神ではなくひとの力で良くない方へ導かれている気がするの」

「どういう意味だ」

「貴方は亡き陛下の御兄弟に会ったことがお有り？」

紅運は口を噤《つぐ》んだ。古くは軍や六部にも王弟がいたと聞くが、皆長子の白雄が生まれるより早く儚《はかな》くなっている。

「今までも天子の同胞が永く国に仕えた記録はないのよ。まるでただひとつの玉座以外皇子の座る席はないよう。それは天の定めかしら、ひとが定めたものかしら」

銀蓮は宝珠のような眼を向けた。

「そうだわ。古代には外遊していた末端の皇子だけが戦火を免れ、玉座に着いた例もあるの。もし、貴方が霊峰を訪ねる間……」

「俺は」

紅運は吸い込まれそうな瞳《ひとみ》から目を背けて首を振る。

「不甲斐《ふがい》ないがまだ国のことはわからない。だから、何も言えない。ただ、破滅に向かうとしても俺にできることは全部しておきたいんだ」

銀蓮が微笑《ほほえ》む。彼女の瞳孔《どうこう》が蛇のように引き絞られた。

「本当にお変わりになったのね。それではどうか、お気をつけて」

道中か、それ以外か。紅運は尋ねられなかった。

一抹の不安を抱えたまま、出立の時が来た。見上げた赤の城門は常よりも更に大きく見えた。怖気づきそうになる自分を戒め、踏み出した紅運の前に馬車が現れた。車輪には龍の文様が、横木には雲海が彫られていた。馬車の陰から白い衣が現れた。

「白雄、公務があるんじゃないのか」

「旅路に赴く皇子の見送りも大切な公務のひとつですよ」

驚く紅運に彼は微笑を返す。

「これは追鋒車《ついほうしゃ》といい、古来は戦場でも活用された、最も速度に重きを置く馬車です。貴方に託す意味は分かりますね」

「速く行き、速く帰って来いと」

白雄が頷く。紅運は小さく笑い、黒絹の天蓋《てんがい》が付いた輿《こし》に滑り込んだ。戸を閉じようとしたとき、窓から小さな影が差した。

「桃華も見送りに来てくれたのか」

桃華は稽古を終えたばかりなのか、鎧《よろい》を纏《まと》っていた。

「これから寂しくなるでしょうから、励ましに来てあげました。向こうで泣いてはいけませんよ」

「もう子どもじゃないんだぞ……桃華に笑われないようにちゃんと仕事を終えてこなくちゃな」

「見送りは私だけではありません。直前まで迷っていらっしゃったようですが。師範」

彼女は唇から白い息を零して微笑む。桃華の後ろから長く大きな影が伸びた。

「橙志……」

桃華と同じ鎧姿の彼は無言で手首を軽く振り、輿に何かを投げ込んだ。紅運は慌てて空中で掴《つか》む。鋼を薄く叩《たた》いて伸ばしたような雫《しずく》形の耳飾りだった。無機質で武骨なそれは皇子に相応《ふさわ》しくないだけでなくひとつしかない。

「餞別《せんべつ》だ。俺の大魔の力を込めてある。龍珠具という。声までは叶《かな》わずとも音響程度なら伝わる」

橙志の右耳で同じ耳飾りが揺れていた。彼がその飾りを爪で弾くと、紅運の手に載った片割れにも振動が伝わった。

「鳴らすのは万一の時のみだ。『今すぐ帰還せよ』は二度、『決して戻るな』は三度だ。三度鳴らしたら次二度鳴るまで何があろうと帰るな」

「これ以上何か起こるのか。そのとき、俺は戻って戦わずに逃げろと」

「万一の話だ。もしお前が窮した際、万策尽きたのであれば二度鳴らせ。こちらから助けを送る。使わず済むのが一番だがな」

「……わかった」

紅運は耳飾りを耳朶《みみたぶ》に取り付ける。鋼には微《かす》かに熱の名残りがあった。

橙志《とうし》は無言で輿の戸を閉めた。引き締めた口元が笑顔の代わりなのだと最近わかってきた。

御者が馬に鞭打《むちう》つ乾いた音がし、馬車がゆっくりと進み出す。

白雄は遠のく輿を見つめて小さく息をついた。傍らの橙志が問う。

「気がかりですか。お気持ちはわかりますが、あれでも、奴《やつ》は最近少しやるようになりました」

「だからこそです。彼は徐々に変わっている。泰山から戻った紅運が都にもたらすのが吉か凶か。私はそれが少々恐ろしい」

珍しく表情を曇らせた長兄に、橙志は戸惑い、目を逸らすように城門を見上げた。空には死者の灰の色をした雲が重く垂れ込めていた。

紅運を乗せた追鋒車は城郭を出て走り続けた。車輪が回るにつれ都の白亜が黄金の稲穂に変わる。更に田園が森に変わる頃《ころ》には、木々と空も間が曖昧になる程全《すべ》てが黒く染まっていた。御者と馬を替えて尚走る車の窓から紅運は外を眺めた。光のない夜を見たのは初めてだった。龍久国は宿や酒屋、妓楼が夜通し明かりを灯《とも》していた。宮中は寝ずの番の兵が篝火《かがりび》を絶やさない。弱い月光以外に光のない道は皇帝の威光も届かない場所に来たことを実感させた。路傍に壊れた農具が捨てられていた。もしここに生まれていたら、自分はどんな人間になっていただろう。車窓を眺めるうちに、紅運は微睡《まどろみ》に落ちていた。

浅い眠りの中、紅運は宮殿の大広間にいた。先の大火で燃え落ちた殿に似ていたが、調度が僅かに古めかしく、記憶と異なっている。夢か、と紅運は思った。

「今一度考え直せ。為損じれば死よりも酷《ひど》い結果が待つぞ」

声の方に目を向けると、皇帝の冠を目深に被り、玉座に座す三十歳ほどの男がいた。父ではない。背後に控える七人の男たちにも見覚えがなかった。皇帝と七人に相対するひとりの男がいた。彼は罪人のように床に額《ぬか》ずいていたが、纏《まと》った細かい刺繡《ししゅう》の赤い衣から貴人だと分かった。紅運に背を向けて跪《ひざまず》く男は顔を上げた。

「よいのです。兄上。私には文武の才もなければ民を想《おも》う寛大な心すらない。この申し出を奏上する間も、己の知る父母や兄弟と僅かな侍従の顔しか浮かばなかった矮小《わいしょう》な者です」

束ねた癖のある黒髪が揺れる。自嘲《じちょう》の笑みを浮かべたのか、肩も微かに揺れた。卑屈さの滲《にじ》む声が自分に重なり、紅運は唇を嚙《か》んだ。

「この機を逃せば皇子の責務を果たすことは生涯ない。どうか私に邪《よこしま》なる龍を討たせてください」

皇帝にしか許されない、宝珠の飾りが垂れる冕冠《べんかん》を被った男は溜息をついた。

「狻猊と共倒れるつもりか。紅雷」

紅運は息を呑《の》む。かつて赤の大魔を使役した皇子。

「屠紅雷！」

紅運は思わず声を上げ、手を伸ばす。夢の中の宮殿と男の姿が薄れていく。目が覚める寸前、男が振り向いた。垣間見《かいまみ》た横顔は誰かに似ていた。


紅運の伸ばした手が馬車の天井に触れた。闇《やみ》は更に深まり、窓の外には夜霧が流れていた。夢の内容を思い返そうとしたが、ぼやけて輪郭が掴めない。紅運は頭を振り、呼吸を整えてから呟いた。

「狻猊、そろそろ出てこい」

火花が散り、手元すら見えない輿の中を微かに照らした。

「暗闇《くらやみ》でひと恋しくなったか、坊や」

「ひとが恋しくて化け物を呼ぶものか」

狻猊が歯を見せて笑う。闇に慣れた目に炎のような赤毛が眩《まぶ》しかった。

「変な夢を見たんだ。今より昔の宮廷で……知らない皇帝と、たぶんその弟たちと、それから……」

「もうすぐ泰山だ。あそこは道士どもが山を隠すために妙な霧を立ててやがる。それにあてられたんだろうよ。忘れちまいな」

どこか突き放すような口調に、紅運は溜息《ためいき》をついた。

「狻猊、お前は羅真大聖に会ったことがあるんだろ」

「まあな」

「屠紅雷に伴われて、か？　……彼は、どんな皇子だったんだ」

「言いたくねえ」

「またそれか」

紅運は肩を竦《すく》めて座席に頭を預けた。狻猊は熱を帯びた溜息をついた。

「坊、お前は阿呆《あほう》だが善良だ。最強の化けもんを手に入れても、悪用しようとしねえ。国を焼いた逆賊とは大違いだ。お前といりゃあ俺も護国の大魔に戻れるかもしれねえ。だから、過去なんか聞かれたくねえのさ」

「嘘《うそ》だな」

「何？」

「軽蔑《けいべつ》している奴のためにそんなに真剣に怒れる訳がない。本当は何か隠してるんだろ」

車内の温度が急に上昇を始める。紅運は恐れずに赤毛の男を見据えた。

「ほら、まただ。少し歩み寄れたと思っても、またお前の怒りに触れて逆戻り。いつまでもこれじゃ埒《らち》が明かない。お前が教える気がないなら、調べるしかないだろ」

「そうかよ。どうやって？」

「泰山で自ずとわかるさ。耳と目を塞《ふさ》いで行く訳じゃないからな」

「前言撤回だ。お前は立派な暴君だよ」

狻猊が舌打ちして消える。熱の名残りと痛いほどの濃い闇だけが残っていた。紅運は輿の外に目をやり、冷えた夜風を頬に当てる。都の灯《あか》りが届かない森の奥底も、月は隔てなく照らしていた。

目蓋《まぶた》の裏に射す光に紅運はいつの間にか眠っていたことに気づく。追鋒車の振動は止まっていた。御者が輿の扉を開ける。

「紅運様。ここからは皇太子殿下から同行を許されておりません。おひとりで、とのことです」

紅運が降車すると、湿った灰色の霧が死人の肌の温度でまとわりついた。遥《はる》か先に剣のような峰が切り立った山々の朧《おぼろ》げな輪郭が浮かんだ。

「これが、霊峰か……」

追鋒車が泥を蹴立《けた》てて去る音が靄《もや》に染み渡る。それも消えた後、紅運は急勾配《きゅうこうばい》の坂を進み始めた。靴の裏に砂利が噛みつく。宮廷で味わったことのない鈍痛が踵《かかと》に沁《し》みた。紅運は荒い息を吐きながら足を進めた。靴に血が滲《にじ》み足を止めた紅運を、狻猊が見下ろしていた。

「辛そうだな、背負ってやろうか？」

「思ってもないくせに」

「気張れよ。ひとつ教えてやる。屠紅雷はひとりで登りきったぜ」

紅運は服の裾《すそ》を千切って靴底に詰める。残りの布地を土踏まずに巻いたとき、琴児の小さな足が浮かんだ。

「琴児はあの足で朝から晩まで歩き回ってたんだ。俺だって……」

立ちかけてよろめいたとき、狻猊が腕を掴んで無造作に引き上げた。呆《あき》れと慈悲が混じった金の瞳に紅運は戸惑う。

「そこにおわすのは第九皇子、紅運様か」

声が思考を打ち切った。霧に溶け込む白髪《しらが》と白髭《しろひげ》を蓄えた、白い道服の老人が立っていた。老人は手を組み、恭しく礼をする。

「皇太子殿から伺っております。お迎えに上がりました」

「貴方は……」

「泰山に住まう世捨て人、俗世では羅真大聖と呼ばれております」

紅運は息を呑む。狻猊は犬歯を見せるように笑った。老人が現れた途端、霧は瞬く間に薄くなった。黒く濡《ぬ》れた坂道を老人に伴われて進む。

「貴方が本当に……？」

「小説で書き立てられるほど愚老は大層なものではありません。今は湧《わ》いた妖怪《ようかい》退治をするだけ。掃除夫と変わりませぬ」

「ここにも妖魔《ようま》が？」

「ええ。皇帝陛下の下、鼓腹撃壌していたのですが、最近は物騒です。狐狸の類から、頭のみで飛ぶ魔物、生き死人。果ては巨人までおりました。吸血巨人といって、仙人と見まがうような顔でひとを洞窟《どうくつ》に誘って退路を塞ぎ、生き血を啜《すす》る魔物です」

老体とは思えない足の速さに紅運は慌ててついていく。

「あの、俺は貴方にそれを相談しに来たんだ。各地で妖魔が湧き出した所以《ゆえん》と、これから起こる凶事について……」

紅運は歩みを止めた老人の前に回り込む。

「昔俺と同じ大魔を連れた皇子が貴方に師事したはずだ。ほら、この赤の大魔。覚えがあるだろう」

「はて、彼はひとではないのですか」

紅運が目を見開く番だった。

「覚えてないのか。ずっとここにいる不老不死の仙人なんだろう？」

呆然《ぼうぜん》とする紅運を挟んで老人と大魔が見合う。

「俺はそいつを見たことねえぞ」

「狻猊、どういうことだ……」

老人の目から光が消える。狻猊は牙《きば》を剥《む》き出《だ》し、指をさした。

「そいつは俺の知る羅真大聖じゃねえ」

霧が更に薄くなった。視界を覆う白が黒に変わる。坂道に思えた傾斜は洞窟に変わっていた。息を呑む間もなく、老人の姿が徐々に膨らんでいく。轟音《ごうおん》が鳴り響き、洞窟の先を大岩が塞いだ。混乱する頭に先程の老人の言葉が過った。

「吸血巨人……！」

老人の背丈は遥かな天井に届くほどまで膨らんでいた。

「狻猊！」

何故《なぜ》言わなかったと叫びかけた言葉を飲み込む。こいつはまだ俺を試してる。紅運は耳飾りに伸ばしかけた手を下ろし、銅剣の柄にかけた。

「何か言いかけてなかったか？」

深く息を吸い、見下ろす狻猊に視線を返す。

「ああ……思い返せば、俺とお前ふたりきりで戦ったことはなかったな。いつも兄たちがいた」

金の瞳《ひとみ》に映る己が震えていないかを確かめた。

「お前の実力をまだ見ていない訳だ。いい機会だから今試す」

狻猊は満足げに笑う。紅運は剣を抜いた。

「行くぞ、失望させるなよ」

洞窟を火炎が舐《な》め、円形の炎が闇《やみ》を縁取った。巨躯《きょく》が身を屈める所作が見えた。紅運は引いた片足に重心をかけ、銅剣を構える。指二本を虚空に突き出し、目測を確かめる。奴《やつ》の歩幅なら三歩。測った矢先、巨体が跳んだ。地表が弾け、洞窟が震動する。眼前に拳《こぶし》が迫った。

「狻猊！」

燃える獅子《しし》が紅運の足をさらい、後方に跳ぶ。陽炎《かげろう》を拳撃が貫いた。一拍遅ければ骨も残らなかっただろう。

「あの図体《ずうたい》であの速度か……！」

「速度は馬力に比例する。馬車と同じだ。何の不思議もねえよ」

狻猊が喉《のど》を鳴らした。巨人は岩盤を破った拳を再び振り上げる。

——焦るな。気持ちで負けるな。

「だが、速さなら俺たちが上だ！」

紅運は狻猊に飛び乗った。巨人が再び拳を振る寸前、狻猊が疾走する。炎が巨人の股下《またした》を潜り抜ける。吹き抜けた熱に巨人が一瞬狼狽《ろうばい》した。

「遅い！」

狻猊は洞窟を塞ぐ巨岩まで一瞬で辿《たど》り着《つ》いた。紅運は銅剣を構え、刺突を放った。出口を塞ぐ岩石は震動に揺らぐだけで外れる様子がない。

「俺の炎ならこの岩も溶かせるかもしれないぜ。やってみるか？」

「逃げて王宮に帰れるものか。俺は龍久国の使者として来ているんだ。兄たちの顔に泥は塗《ぬ》れない」

紅運は薄く目を閉じる。兄たちならどうするか。翠春《すいしゅん》なら名前だけで妖魔の特性を見抜ける。巨人は天井に頭を擦りながら進んでいた。

——巨躯を持て余してるのか？　普段は老人の姿で、今の形態に慣れていない？

「炎だ！　火力で押し返せ！」

紅運は狻猊の背に腹をつけた。赤光が暗闇《くらやみ》を焼いた。洞窟をなぞるように放たれた炎は熱と勢いだけで巨人を押し返す。青の大魔の洪水を炎で再現すれば、防壁は攻撃に変わる。肉の焦げる匂《にお》いが漂った。巨人が岩盤を殴りつけた。落下した岩が降り注ぎ、炎を防ぐ防壁を作る。

「当然そうするだろうな！」

狻猊が跳ねた岩石を蹴《け》り上げ、障害を作る。白雄は防護柵《ぼうごさく》を作るとき、必ず反撃の拠点としても考える。岩と岩の隙間《すきま》は巨体を通さず、紅運と狻猊だけを擦り抜けさせた。飛び出した紅運に巨人が狙《ねら》いを定める。

「黄禁なら捨身で行くだろうが、俺はそこまで命知らずじゃない！」

狻猊の旋回に合わせて脱ぎ捨てた紅運の衣が巨大な腕に絡みついた。煩わしげに布を振り払った妖魔が反撃の途中で動きを止めた。巨躯が膝《ひざ》を折るようにゆっくりと傾いでいく。狻猊が嘲笑《あざわら》った。

「息苦しいか。熱い空気は上に行くんだぜ」

狻猊の炎の熱は狭い洞窟に充満していた。一矢の攻撃に全《すべ》てをかけず、獲物を追い詰める長期戦を前提にした藍栄《らんえい》の狩り。

紅運は銅剣を握った。狻猊が急速で下降する。後は、橙志《とうし》から託された剣技だけだ。真上から振り下ろした一刀が巨人の首を切断した。巨大な首が回転し、ごとりと落ちた。魔物が霧散し、憔悴《しょうすい》した老人が現れた。

「やはり擬態か」

紅運は狻猊から降りて剣先を突きつける。

「吐け。お前は誰《だれ》だ。なぜ俺たちを狙《ねら》った」

「いやはや……」

老人はくたびれたように苦笑した。紅運が語気を強める。

「誤魔化《ごまか》すな。皇子は民を殺せないとでも？　逆徒は別だ」

「その辺にしてやってくれ」

声が響き、光が射した。微動だにしなかった岩山が崩れ落ちた。洞窟に霧が流れ込む。切り取られた光の中に道服を纏《まと》った女が立っていた。

「当代様」

「おう、羅九《らきゅう》もよくやってくれたな」

「老人に無体を強いてくださいますな」

腰を摩りながら立ち上がる老人に、黒髪を紙片でひとつにまとめた女が笑う。八重歯を覗《のぞ》かせる笑みは服装に似合わず世俗的だった。紅運は眉《まゆ》を顰《ひそ》めた。

「誰だ……？」

人型に戻った狻猊が笑みを漏らす。女が僅《わず》かに目を丸くした。

「紅雷？」

紅運は首を横に振った。

「龍久国の第九皇子・紅運だ。そっちも名乗って、説明しろ」

女は紅運と狻猊を見比べた。

「疑いようもなく赤の大魔を従える皇子らしいな。なら、挨拶《あいさつ》しよう。俺が当代の羅真大聖だ」

「当代……？　女……？」

困惑する紅運を見て女は肩を揺らす。老人のような笑い方だった。

「見た方が早いだろ、着いてきな」

女が光の中に消える。呆然とする紅運に老人が小さく会釈した。

洞窟を抜けると、一陣の風が吹いた。紗《しゃ》の幕を捲《まく》るように霧が割れ、山々と一体化した都が現れた。連なる岩を削って建てられた館《やかた》の数々は全てが白と黒の濃淡で、水墨画の中の光景のようだ。蠢《うごめ》くひと影が画ではなく現実だと示していた。

「これが俺たち羅真大聖の住処《すみか》だ」

「俺たち？」

周囲から老若男女が次々と現れる。皆、一様の道服を纏《まと》い、館から身を乗り出していた。ふたりの幼子が物陰から紅運を覗いた。

「ここにいる奴ら、全員が羅真大聖だ。便宜上、俺が当代ってことになってるがな」

「どういうことだ……？」

羅九と呼ばれた先程の老人が進み出る。

「羅真大聖とは個人ではなく組織に近いのです。我々は初代大聖の知識、思想、振る舞い、道術を全て学び、その中で次の大聖を決める。ひとりが死のうと、他の者がすぐに受け継ぎ、途切れることはございません」

「替え玉と継承、これが羅真大聖の不老不死だ」

女の大聖は鷹揚《おうよう》に頷《うなず》いた。墨の都を何人もの道士たちが行き交う。紅運は思わず感嘆してから、我に返って狻猊を睨《にら》んだ。

「お前、知っていたな？」

「言ったはずだぜ。俺の知る羅真大聖じゃねえ、ってな。何年も前にとっくに代替わりしたんだろうよ」

「そんな言い訳が通るか！　少し協力してくれたと思ったら油断も隙もない……」

大聖はふたりを見てまた小さく笑った。

「皇子と大魔ってよりかは年の離れた兄弟だな」

「こんな恐ろしい兄は願い下げだ。いや、怖い兄ならいるが……」

言《い》い淀《よど》んだ紅運に大聖は手を差し伸べる。

「さて、求めるものがあって遥々《はるばる》都から来たんだろ？　歓迎するぜ。お前はもう泰山の一員だ」

「よろしく頼む。王宮の危機を乗り越えるための秘技を……」

伸べ返した掌《てのひら》がずしりと重い。紅運の手に古い木桶《きおけ》が乗せられていた。

「大聖……これは？」

「入山した道士は皆雑用から始まる。まずは水汲《みずく》みだな」

犬歯を覗かせる笑みを残して女は立ち去った。木桶の枠が外れて紅運の足元に落ちる。狡猊の嘲《ちょう》笑《しょう》が聞こえた。

霧の中を進む羅真大聖の傍らで羅九が囁《ささや》いた。

「ご覧になりましたか。驚きました。生き写しですな」

「言ってくれるな、羅九よ。過去は過去だ。今の奴らを信じようぜ」

大聖は足を止め、都の方角を見た。

＊＊＊

風と母以外が翠春《すいしゅん》の部屋の緞帳を揺らすのはいつ以来だろう。夕日を背に現れた青燕《せいえん》が屈託無く笑った。

「遅れてごめん。ちょっと兄さんたちを手伝っててさ」

「いいよ、来ないかもと思ってたから……」

「何でさ。古書を一緒に調べる約束じゃないか。といっても、解読は結局君頼りになるけど」

翠春は書物や巻物の山を退けて空きを作る。長椅子に座った青燕が身を寄せ、翠春は僅かにたじろいで壁の方へ避けた。

「この本は？」

「これは前話した『竜生九子遺事』。通俗小説だけど、意図的に書庫に残されてるならその意図を探るべきかと思って……」

「挿絵もあるんだね」

「有名な画家の絵で、字が読めなくてもそれ目当てに買う庶民がいたんだ」

「何て画家？」

「覚えなくていい……春画家だから」

青燕は一瞬驚いて、声を上げた。

「殿下がそのようなものをお読みとは！」

彼らが幼少期師事した教師のような口調に、翠春も表情を崩す。重なる笑い声の片方が急に止《や》んだ。青燕はある頁を凝視していた。

「どうかしたの？」

「これは誰を描いた絵？」

指は俯《うつむ》いた青年の挿絵を指していた。

「この本に出てくる、赤の大魔の使い手だよ。実際の皇子と似てるかは怪しいけど」

「似てるな……」

青燕は呟《つぶや》いた。不安げな翠春の視線に何でもないと答えて本を閉じる。

「これはどういう本なの？」

「魑魅魍魎《ちみもうりょう》が現れる志怪小説の類だね。皇帝が魔物になり皇子が倒すという話。この類型が見られるのは二百年前後。特筆すべきなのはどれも金色の龍と燭陰《しょくいん》という魔物が登場すること。この二点に注意して文献を探れば……ごめん、喋《しゃべ》りすぎた。つまらないよね」

「そんなことない。面白いよ。ただ、これを全部調べるのは……」

卓上には書物が宝山のように積み上がっていた。

「いや、弱音を吐いちゃ駄目だね。兄さんたちも紅運も頑張ってるんだ」

袖《そで》を捲る青燕をよそに、翠春は文机の本を素早く選り分けた。

「全部は要らない。ここからここまでは必要ないから」

「どうしてわかるの？」

「文法だよ。例えば、昔は一人称として使われたけど今は所有格でしか使わない単語がある。それが乱用されていれば、誤用じゃなく後から付け足されたと見るのが正しい。大まかに時代が特定できれば必要な部分だけ選び取れる」

「すごいね、先生みたいだ」

「全然。六部の文人に比べればただの遊びだよ。どこにも行かずに本だけで得た知識なんて……」

「僕たちが一生に行ける場所には限りがある。でも、本を読むひとは時と所も違う何人もの人生を体験できるんだよ。君はもう書庫の数だけ旅をして、古人と会話をしたじゃないか」

「おれは閉じこもってただけだよ」

「外に出たいとは思わないの？」

「母上が、おれは身体《からだ》が弱いから出歩いたりしちゃ駄目だって……」

「心配なんだね。でも、子どもがしたいことをして生きるのが一番嬉《うれ》しいと思う。僕の母上が言ってたんだ」

「でも……」

翠春が言いかけて、身を竦《すく》める。戸口を背に銀蓮が立っていた。

「青燕様も来ていたの？　ふたりとも勤勉なのね。でも、根を詰めちゃ駄目よ。身体に障るわ」

銀蓮は息子の手を取り、頰に寄せた。

「休憩になさい。お茶とお菓子を持ってくるわ」

するりと指が離れ、薫香が遠のく。翠春は俯いて本の背をなぞった。

部屋を出て、銀の杯を載せた盆を運ぶ銀蓮を鋭い声が呼び止めた。香橙《こうとう》は弟に似た鋭い眦《まなじり》で彼女を見る。

「お待ちなさい。その盆は何です」

「息子と青燕様が勉強会をしているのよ。お茶を持って行かなくちゃ」

「女官に運ばせればいいでしょう。先の襲撃を忘れましたか。皇子の母が別の皇子に茶を出すなど、毒殺を疑われるとは思わないのですか」

「あら、それもそうね。教えてくださって助かるわ」

「皇貴妃の自覚を持てと言っているのです」

「ええ、でも……妾は喜んでほしいだけなの。そんなに叱《しか》られたら悲しくなってしまうわ」

銀蓮の瞳《ひとみ》が弓矢のように引き絞られる。香橙が眉を顰めた。

「これは御二方」

軽薄とも言える声が響いた。

「美しい婦人が歓談中とは善い処に出会《でくわ》した。堅苦しい王宮の救いだね」

総白髪《しらが》を揺らした藍栄がふたりの間に割って入り、銀の杯を取り上げる。

「危ぶむ必要はないよ。銀は毒で変色するからね。態々使う由縁はないさ。だろう?」

「そうなの? よかったわ。それでは、安心ね」

銀蓮が笑みを作り直した。藍栄も微笑を返し、香橙の方を向いた。

「そういえば、夫の左将軍殿は息災かい? 彼に以前話した、軍で使う弓のことなんだが……」

話を続けながら、藍栄はさりげなく香橙の腕を引いた。彼女は小さく拒んだが、構わず廊下を進む。遠ざかるふたりに銀蓮は再び目を細めた。


「何です、お離しなさい!」

殿の影まで訪れ、藍栄《らんえい》はやっと香橙から手を離した。

「失礼」

「その通りです」

藍栄は襟を直す彼女の耳元で囁いた。

「あの御婦人には構わない方がいい」

「どういう意味です」

「橙志《とうし》を守るためだ。言いたくはないが、彼女には不穏な影が多すぎる」

香橙は驚嘆する。光のない藍栄の目を見返し、彼女は深く息を吐いた。

「わかりました。警告は重く受け止めます。ですが、節度を弁《わきま》えなさい。私は夫がある身です」

踵《きびす》を返した香橙の耳は微《かす》かに赤みを帯びていた。藍栄は廊下の奥に足を進める。戸に吊《つ》るした硝子《がらす》の飾りが凛《りん》と音を立てた。白雄の部屋には藍栄のため各所に鏡や音の鳴る飾りが吊るされていた。

「調べ物は順調かい？」

「一進一退というところです」

巻物を開く白雄を藍栄が制した。

「読み上げてくれるのは有難いが、些《いささ》か危険じゃないかな？」

「ご心配なく。大魔の権能で強化しています。溜息《ためいき》ひとつ漏れません」

白雄は窓に吊るした紺の帳《とばり》を手の甲で叩《たた》く。

「抜かりなしか」

藍栄は椅子を引き、彼の前に座った。

「身内を疑うのは不本意ですが止む無し。貴妃たちの中に後ろ盾が不確かなものがふたりいました。それを探れば黒幕と紐《ひも》付《づ》くかもしれません」

「龍銀蓮皇貴妃はやんごとない際《きわ》ではないと聞き及んでいたが後ひとりは？」

白雄はすぐには答えず窓外を見遣った。紺碧《こんぺき》の帳の隙間《すきま》で一段淡い夜の色が空を染め始めていた。

＊＊＊

紅運は辿《たど》り着《つ》いた井戸を覗《のぞ》き込む。奈落《ならく》の底《そこ》のようだ。意を決して釣瓶を引くと、掬《すく》った水が跳ねる。ずぶ濡《ぬ》れの紅運に狻猊が歯を見せた。

「手助けが欲しいか」

「俺は龍久国の使者だ。この程度できなくてどうする」

「皇子の仕事に水汲みもあるとは知らなかった」

聞こえないふりをし、紅運は水を瓶に移し替える。

「水汲みなんて道術でできないのか」

「道術も万能ではないのです」

申し訳なさそうに微笑《ほほえ》む羅九に溜息を返し、紅運は瓶を持ち上げた。

ふらつきながら歩いていると幼い兄妹が遠慮がちに顔を出した。

「あのね、桶《おけ》は持ち手じゃなく底を支えた方がいいんですよ」

「こら、失礼だろ。皇子様に忠言なんて」

兄の方が妹の頭を押して下げさせる。紅運は口元を緩めた。

「いいんだ、助かった」

驚く兄妹に視線を返し、紅運は瓶を持って歩きだす。幽玄の世界に見える泰山には、都と変わらない生活の音と匂《にお》いがあった。穏やかな時間に使命を忘れかける自分を戒め、紅運は足を進めた。


「ご苦労、全部終わったか？」

黒木の板張りの客間に座した大聖が手を上げる。紅運は答える気力もなく、彼女の前に雪崩れるように座った。

「雑用のために来た訳じゃない。いい加減教えてくれ。皇帝の遺体が魔物に変わり、宮中が危うい。どう止めればいいんだ」

大聖は道服の裾《すそ》を寛げて胡座《あぐら》をかいた。白い脹脛《ふくらはぎ》から目を背ける紅運に、狡猊が揶揄《からか》うような笑みを漏らす。

「皇帝の変貌《へんぼう》ねえ。加えて皇子が既にひとり死んでるのか。まずいな」

「何故《なぜ》？」

「何故必ず皇子を九人儲けるか。彼らに色の名がつくか。知ってるか？」

紅運は首を振った。大聖は身を乗り出して躙《にじ》り寄る。

「九星つってな、古から道士が重んじる魔方陣だ。一から九までの数字をひとつずつ並べて、縦横斜めいずれの和も十五になる強力な陣だ。皇帝の宮は北にあるだろ。六部や兵舎もそれに合わせて置く。王宮の配置が碁盤の目みてえだって思ったことないか」

紅運は都の姿を思い描き、頷《うなず》いた。

「道士は九星の配置で占いをする訳だが、其々の星には対応する色がある。それがお前らの名に冠する色だ。絶えず始龍に脅かされる国において、皇子の存在自体が防護の陣なんだよ」

「それでは、皇帝が死に、星がひとつ減った今は……」

「あぁ、陣が崩れてやがる。皇帝にできるのはあくまで国土の龍脈を抑えることだ。それが化け物になった今、次期皇帝を立てても遅え」

「では、どうしたら……」

「古来、戦や流行病、果ては兄弟殺しで皇帝崩御の際、皇子九人が揃《そろ》わなかった事例はある。始龍もそれを狙《ねら》って積極的に皇子を襲ってやがった。だから、皇帝が魔物になっちまうのはままあることだ。王宮外には漏らさず、対処法も口伝でしか残さなかったがな」

「それが屠紅雷が貴方から学んだ術か？　聞かせてくれ」

板張りの床についた紅運の膝《ひざ》は草の汁で汚れ、爪には泥が入り込んでいた。大聖は目を細める。

「教えたくねえなあ」

「草刈りも薪割りも水汲《みずく》みも終えた。まだ足りないのか！」

「足りなくねえよ、充分だ。だから嫌なんだ。紅雷も真面目《まじめ》な奴《やつ》だった。皇子だからと驕《おご》ることもなく雑用をこなし、俺を師父と慕った……だが、俺が紅雷に教えた秘術は不完全だった。奴が仕損じたのは俺のせいだ」

羅真大聖はしばしの沈黙の後、急に問いかけた。

「皇太子の名に何故白の字が入るか知っているか？」

「それは、先帝の遺志を継ぐ意志を忘れないよう服喪の色の白を……」

狼狽《うろた》える紅運に首を振り、大聖は白く烟る窓の外を見た。無数の喪服が風にそよいでいるような光景だった。

「それは表向きの理由だ。本来はもっとろくでもない。いいか、化け物に変貌した皇帝を殺す秘儀はただひとつ。皇帝に最も近い長子に魔物を取り込ませ、斬首する。ひとの身と融合した妖魔《ようま》は皇子とともに果てる。これを呼んで、『貪食《どんしよく》の儀』だ」

「皇太子を生贄《いけにえ》にして殺した、と……？」

「ああ、そうだ。白は喪服じゃねえ。死装束なのさ」

紅運は目を見開いた。目の前の大聖が陽炎《かげろう》で歪《ゆが》んで見えた。しかし、狻猊は姿を見せず、炎も灯《とも》らなかった。大聖は言葉を口にする。

「儀式はここ二百年行われてねえ。最後にそれをやったのが紅雷だ」

「彼は、俺と同じ第九皇子では？」

「そうさ。あの馬鹿、末端の自分なら死んでいいと思い込んでやがった。奴が求めたのは皇太子の代わりに身代わりになる術だった」

紅運は絶句する。

「俺は止めたが奴の決意は固かった。あのとき、お前らの祖先に殺された始龍が国に迫っていた。紅雷はただ死ぬんじゃなく、魔物と化した皇帝を取り込んで、始龍と相討ちになろうとしたのさ」

「彼は始龍と戦ったのか？」

「ああ。だが、結果はわかるだろ。奴は負け、歴史から消された」

「紅雷には狻猊がいたのに……」

「大魔は皆、始龍の落とし子だ。たった一柱で太刀打《たちう》ちできねえよ」

「そんな……」

「お前も同じ目に遭いたかねえだろ。秘儀は教えられねえ。それともお前もやる気か？」

「俺は……でも、それで全員が助かるなら……いや……」

紅運は拳《こぶし》を握りしめ、ふらつきながら立ち上がった。

黒木の客間から踏み出したとき、眼前を炎が掠《かす》めた。戸の前に赤毛の男が立っている。

「狻猊……」

「よくも何もかも掘り返してくれたな、紅運」

皮肉の笑みでも、憤怒でもない、平坦《へいたん》な冷たい声だった。渦巻く赤毛の奥の金眼だけが、爛々《らんらん》と輝いている。今まで見たどれとも違う輝きに紅運はたじろぎながら、声を振り絞る。

「悪かった。知らなかったんだ。そんなことがあったなんて……」

「知られてたまるかよ」

「何で隠すんだ。屠紅雷は逆賊じゃない、英雄だったじゃないか……」

「わかってねえな！」

狻猊が声を荒げた。

「歴史は勝者が作る。木っ端が死力を尽くして戦いましたが負けましたなんて歴史は要らねえんだよ。全部皇帝の手柄にしちまえば国は纏《まと》まり、強くなる。負け犬の歴史なんかあるか！」

咆哮《ほうこう》が紅運の全身を打つ。充満する熱に息が詰まった。

「そうだ。俺は負けた。破国の炎魔が呆気《あっけ》なく！　俺もお前と同じ負け犬だ。知って満足か？」

男の唇から漏れたのは炎ではなく、苦痛を堪えるような吐息だけだった。

「知られたくなかったが、お前が戦うつもりならしょうがねえと思ってたんだ。なのに、何だ。『全員が助かるなら』だって？　だから、皇子は嫌なんだ。何もかもひとりで決めて、取り返しのつかないことをする」

狻猊は赤毛を掻《か》き上げ、全《すべ》てを諦《あきら》めたように笑った。

「お前だけは違うと思っていたのに」

「狻猊！」

紅運が伸ばした手は霧を掴《つか》んだだけだった。辺りには微《かす》かな熱の名残りさえなく、薄靄《うすもや》が立ち込めるだけだ。あてもなく踏み出した爪先がぬかるんだ土を削る。紅運は白と黒の光景に立ち竦《すく》んだ。

「喧嘩《けんか》か？」

背後からの声に振り返ると、大聖が佇《たたず》んでいた。

「違う、喧嘩もできなかった。今までは怒ることはあってもこんなことなかったのに……」

紅運は消え入りそうな声で呟《つぶや》き、首を振った。

「俺が悪いんだ。知られたくないと聞いていたのに掘り返した。あいつの過去がわかれば、わかればもっと上手《うま》く付き合えると思っていたのに本気で怒らせた……これじゃもう駄目だ」

「怒ったならまだ余地はあるぜ。本当に見限った奴は死に際の猫みたいに何も言わず消えるさ」

頬を打たれたように目を見開く紅運に、犬歯を見せて大聖が笑う。彼女が煙管《キセル》を取り出すと、独りでに火が灯った。紅運は温かな火から目を背ける。大聖は霧に混ぜるように煙を吐き出した。

「正直、お前が赤の大魔を連れてるのを見て驚いた。紅雷を失くした奴がどんな化けもんになっちまうか気掛かりだったんでな。だが、奴は人間みてえに笑ってお前の隣にいた」

「でも、俺が裏切った。忘れたかっただろうに……」

「忘れてえのは紅雷じゃなく敗北の記憶だろうな」

戸惑う紅運を、大聖は煙管の先で指した。

「奴はお前の前じゃ、最強の大魔でいてえんだよ。お前も兄たちにいいところ見せてえと思うだろ？　奴とお前は兄弟みたいだったからな」

「何だそれ……」

紅運は泥まみれの顔で苦笑し、焦げた前髪に触れた。

「狻猊は屠紅雷を守りたかったんだろうな」

「ああ、お前のこともな。だから、頼れる無敗の魔物でいたいんだ」

「まだ、やり直せるか？」

「ああ、それに否応《いやおう》なく協力しなきゃならねえときがすぐ来るぜ」

「どういう意味だ？」

大聖の表情が微かに曇った。

「紅雷は負けたがそのお陰か二百年前から始龍が国を襲わなくなった。だが、龍脈は依然として騒いでやがる。この意味がわかるか？」

「消えたのではなく、襲い方を変えたと？」

「賢いじゃねえか。奴はもっと狡猾《こうかつ》に国を滅ぼそうとしてるはずだ」

汗で湿る掌《てのひら》を膝に擦り付けた紅運を見て、大聖は宥《なだ》めるように頷く。

「俺としても打てる手は打った。俺たちのひとりが王宮にいる。だが……敵は未知数だな」

紅運は南の方角を見た。時間の感覚が途絶えるほど日夜渦巻く濃い霧が、都を覆い隠していた。

＊＊＊

夕陽《ゆうひ》に染まる宮殿で、青燕《せいえん》と翠春《すいしゅん》は書の山に埋もれていた。冷えた蓮葉《はすのは》茶《ちゃ》の器を傾けながら、青燕は古書を捲《めく》った。

「この本面白いね。皇子が民と助け合いながら化け物になった皇帝を倒す小説なんて、よく国が許したなあ」

「兄さん、ちゃんと調べてる？」

「も、勿論《もちろん》。そうだ聞きたいことがあったんだ。ここ、都の地理が少し違うんだけど、誤植かな？」

青燕は取り繕うように資料を掻き寄せて近寄《よ》る。翠春は一瞬身を引きかけ、思い直してやめた。

「これで合ってる。国が一度焼かれて遷都したから。この小説はそれより前に書かれたんだ」

「成る程。翠春に教えられてばかりだ。君は何を読んでるの？」

「歴代の侍医が残した記録だよ。医学の発展のために焚書《ふんしょ》を免れてるし、何か重要な記録が隠れてないかと思って……」

「何かわかりそうなことはあった？」

「遷都を境に、数十年おきに出ていた王宮での戦傷者の数が格段に減っている。妖魔が王宮を襲う事案が激減したんだ。それに反して、皇帝や皇位継承者が心を病んだ記録が増えてる……」

「何故《なぜ》だろう、この土地が良くないのかな」

「わからない。黄禁兄さんなら占いができるかも。今度会ったら聞いてくれないかな」

「君も行こうよ」

「おれはいいよ。上手く話せないし……」

「僕とはちゃんと話せてるじゃないか」

「青燕兄さんだけだよ」

窓の透かし彫りから光が差し、翠春は拒むように緞帳を下げる。青燕はそれを少し押し上げた。

「僕は古書って難しくて苦手だったんだ。でも、翠春に教えてもらって楽しみ方がわかるようになった。君も同じだよ。わからないから怖いだけだ。会って話せばきっと変わるよ。紅運だって、今じゃあの橙志《とうし》兄さんとも上手くやれてるよ」

「それは紅運がちょっとおかしい」

兄に脇腹《わきばら》を小突かれ、翠春ははにかんだ。彼は思い立ったように懐から一冊の本を取り出した。

「これ、母上の本棚にあったんだ。後宮に嫁ぐとき持ってきたみたい。本当はいけないんだけど……一緒に読んでくれる？」

「いいよ、いざってときは一緒に怒られよう」

青燕が肩を寄せた。翠春の爪の伸びた指が墨で走り書きされた文字を追う。彼の白い肌が頁を追うごとに蒼《あお》さを増した。

「どうしたの？」

「……やっぱりやめよう。母上にはおれが勝手に読んだことにするから」

「翠春？」

「本当にごめん。今日はもう帰って」

翠春は頁から飛び出そうとする何かを抑えるように本を抱き、青燕を押し出した。呆然《ぼうぜん》とする青燕の前で緞帳《どんちょう》が下ろされ、遅れて夜の帳が下りた。暗い庭を抜けて青燕が殿に戻ると、隣の殿にも明かりが灯《とも》った。


黄禁の寝室を燭台《しょくだい》の火が照らす。呪具が並ぶ部屋には珍しく母の影があった。

「母上、どうかしたのか」

寝台に座す息子に近寄らず、道妃は隅に佇んでいた。

「母が子の部屋を訪れてはなりませんか」

「ならなくないが、そこは冷えるのでは」

「自分の心配をなさい。お前はいつもそうです。傷も癒えていないのに母の身を案じてばかり。私に恨みはないのですか？」

「何故？」

「私はお前に皇子らしい暮らしをさせぬどころか、まともな名もつけなかった。呪術《じゅじゅつ》の道具としてお前を育てたのですよ」

「戯《たわむ》れを。俺が断食の行を行えば母上も飯を食わなかった。その目も俺が殺し損ねた妖魔を討つために使った。道具にそんなことはしない」

道妃は雷に打たれたように身じろいだ。黄禁は何も言わず微笑《ほほえ》む。

「お前はやはり呪術師に向きません」

深い溜息《ためいき》の後、道妃は背を向け、消え入るような声で呟いた。

「黄星《おうせい》」

「母上？」

「お前をただの皇子として育てるならつけようと思っていた名です。太陽のように輝かずとも、静かに闇夜《やみよ》を照らす光のような子になればいいと思っていました。その名の方が相応《ふさわ》しかった」

黄禁はしばし沈黙した。

「早く休みなさい、黄禁。せめて残り僅《わず》かな間健やかに」

黄禁が眠りに落ちた後、道妃は再び彼の部屋に戻った。死人の如《ごと》く静かに横たわる黄禁の胸が呼吸で微《かす》かに上下する。彼女は息子の乱れた前髪をそっと整える。別れを告げるように息子の額に触れ、道妃は闇《やみ》の方へ踏み出した。

後宮の庭にひとり佇む影がある。鉄色の髪を靡《なび》かせる銀蓮の白い頬《ほお》は月光で水晶のように透けて見えた。純白の肌を一筋の赤が伝った。

「あら」

銀蓮の鼻から鮮血が流れ出す。拭《ぬぐ》おうとした手は口元を覆った。細い身体《からだ》を曲げ、銀蓮は小さくえずく。指の隙間《すきま》から黒の雫《しずく》が溢《あふ》れた。呻《うめ》きとともに吐き出されたのは夥《おびただ》しい量の血だった。致死量をとうに超えた血を吐き、銀蓮は暗褐色に染まった衣を見下ろした。

「非道いわ、陛下にいただいたお着物なのに……」

女は己の血に塗《まみ》れたまま、婉然《えんぜん》と笑みを浮かべ、月夜を見上げた。

「そこかしら」

雲間の月が照らす先は入雲廟《びょう》だった。廟の前に焚《た》かれた篝火《かがりび》が風もなく不意に消えた。

「ここにいらしたのね」

廟の中央に座す道妃は驚愕《きょうがく》に目を見張った。

「やはり、この程度では死にませんか」

道妃が鋭く叫ぶ。銀蓮の胸と喉《のど》が歪《いびつ》に膨らみ、新たな鮮血が迸《ほとばし》った。

「おやめになって、まだ陛下の喪が明けていないのよ」

鉄錆《てつさび》の匂《にお》いと薫香を綯《な》い交《ま》ぜにした強烈な香が漂う。

「やめてくださらないと、そろそろ……」

銀蓮は心から哀しげに眉《まゆ》を寄せた。

「呪《のろ》いが返ってしまうわよ？」

道妃の全身を衝撃が貫いた。硬い床に頭を打ち付け、倒れ臥《ふ》す。地に広がる黒髪を溢れ出した血が染めた。

「私の命を代償に、呪殺を……」

息も絶え絶えに言いかけた道妃の手を柔らかな指が包む。銀蓮は道妃を抱え、唇の血を拭った。

「道夜蝶《どうやちょう》。とても素敵なお名前。でも、本名ではないのでしょう？　本当は羅十四《らじゅうし》だったかしら」

道妃は震える手を懐剣に伸ばす。

「とても残念だわ。だって、亡き母の責を負うのは子ではなくて？」

「始龍！」

怨嗟《えんさ》の声は断末魔に変わった。銀蓮の腕の中で道妃は小さく痙攣《けいれん》した。眼帯が滑り落ち、白濁した瞳《ひとみ》が虚ろな影を映す。

「黄、禁……最早永くとは言いません。残りの生が幸多きことを……」

道妃の手が力を失い、懐剣が鉄琴に似た音を立て落ちた。

「呪術師の遺言が呪詛《じゅそ》ではないなんて。素敵、母は最期まで子を想《おも》うのね。とても参考になったわ。お礼に、黄禁様にすぐ逢《あ》わせてあげるわね」

銀蓮は彼女を横たわらせ、目を輝かせた。血濡《ぬ》れの女は立ち上がり、事切れた道妃の目に眼帯を被《かぶ》せた。銀蓮が去り、廟にまで吹き渡る寒風が境なく全《すべ》てを凍《い》てつかせた。

まだ夜半の色が残る王宮を喧騒《けんそう》が駆け巡った。兵士たちが怒号を上げて、皇太子が有事に詔を出すための錦虎殿《きんこでん》を行き交う。

「黄禁皇子はまだ見つからぬか！」

「黄禁兄さんが……？」

青燕は彼に見せようと持ち寄った地理書を抱いた。女官に伴われて、翠春が現れる。

「今朝方侍女が寝室に行ったらもぬけの殻だったって。黄禁兄さんの母上もいないんだ」

彼の顔はいつにも増して血の気がない。青燕は書を持つ手の反対の手を翠春の肩に置いた。

「きっと大丈夫だよ。ほら、白雄兄さんも来た」

白雄の表情は張りつめていたが装いは乱れひとつない。

「彼を最後に見た者は？　道妃はどちらに？」

「彼女も行方《ゆくえ》知れずです」

報告する衛兵を掻《か》き分《わ》け、藍栄《らんえい》が白雄の耳に唇を寄せた。囁《ささや》きが漏れ、白雄が慄く。

「確かですか」

藍栄は首肯を返した。皇太子は恐れの色を打ち消し、兵に命じた。

「入雲廟を捜査してください」

「何があったの」

駆け寄った青燕に藍栄が沈鬱《ちんうつ》に返す。

「霜で隠れていたが血の跡があった。大量だ」

担架を担いだ兵士たちが官吏や女官を押し退《お の》けて駆けつける。錦虎殿の前で兵士が止まると、布を被せた担架が跳ね、土気色の手と共に黒眼帯がだらりと垂れた。乗せられているのが何者か悟らぬ者はいなかった。女官たちの鋭い悲鳴がこだまする。白雄が声を張り上げる。

「静粛に！　我々が取り乱すべきではありません」

老いた侍医が告げた。

「亡くなられたのは昨夜かと。全身が切り裂かれています。化生の業としか思えません」

人集りの間から虚ろな声が響いた。

「母上……」

寝衣のままの黄禁が佇《たたず》んでいた。膝《ひざ》まで泥に汚れ、手や頬には霜で焼けた赤い筋があった。異様な風体に皆が息を呑む。

「今までどこにいたのですか」

「あの女は……」

譫言《うわごと》のように呟《つぶや》く黄禁から鉄錆の臭気が強く漂った。

「気を確かに。これでは貴方の立場が悪くなるばかりです」

「あの女はどこに行った」

声には怨嗟が宿っていた。緊迫の中、弱々しい足音が聞こえ出した。

「龍皇貴妃！」

女官が再び恐れの声を上げる。銀蓮が足を引きずりながら現れた。彼女の美貌は血と疲労で曇って見えた。銀蓮は血濡れの腕を差し出した。

「道妃が昨夜、信じられないわ……妾は翠春が心配で……呪詛返しの札を貼っていたのだけれど……それがなければ今頃《いまごろ》……」

彼女は身を折って咳《せ》き込む。唇から血が零《こぼ》れた。

「龍銀蓮！」

黄禁が吼《ほ》えた。錦虎殿が軋《きし》む。漆塗りの柱が振動を始め、装飾の金箔《きんぱく》が砕ける。咄嗟《とっさ》に伏せた青燕の上を天蓋《てんがい》の破片が掠《かす》めた。

「黄禁、止めなさい！」

踏み出しかけた白雄の足元で黒曜石の床が弾け飛んだ。王宮が咆哮《ほうこう》に呼応する獣のように震える。

「お前だけは……」

黄禁が手を翳《かざ》した。道服の背から黒い靄《もや》が滲《にじ》み出《だ》し、螺旋《らせん》の渦となって飛ぶ。暗黒が捻《ねじ》れ、母の前に佇む翠春《すいしゅん》を襲った。

「翠春！」

獰猛《どうもう》な渦は息子を庇《かば》った銀蓮の腕を裂き、血煙が割れた天井へ噴き上がる。黄禁は一瞬たじろいだ。銀蓮の腕の中で翠春が声を震わせた。

「母上……」

新たな血に塗《まみ》れた銀蓮は哀願するような目を向ける。

「妾はどうなさってもいいわ。この子だけはどうか」

「どの口が！」

「兄さん、止めてくれ！」

青燕《せいえん》の制止は振動に掻き消《け》された。駆けつけた兵士が弓を構える。

「私が止めます！」

「待つんだ、白雄！」

「いえ、藍栄。私の役目です。皆は動かず！」

白の大魔の力が四方から湧《わ》き出す闇《やみ》を堰《せき》止める。黄禁は己が首を絞めるように喉に手をやった。

「報いを受けろ、龍銀蓮。黄の大魔は……」

怯《おび》えた兵士のひとりが矢を押さえる指を手放した。風が唸《うな》る。矢が静脈の浮いた頸《くび》を貫く寸前、疾風の如く駆けつけた影が黄禁を弾き、捩《ね》じ伏せた。狙《ねら》いを外した矢が柱を穿《うが》って砕け、破片が橙《とう》志《し》の目蓋《まぶた》を切りつけた。

「兄上……」

黄禁は橙志に押さえつけられながら呻く。一滴の血が彼に落ちた。矢を放った兵士が弓を落とした。振動を止めた殿にからりと間の抜けた音が響く。橙志は裂けた目蓋で一瞥《いちべつ》し、怒声を上げた。

「黄禁は捕らえた、武器を下ろせ！」

衛兵が黄禁の身柄を確保する。白雄は姿勢を正し、周囲を見回した。

「呪術師の武器は印と呪詛です。手枷《てかせ》と口枷《くちかせ》をつけ、牢《ろう》に繋《つな》ぎなさい。殺す謂《いわ》れはありません」

皇太子の声に辺りも平静を取り戻す。橙志は血を溜《た》めた目で兵士を睨《ね》め付《つ》けた。

「皇子に矢を向けた責は後で問う」

「師範、私は……」

兵士が震えながら頷《うなず》いたのを確かめ、彼は目を片手で押さえて立ち去った。藍栄は茫然《ぼうぜん》自失《じしつ》の青燕の肩を叩《たた》き、双子の片割れの元へ向かった。

「何もかも後手に回ったね。君の責ではないが」

「出自の不確かな妃がふたりいると言いましたね。片方は龍皇貴妃。もう片方は道妃だったのです」

白雄は唇を噛《か》む。傾いた柱の陰で、銀蓮は息子を抱きしめながら笑みを浮かべた。


宮殿が動乱に満ちたその日、龍久国で二百年振りに赤い極光が見られた。闇の中で赤い襞《ひだ》が渦巻き、昇る朝日に吸収される。紅蓮《ぐれん》の波が太陽を包む様は魔物の胎動のようだった。

＊＊＊

羅真大聖は烟る空を見上げていた。

「羅十四が逝った」

傍に侍る羅九は表情を曇らせた。

「嵐《あらし》が来ますな」

「もっとまずいものかもな」

大聖は薄く目を閉じ、靄の向こうを睨《にら》む。全《すべ》てを見透かす金眼に赤の極光が反射した。

早朝の水汲《みずく》みを終えた紅運は山稜《さんりょう》を眺めた。朝露が山を濡らし、水と生活の匂《にお》いを含んだ空気が流れる。銅鑼《どら》の音も夜警の篝火もない夜明けだ。霧の濃淡で朝の訪れがわかるようになってきた。

不夜城とも呼ばれる都の人工的な灯《あか》りは、紅運の中で既に朧《おぼろ》げになっていた。

「狻猊……」

覗《のぞ》き込んだ水桶《みずおけ》に映るのは自分の顔だけだ。母の生き写しだと言われた紅運の肌は今や細かな傷と土で汚れ、編んだ髪も乾いた筆のように乱れていた。

「もう一度話をさせてくれないか」

答えの代わりに、轟然《ごうぜん》たる大音響が鳴り渡った。不動の泰山が激震する。紅運は木桶《きおけ》を投げ出し、険しい坂を駆け下りた。家々の周りには既に道士たちが集っていた。

「何があった」

紅運が肩を並べると、大聖は空の端を指す。霧に一筋の帯を巻いたような極光が赤く揺蕩《たゆた》っていた。光の波の中に隈取《くまどり》をした面のような顔がある。濃霧にも掻き消されず浮かぶ顔は、天から終末を告げに来た神のようにも見えた。

「何だ、あれは……」

「燭陰。遂に出やがったな」

「燭陰？」

「古来は火神や太陽神とも言われた大物だ。実際は馬鹿デケェ妖魔《ようま》だがな。国が傾ぐ凶兆だ。奴《やつ》は必ず皇帝が崩御した後現れ、都を襲う」

「何だって……」

人面は浮遊しながら極光の波に乗って徐々に南下していた。泰山の霧が戦《そよ》ぐ旗の如く荒れた。大聖は鋭く言った。

「索敵、燭陰の速度はどうだ！」

首座の声に道士たちが一同に集う。

「後二日保たず都へ到来するでしょう」

「麓《ふもと》の被害はどうだ！」

「山が焼けております。延焼を防ぐ陣は既に敷いております」

「国軍の動きはあったか！」

「未《いま》だ動かず！」

一糸乱れぬ連携は蟻《あり》の大群を思わせた。霊峰に住まう全ての者が羅真大聖。その言に偽りはない。

紅運の耳飾りが風に揺れた。今、音を鳴らせば都に危機を伝えられるだろうか。黄禁の母が果てたことは、大聖たちの会話で漏れ聞いていた。都を脅かすのは外からの妖魔だけでない。今、王宮がその渦中にあるとしたら。紅運は拳《こぶし》を握った。

「大聖。無理を承知で頼む。兵を貸してほしい」

「紅雷と同じ道を辿《たど》るぜ。事はお前だけで背負えるデカさじゃねえ。未熟なまま死地に赴く気か？」

「俺の成長を待っていたら百年かかる。紅雷と同じ道を辿らないために行くんだ！」

大聖は弾かれたように紅運を見て、ふっと笑った。

「大魔もなしにか？」

「それは……」

紅運は口を噤《つぐ》み、かぶりを振って声を上げた。

「狻猊、頼む。来てくれ。今戦わなきゃ皆死ぬ。俺はひとりで死ぬ気はない。お前と一緒に勝って都に戻る。俺にはお前しかいないんだ！」

白い霧に赤い炎が混じった。聞き慣れた掠れた声が耳元で響いた。

「敵の敵は味方か。一時休戦だな」

「狻猊……悪かった。ありがとう」

赤毛の男は肩を竦《すく》めた。大聖が鷹揚《おうよう》に手を打つ。

「羅九と羅七《らしち》を連れてけ。索敵用に更にふたりつける」

「羅虎《らこ》と羅花《らか》が誘導いたします」

幼い兄妹が会釈する。四人の道士は引手のいない馬車に乗り込んだ。

「有り難い。あと、馬は……」

「馬で行ったらそれこそ百年かかるぜ。もっと速いのがいるだろ」

大聖が指した先で狻猊が不機嫌に眉《まゆ》を顰《ひそ》めた。紅運は苦笑し、狭い車内に飛び乗った。大聖は赤毛の行者の肩に手を置き、身を寄せて囁いた。

「しくじったのはお前のせいじゃねえ。罪滅ぼしならやめろ。紅運は昔じゃなく今のお前を見てる」

「さあな」

「誤魔化《ごまか》すなよ。その出で立ち、前々の俺の真似《まね》か？」

「何のことやら」

「まあいい。後は任せたぜ。勝てよ」

大聖は彼を離した。赤髪が炎に変わり、燃える獅子《しし》が現れる。馬車の軛《くびき》を負って狻猊が唸った。

紅運は窓から身を乗り出す。

「大聖、戻ったら秘儀を」

「必要ねえよ、狻猊が知ってる」

紅運が問い返す前に馬車が発車した。紅炎が霧を破る。空は火の色に染まり、裾野《すその》は黒ずんでいた。羅花と呼ばれた少女が淡々と言う。

「燭陰は同じ速度で南下中」

「兄たちも動いているといいが」

「いざとなれば我々だけで」

壮年の道士、羅七が答えた。紅運は鮨詰めの車内から、周囲の光景が飛び退るのを見つめた。

＊＊＊

白雄は自室の籐《とう》の椅子に沈み込むように座していた。黄禁は黙したままだという。尤《もっと》も、飲食をさせるとき以外彼の口には枷を嵌《は》めてある。翠春は侍医に手当てを受ける銀蓮から離れない。白雄は天井を見上げた。父から、玉座には上から剣が提げてあると思えと告げられたことがあった。義と勇を失えば、剣は自ずと王の首を落とすだろう、と。

「ただの籐の椅子だというのに……」

白雄の首筋には既に冷たい刃の感触があった。駆けつけた兵士の足音が思考を打ち切る。

「申し上げます、北にて極光が観測されました！」

極光。それは、都を襲う炎の大蛇の現れを示す。

「すぐに向かいます」

白雄は声を繕って答え、椅子の背に額を押し当てた。足が動かなかった。窓から見える庭には既に橙志を筆頭に、兵が集っていた。

「燭陰についての記述は残されてないのか！」

「先々帝の時代に焚書《ふんしょ》されています。口伝では岩で堰き止めようと燃え続ける巨大な蛇としか……」

「敵の進路は！」

「未だ不明！」

橙志が舌打ちする。右眼の包帯には血が薄く滲んでいた。青燕が平服のまま彼に駆け寄った。

「僕に行かせてくれ、火なら水で対処できるはずだ」

「逸《はや》るな！　敵の動向もわからないまま出て何になる」

俯《うつむ》いた弟に橙志は些《いささ》か語気を和らげた。

「翠春はどうなった」

「誰《だれ》とも会いたくないって……」

「偵察、戻りました！」

鎧《よろい》の兵士が膝《ひざ》をつく。

「北から都に向けて南下。山岳地帯を進行中のため、民への被害はまだありませんが……」

「予測の範疇《はんちゅう》を出ないな」

橙志は冷たく応《こた》え、左眼を牢の方へ向けた。彼処に繋がれている男に問えば、妖魔への対策がわかるだろうか。橙志は首を振った。

彼らの声を聞きながら、座したままの白雄も同じ想《おも》いに囚《とら》われていた。藍栄《らんえい》が戸を叩き、窘《たしな》めるような視線を送った。

「どうしたんだい、皆が君を待っているよ」

「考えていたのです。黄禁なら燭陰を探知できるでしょう。しかし、皇族暗殺未遂の罪人を牢から出すべきではない」

「言ったはずだ。その『べき』というのをやめろとね」

藍栄は肘掛《ひじかけ》から離れない白雄の手に触れた。白雄は己と瓜二《うりふた》つの顔と微《かす》かに濁った瞳《ひとみ》を見返した。

「重荷だろうが腹を括《くく》るんだ。君の選んだ道だろう。勿論《もちろん》私も手を貸す。君が敵を見定め、私が射る。今までもそうしてきただろう。白雄、君は私の目なんだ。曇られては困る」

白雄は暫しの沈黙の後、立ち上がった。扉の前に常と変わらない表情を繕い、深く息を吸う。戸を開け放った白雄は兵士たちに堂々と告げた。

「黄禁を牢から出すよう伝えてください」

暫しの間の後、ふたりの兵士に伴われ、縛られた黄禁が現れた。

「目隠しを取ってください。縛も緩めるよう」

地に座らされた黄禁が縛を解かれる。口に残る枷の痕《あと》から、青燕《せいえん》は目を背けた。白雄は膝をついて屈《かが》み込んだ。

「燭陰が現れました。……貴方に力を貸してほしいのです」

黄禁は久方ぶりの陽射しに目を瞬かせ、憔悴《しょうすい》した顔を上げた。白雄は髪を整えるふりをして額を伝う汗を隠す。黄禁が乾いた唇を開いた。

「炎の気配は都より僅《わず》かに北東を目指している。王宮には来ない」

「何故《なぜ》？」

背後の兵が進み出た。

「恐れながら、黄禁殿下の疑いは晴れていません。全《すべ》ての言を鵜呑《うの》みにするのは危険かと……」

周囲の兵らは無言で目を背けた。沈黙の中、青燕が声を上げた。

「廃城……たぶん、二百年前の都を目指してるんだ！」

「成る程、燭陰は遷都されたことを知らない……。北には廃城が残っています。それを使いましょう。橙志《とうし》。兵を回し、篝火《かがりび》を焚《た》き、廃城を都に見せかけてください。別働隊で住民の避難の誘導を」

橙志は包帯を剥《は》ぐ。

「王禄《おうろく》、お前が副官を務めろ！　功績次第でお前の咎《とが》を定める」

呼びかけられたのは、橙志の瞼《まぶた》に残る傷をつけた男だった。若い兵は首肯を返した。

「青燕、同行を願います。廃城の周りを水で埋め、即席の堀にします」

青燕は力強く頷《うなず》いた。そして、白雄は伏し目がちに黄禁を見た。

「感謝します」

黄禁は弱々しい笑みを返した。白雄は兵士たちに目を向ける。

「厳重な縛は要りません。丁重に牢《ろう》に返しなさい」

「彼は最早重罪人です。斯様《かよう》な扱いは……」

「では、一介の罪人より皇太子を信じていただきたい」

涼しく答えた白雄に、藍栄が顔を背けて密《ひそ》かに笑った。

「藍栄、暫しの間不在は任せました」

「白雄、君まで行くのか」

「都には皇帝がいなければ」

白雄は双子の弟だけに見せる、冗談めかした笑みを浮かべた。


夕刻、廃城の周囲は青燕によって水で満たされていた。即席で固めた堀に映る篝火は都の夜に似る。白雄は先帝の衣を纏《まと》い、蛇矛を携えた。

「後は、待つばかりですね」

青燕は西日で燃える空を見る。

「紅運も気づいているかな。泰山は無事だろうけど……彼がいればって思っちゃってさ」

「今頃《いまごろ》、奴《やつ》も同じ考えだろう」

橙志が頷いた。朽ちかけた城を吹き抜ける風が死にゆく者の声のようにこだまする。橙志は片割れだけの耳飾りに手をやった。


橙志の鳴らした音は、一瞬で遠く離れた紅運の耳元に届いた。豪速で走る馬車の振動に掻き消されないよう耳を澄ますと、耳飾りが次いで二度音を鳴らした。出立の際、告げられた「帰るな」の合図。

「今更ここで……」

紅運の耳元で更に音が響いた。二度でも三度でもない。奇妙な旋律を刻むように音は鳴り続けた。

紅運は狼狽《うろた》えかけて思い至る。その音階に覚えがある。都の朝、紅運を苛《さいな》み、奮い立たせた響き。

「通信だ！」

紅運は音に耳を澄ます。橙志の音響による指揮。左翼に展開せよ、南方に敵あり、進め。紅運は落ちんばかりに身を乗り出した。

「橙志が場所を伝えてるんだ！　狻猊、俺の言う通りに進め！」

馬車は矢の如《ごと》く進む。炎の矢を上空に認めた兵士が、廃城に駆け戻った。

「北に炎が見えます！　物凄《ものすご》い速さでこちらへ進行中！」

「嘘《うそ》だろ、早すぎる！」

「青燕、来たものは仕方ありません。弓矢隊、構えを！」

白雄の指示に兵士が弓を構えた。橙志は下り始めた夜の帳《とばり》を睨《にら》む。

「お待ちを。あれは違う」

白雄は怪訝《けげん》に眉を寄せた。鈍色の闇《やみ》に一条の炎が赤を刷く。火の粉が舞い、兵が恐れる中、橙志だけが口角を上げた。

「来たか！」

燃え盛る獅子が重みで傾ぐ馬車を引きながら駆け抜けた。闇の中を炎が跳躍し、兵士が蜘蛛《くも》の子を散らすように避ける。馬車は炎と土煙を巻き上げて白雄たちの前で止まった。その窓からひとつの影が飛び降りた。青燕が裏返った声を出す。

「紅運⁉」

「今、帰った！」

紅運は煤《すす》と泥に汚れたまま地を踏んだ。橙志は弟を見下ろす。

「遅い」

「これでもか⁉」

紅運は抗議しかけて、彼の瞼の深い傷に目を留めた。

「擦り傷だ。妖魔《ようま》のせいでもない。軍での事故だ」

追及を拒む硬い表情に、紅運は努めて不遜《ふそん》な声を繕った。

「恨みを買ったんじゃないか。稽古《けいこ》が厳しいから……」

橙志は一瞬虚を衝《つ》かれ、唇を吊り上《あ》げた。

「お前との稽古は甘すぎたらしい」

白雄は静かに頷いた。

「紅運、疾く戻りましたね」

紅運も首肯を返す。

「ここで妖魔を迎え撃ちます。覚悟のほどは」

「充分だ。援軍も連れてきた」

道士たちが馬車から降りる。そのとき、北の空が震えた。真紅の極光が夜を染め上げ、上空に人面が浮かび上がった。滅びの象徴が朽ちた都に訪れた。

「何だあの姿は……蛇ではなかったのか」

橙志の副官・王禄が呆然《ぼうぜん》と呟《つぶや》く。山間に人頭だけが浮かんでいた。体長千里に及ぶと語られた胴体は見えない。人面は眠るように薄く目を閉じている。突如闇をなぞる極光が炎に変わった。地を走る熱線すら見えない。ただ山が燃え、煙が濛々《もうもう》と上がった。白雄が唇を引き締める。

「胴体を隠しているのでしょう。何か仕掛けがあるやもしれません。弓兵、山林へ向けて撃て！」

弓が放たれる。幾百もの矢は虚しく宙を穿《うが》ち、山陰に散らばった。人面の唇が震えた。古城の篝火が揺れ、辺りの空気が冷える。炎熱に囲まれた陣に有り得ないはずの霜が廃城に降りた。

「来ます！」

道士の兄妹が叫んだ。怒濤《どとう》の炎が不可視の防壁に阻まれる。羅七が地に手を付き、敵を見据えていた。彼の道術がなければ古城は一瞬で焼き払われていただろう。潮が引くように炎が退がる。最早林の面影もない炭の群れが広がった。

「ひと吹きで……」

辺りにはまだ熱の名残りと、霜の溶けた水が滞留していた。白雄が独り言のように呟いた。

「古書に燭陰はこう記されていました…… 〝目を開けば昼となり、目を閉じれば夜となる。吹けば冬となり、呼べば夏となる〟と」

彼の額に汗はないが、それは胸高に帯を留め発汗を無理に抑えているからに過ぎない。白雄は焦りを気取られないよう瞑目《めいもく》した。

「周囲の熱を吸い取り、己が炎に変えているのですな」

揺蕩《たゆた》う陽炎《かげろう》は見慣れた揺らぎを持っていた。羅九の言葉に紅運は叫ぶ。

「狻猊と同じ陽炎で姿を隠しているんだ。周囲の熱を奪えば……」

「だったら、僕の水が使えるはずだ」

青燕が剣を抜く。橙志が弟に歩み寄り、耳打ちした。王禄が言う。

「姿が見えなくては進路も想定できません。水を使っても霧散させられるのみ。埒《らち》が明きません」

「では、埒を明けましょう」

羅九の言葉を、地鳴りが引き継いだ。雲を衝《つ》く巨人が地盤を揺るがせながら聳《そそ》り立つ。どよめく兵士らを避け、巨人は廃城の前に立ちはだかった。燭陰の目が薄く開き、炎が再び空を染めた。迫り来る火炎の波を、巨人が蹴《け》立《た》てた泥の波が飲み込む。焼けた土の匂《にお》いが広がった。一瞬の膠着《こうちゃく》を道士の兄妹は見過ごさなかった。

「羅花！」

「はい、北西に熱の流れがあります！」

青燕が大魔を呼ぶ。堀を埋める水が逆巻き、奔流が林を駆けた。蒸発した水が赤の極光を掻《か》き消《け》した。白く烟る林の中、赤い大蛇の腹が横たわっていた。

「燭陰の胴体を確認！」

「この体長ならば半刻もなく到着します」

羅虎が冷静に告げる。白雄が蛇矛を構え直した。

「結構、後は我らが威厳にかけて龍久国の精鋭がお相手しましょう。弓矢隊、弩《ど》を持て！」

弓の三倍はある銅製連弩が展開し、無数の矢が放たれた。その全《すべ》てに白雄が大魔の権能を宿らせる。地盤を割って突き刺さった矢は鋼鉄の檻《おり》となって、燭陰の胴体の側《そば》を縫い止めた。矢の檻を溶かすため退けば巨人と弩の猛攻が待つ。

「敵地に自陣を敷く。これが我々の戦いです」

白雄の言の通り、燭陰は網に引かれる魚のように廃城へ進路を定めた。林が倒壊し山道が泡立つ。巨人が塵《ちり》のように消え、羅九が現れた。老体には汗が滲《にじ》み、疲労が見えた。

「紅運様、次の策はあるのでしょうな」

「ああ、頼む。羅七、先程の障壁を作ってほしい」

答えの代わりに障壁が出現した。壕《ごう》の周りの空気が揺らぎ、鈍い輝きを放つ何かが露わとなる。

並ぶのは巨大な鉄の筒だった。

「あれは……？」

訝《いぶか》しげに問う白雄に、橙志が応《こた》える。

「あれぞ攻城兵器です。運ばせて堀に忍ばせるつもりでしたが、紅運が来てからは楽に隠せました」

陽炎で姿を隠すのは燭陰だけではない。寧ろ狡猊の領分だ。蚣蝮《はか》の水と合わせた炎熱は蜃気楼《しんきろう》を作り、兵器を隠した。

「我が姉の夫、左将軍が異国から取り寄せた火砲です。名を〝轟天雷《ごうてんらい》〟。試作品ですが、火薬の比でない精度で炎と衝撃波を撃ち出せます」

「試作の段階で撃つとどうなります」

「俺が姉上にどやされます」

「並々ならぬ覚悟での運用なのはわかりました」

白雄は苦笑した。橙志が深く息を吸う。

「轟天雷、構え！　砲撃を開始せよ！」

砲塔が旋回し、天雷に相応《ふさわ》しい轟音《ごうおん》が炸裂《さくれつ》した。絶え間なく白煙と火炎が戦場を染め、大音響が響き渡る。燭陰の胴が爆《は》ぜる。砲音は橙志の大魔の権能で勢いを増し、皇子たちの鼓膜をも震撼《しんかん》させた。燭陰は矢の檻と砲撃に導かれ、朽ちた羅城に迫っていた。燭陰が手も足もない腹で立ち上がる。爆風と黒煙で霞《かす》む戦場に滅びの象徴が起こった。

「ここからですね」

白雄は皇帝の衣を翻し、全ての兵の前に立った。人面が薄く目を閉じる。火砲の煙で夜空と境ない闇が占める戦場を、黒一色が塗り潰《つぶ》す。

燭陰が目を開き、鮮烈な光が古城を染めた。

炎は既に滅びた古城も、未《いま》だそこに犇《ひし》めく生者も、境なく轢《ひ》き潰した。災はひとの意志の介在する間もなく全てを焼き尽くす。ひと吹きの火炎は堀に構えていた兵士たちを弩と火砲とともに溶かしていた。兵器による猛攻も、道術による妨害も、あくまで誘導にすぎない。自陣に導いた敵を討つのは皇子の役目のはずだった。彼らはなす術を失った兵士たちを呆然と見ていた。阿鼻叫喚《あびきょうかん》と肉の焦げる匂いが漂う。紅運の前に惨憺《さんたん》たる光景がある。

「馬鹿か、俺は。何が同じ炎なら利があるだ。こんなものをどう……」

青燕《せいえん》は鼻を覆った手を離し、叫んだ。

「蚣蝮、水だ！　出せる全ての水を！」

堀から流水が立ち上がり、水の壁が出現した。怒濤の白波を赤光が貫通する。火が水壁を抉《えぐ》り、青燕の頭上を掠《かす》めた。一拍間を置いて後方の城跡が崩れ落ちた。朽木の骨組は瞬く間に燃え盛る。自陣にも出現した炎が急き立てるように火の粉を散らした。消火に向かおうと身を翻した橙志を白雄が制した。前方では死体の脂を吸った赤が煌々《こうこう》と輝いている。

「後ろは弟たちに。我々は元凶を止めなくては」

橙志は向き直る直前、短く吼《ほ》えた。

「紅運！　やれるだろう！」

視線すら交錯しないやり取りに紅運は弾かれる。傍らの青燕は限界を超えた大魔の使用からか荒い息を吐いていた。

「俺がやらねば……狻猊！」

荒《あら》ぶる火の中、一際紅《あか》い輝きが走った。この炎は味方だと知っている。

「王宮の再演だ、燃えるもの全て消し飛ばせ！」

灼熱《しゃくねつ》の閃光《せんこう》が廃都を走り、真空が爆ぜた。爆風に煽《あお》られた古城が脆《もろ》い炭の山となって崩れ去る。

振り返らずとも、轟音が紅運の成功を伝えた。橙志《とうし》は白雄と戦地を駆る。異相の人面が鳴き、火の雨が降った。

「殿下たちを御守りしろ！」

進路に注ぐ豪炎を、鉄の盾を構えた兵士たちが弾く。幾人かの鎧《よろい》に炎が燃え移った。ふたりは顧みない。一瞬でも足を止めれば火の海に呑《の》まれるのみだ。

「弔いは勝利に代えて必ずや……羅七真人、壁を！」

新たな攻撃に備える燭陰の姿が光の屈折で歪《ゆが》む。

「羅九真人、寸陰で構いません。あの巨人をもう一度！」

老人が再び巨人に姿を変えたが、身の丈は先刻の半分ほどだった。

「橙志、機を譲ります」

「有難く」

狙《ねら》いは道術による二対の壁の先、燭陰だ。機を逸すれば焼死が待つ。

「白の大魔は重責を好む……」

大気そのものに纏《まと》わせた重力が燃焼すら捩《ね》じ伏せた。寸刻の間を橙志が駆け抜けた。壁の前に蹲《うずくま》る巨人の背を足場に跳躍する。周囲の空気に押し当てた圧は翻って、橙志を重力から解き放つ。

「蒲牢《ほろう》の権能は音、吼えろ！」

純然たる大音声が剣先から放たれた。音の螺旋《らせん》は空間を抉りながら垂直に飛ぶ。燭陰が僅《わず》かに退いた。真横から吹き付けた業火が橙志を弾く。

「橙志！」

白雄が咄嗟《とっさ》に重圧をかけ、弟の身を地上へ引き戻した。叩《たた》きつけられた橙志の上に炎が迫る。火は水平な硝子《がらす》に隔てられたように、左右に割れて夜空を焼き払った。燻《くすぶ》る火の中、影と見まがう黒い姿が佇《たたず》んでいた。最前線で一身に防護を担った羅七の全身は殆《ほとん》ど炭化していた。

「勝利を……」

羅七の上半身が枝を折るように崩れ落ち、残る脚も倒れた。皇子たちは言葉もなく、己の武器を握りしめた。唯一の勝機は逃した。

「何故《なぜ》だ、唇から火は放たれなかった……」

橙志は歯を軋《きし》ませて唸《うな》る。

「ええ、貴方の真横から火が回ったように見えました」

火の雨は降り続けている。紅運は僅かに離れた場所からふたりの兄を見ていた。

「早く僕たちも戦わないと……」

青燕が胸痛を堪えて袍の襟を握る。紅運は肩を貸しながら、此岸《しがん》の地獄と化した廃都を見渡した。

どうすればいい。炎を消すために炎は使えない。紅運は赤い煌《きら》めきの炎を見た。

——燭陰は頭部を潰せば火を吐けないはずだ。一瞬でも無力化できれば。火を消すには熱と風を奪う。駄目だ。羅七がいれば防壁を造れたのに。いや、違う。俺の一番の味方は炎じゃないか。俺が裏切っても、今も力を貸してくれている。

紅運は頷《うなず》き、自陣に向き直った。

「青燕、手伝ってほしい。火と水が揃《そろ》えば最強だ」

白雄のような笑みを繕ったが上手《うま》くできたかわからなかった。青燕は掴《つか》んだ襟を離し、手を差し出した。

「勿論《もちろん》!」

炎の矢が焼ける雲から絶えず放たれる。盾兵がそれを防ぎ、弓兵が矢を放って奮闘していた。紅運と青燕は互いに合図を交わした。兵士たちの重ねた盾の上を水流が走り、蒸気が火を消す。空からの火は更に高温の熱線に吹き飛ばされた。

「兄さん!」

猛攻を掻い潜りながらふたりは前線へ飛び込んだ。白雄と橙志が振り返る。肩で息をしながら紅運は声を振り絞った。

「いけるかもしれない、協力してほしい」

「しかし……」

白雄が眉根《まゆね》を寄せる。橙志が首を振った。

「口以外からも火が出る。出処を看破するまでは危険が大きすぎる」

「尾です！」

幼気な声が飛んだ。火傷《やけど》を負った羅虎と羅花が駆け寄る。

「燭陰は胴だけ現して尾は陽炎《かげろう》で隠していたんです。先程貴方様を弾いたのはそれです！」

「尾を押さえられれば……」

皇子たちは互いを見合った。割ける戦力はひとりが限界だが、単騎で燭陰に臨むのは命を顧みない行為だ。更に誰《だれ》を回すかが勝機を分ける。

「俺が……」

紅運が言いかけたとき、戦場でありふれた銅の帷子《かたびら》を纏《まと》ったひとりの兵士が脇《わき》を駆け抜けた。

「王禄⁉」

橙志が声を上げる。彼の副官は火の海の中に身を投じた。崩れかけた堀に彼の姿が埋もれ、代わりに煤《すす》を被った筒が空を仰いだ。

「命ある者は集え！　まだ溶けていない火砲があるぞ！」

王禄の怒声に兵士が次々と飛び込む。熱波に身を煽られながら、彼らは砲塔を傾けた。幾分か力を失った砲音が響き、燭陰の胴が衝撃波に波打つ。風を切った赤い先端が林の上に跳ねた。

「見えたぞ！」

轟音、爆煙。炎の狂宴が火の大蛇を迎え撃つ。尾が再び林に沈みかけたとき巨大な両腕がそれを持ち上げた。巨人が燭陰の尾を掴み、皮膚が焦げるのも構わず抱え込む。憤怒に哭く人頭が放つ火が山を焼き払った。白雄が声を上げた。

「今こそ！」

「蒲牢《ほろう》、薙《な》ぎ払《はら》え！」

橙志の声を増幅させた音波が脆くなった木を根こそぎ薙ぎ倒《たお》した。倒壊する林は意思を持ったように、燭陰の上に天蓋《てんがい》を築き始める。

「重責を、不遜《ふそん》の逆徒へ！」

白雄の権能が木々を籠《かご》状の檻に変えてゆく。紅運は青燕に囁《ささや》いた。

「狻猊が陽炎を作るとき、蚣蝮の水は蒸発しなかった。たぶん大魔どうしは打ち消し合わないんだ」

「わかった、やってみよう」

青燕が白い顔で微笑《ほほえ》む。

「青の大魔は水を好む、蚣蝮！」

「赤の大魔は炎を好む、狻猊！」

赤と青の光が絡み合いながら起こる。噴き上がった巨大な水柱を、螺旋の炎が取り巻きながら天へ昇った。火に守られる水は干渉を受けず倒木の天蓋を衝《つ》く。水蒸気が重力の籠を球状に満たす。

「……これだけ湿気が蔓延《まんえん》したら燃え続けないはずだ」

紅運が咳《せ》き込みながら後方に目をやった。白雄は頷き、蛇矛を掲げた。

「贔屓《ひき》、ここへ！」

地面が隆起し、白雄の足元が水晶のように輝いた。白の大魔は巨大な亀に似た背面を現し、彼を上空へ持ち上げる。白雄は蛇矛を投擲《とうてき》した。鉄が虚空を切り裂き、真《ま》っ直《す》ぐに飛ぶ。

「狻猊！」

蛇矛が炎に包まれ、推進力で加速する。燭陰が唇を丸めて息を吐いた。三つの火球が紅運、青燕、橙志目掛けて落下する。既に全《すべ》ての力を賭《か》けた皇子たちに防ぐ術はない。弟を救うべきか、敵を討つべきか。白雄は逡巡《しゅんじゅん》する。べき、じゃない。どちらも為《な》したいならば。その時、流星に似た銀の輝きが三条煌めいた。

「曇りない目だ。これならよく狙える」

何処かで声が響いたような気がした。彼方から飛来した三本の矢が火球を全て粉砕する。燭陰が薄目を開けて驚嘆した。白雄は贔屓《ひき》を蹴《け》って跳躍し、滅国の妖魔《ようま》を前にする。

「誠の王も都もわからぬ愚昧《ぐまい》に、何じょう国が滅ぼせるか！」

刃が燭陰の額に吸い込まれる。白い人面に罅《ひび》が入り、亀裂から光が漏れた。蛇矛に纏わせた狻猊の炎が大蛇の頭から尾まで両断した。左右に破れた燭陰の死骸《しがい》が燃え盛る。極光に似た猛火が夜空を染めた。凶兆は膨大な塵《ちり》となり消え去った。古城には炎が蹂躙《じゅうりん》した痕《あと》だけが残っていた。

重傷の兵士を、まだ動ける兵が馬車へ運ぶ。担架に乗せられた王禄は帰還した橙志を見上げた。

「師範……これで少しは罪が減りましたか」

「馬鹿者。死罪で済ますと思ったか。三度死んで生まれ変わる分まで働かせる。早く復帰しろ」

部下の煤と火傷に覆われた笑みに、橙志は眉《まゆ》を顰《ひそ》めた。傷ついたのは兵だけではない。兄妹が羅七の遺体を馬車に積み込んでいた。

「すまない、巻き込んで……」

首を垂れる紅運に羅虎は首を振った。

「謝らないでください。国を守りたいのは我らも同じです」

「悪い……じゃないな、ありがとう。助かった」

「紅運さんも水汲《みずく》みありがとうございました。毎日上達してましたよ」

童らしい表情に戻った羅花の口を羅虎が慌てて塞《ふさ》ぐ。紅運は微《かす》かに笑ってふたりを見送った。羅九は生きていたが、両腕が焼《や》け爛《ただ》れていた。

「何て無茶を」

「奉仕ではございません。愚老の意地です。一目も見《まみ》えぬ孫とその兄弟のため。果てた羅十四は我が娘です」

紅運は息を呑む。

「黄禁殿下にどうぞ宜しく。そして、貴方も息災で」

道士たちを乗せた馬車が走り去った。泰山の方を見つめる紅運の背に、青燕は視線を投げかけた。

「あの、紅運がいない間に黄禁兄さんは……」

その肩に白雄が手を置き、首を振る。

「城で知ることです。戦い疲れた身に告げる真実ではない。今は疾く都に戻り、安寧が戻ったことを知らせねば」

普段髪のほつれひとつ見せない白雄は煤に塗《まみ》れ、皇帝の衣も焦げていた。青燕は微笑して頷いた。

紅運は馬車の前で足を止めた。赤毛の男が星雲を背に立っていた。

「狻猊、ありがとう。力を貸してくれて」

狻猊は憮然《ぶぜん》として見返した。

「お前が過去を掘り返したことをこれ以上詰《なじ》る気はねえよ。過去から学んで未来を変えるって言うならな。黒幕を倒すまで協力もしてやる。だが、奴《やつ》と……紅雷と同じ結果になるなら何の意味もなかったってことだ。そのときは、俺も勝手にやるぜ。お前を殺した奴は皆殺しだ。敵だろうが、お前が死んでも救いたかった兄弟でもな」

「ああ、誰にも殺されないように強くならなきゃな」

狻猊が牙《きば》を見せて姿を消す。紅運は馬車に乗り込んだ。

「言うことが沢山……始龍と、皇帝と、あとは狻猊の主だった……」

紅運は途中で意識を失った。雪崩れるように倒れ、隣に座る橙志の肩に額をぶつける。馬車の扉を開けた白雄が苦笑した。

「大魔を使いすぎたのですね。緊張も途切れ、疲労も頂点かと」

「白雄兄上、杞憂《きゆう》でしたね。紅運は紅運のまま帰ってきました」

「兄さん、涎《よだれ》が」

青燕《せいえん》に指され、橙志は口元を拭《ぬぐ》う。

「口じゃなくて肩だよ」

昏倒《こんとう》した紅運の口から垂れた雫《しずく》で、橙志の肩当てが一段濃く染まっていた。橙志は溜息《ためいき》を吐く。

「寝ている人間に咎《とが》は問わない。次の稽古《けいこ》で、だな」

「貴方も冗談を言うのですね」

白雄は微笑んだが彼の面差しは鋭く真剣だった。

「どうぞ、お手柔らかに」

皇子たちを乗せた馬車が都へ進み出す。夜空からは極光が消え、細やかな星の光が散っていた。

龍久国継承戦　五　上

久方ぶりの宮廷の庭で、紅運《こううん》は橙志《とうし》と向き合った。互いに木剣を構え合う。黙礼を交わした直後。間髪を容れず橙志が刺突を放った。乱れ飛ぶ追撃を防ぎながら、紅運が息も絶え絶えに言った。

「いつもより容赦が……なくはないか⁉」

「そう感じるなら向こうで稽古を怠ったせいだ」

「仕方ないだろう、泰山に剣士はいないんだ！」

反撃の間を与えず、橙志が半円を描くように斬り込む。紅運はたたらを踏みながら、上方からの袈裟《けさ》斬りで防いだ。

「その割に動きについて来るようになったな」

思わぬ言葉に、紅運は口角が上がるのを抑える。

「見えるようになっただけで、まだまだだ」

「当然」

再び何合もの打ち合いが始まる。激音に混じって、通りすがりの官吏の声が聞こえた。

「処刑の日取りは決まったのか？」

「まだ極刑と決まった訳じゃない」

「それ以外ないさ。皇太子殿下の命で尋問は行われていないが――」

鋭い剣撃に紅運の掌《てのひら》から木剣が飛ぶ。橙志の剣が喉《のど》に突きつけられた。

「慢心、注意散漫。言い訳はあるか」

紅運は首を振り、木剣を拾う。追及を待ったが、橙志は過ぎ去った官吏を睨《にら》んだだけだった。

「噂話に惑わされるようでは半人前以下だな」

「……本当なのか。黄禁《おうきん》が乱心したなんて」

「ああ、お前が不在の間だ。俺たちが止めなければ奴は皇貴妃と翠春《すいしゅん》を手にかけていただろう」

「事情があったんじゃないか。黄禁も道妃《どうひ》も権力のために身内を暗殺するとは思えない」

「事情があれど、皇族に傷を負わせたことは事実だ」

紅運が俯《うつむ》くと、橙志は剣を腰に帯びた。

「乱れた心で剣を握っても成果はない。帰って書でも読め」

紅運は剣を収めてから顔を上げた。

「そういえば、橙志も書や詩歌に詳しいよな。意外だが……」

「何が意外だ」

「だって、その……何でもない。最近、俺も古書を読んでいて、わからないところがあるんだ」

「お前がか。珍しいな。何がわからない」

「昔の宮廷道士が残した記録で……」

言いかけて、紅運は首を振った。

「いや、やっぱり何でもない。少し自力で頑張ってみる」

橙志は片眉を吊り上《あ》げたが、すぐに表情を打ち消した。

「好きにしろ。近く兄弟で会談の場を設ける。その時はいい加減言え」

「何を……？」

「お前は泰山で何を見た？」

紅運は口を噤《つぐ》む。皇帝を屠《ほふ》る秘儀も、始龍の脅威も、黄禁の母が泰山から差し向けられた道士であることも誰《だれ》にも伝えてはいなかった。敵は宮廷にいるという。迂闊《うかつ》に知らせれば兄たちを危険に晒《さら》すことになるかもしれない。煩悶《はんもん》する間に橙志は背を向けて歩き出した。

追いかけようとして足を止めた紅運の前に、双剣を携えた少女が現れた。

「桃華《とうか》……」

「戻ってから挨拶《あいさつ》もないので私から来てしまいました。子女から声を掛けさせるなど……」

「悪い、忙しくて忘れていた」

「聞きましたよ。国を襲う妖魔を食い止めたとか。土産話や自慢話があってもいいのでは」

「いろいろ言えないことがあるんだ。厄介事に巻き込んでも悪いしな……」

気もそぞろな返事に桃華は眉を下げた。彼女は溜息ひとつの後、剣を鞘《さや》から抜いた。

「紅運、手合わせしましょう」

「何故《なぜ》？　どういう流れなんだ？」

「稽古をおろそかにしていないか、妹弟子として試してあげるのです。ほら、構えてください」

紅運は狼狽《うろた》えながら木剣を構えた。

「ちょっと待ってくれ。そっちは真剣でやる気か――」

双方からの斬撃が襲い掛かった。紅運は紙一重で避け、三歩後ろに下がる。

「ああもう、何て奴《やつ》だ！」

紅運は右下からの斬撃を木剣の柄で受け止める。桃華が左の剣を振るう前に木剣を回転させ、彼女の視界を塞ぐ。怯《ひる》んだ隙に、紅運は手刀で桃華の腕を打ち、身を捻《ひね》って間合いから抜けた。

「体術ですか！」

「まあな！」

紅運は身を低く構え、刺突を放った。切っ先が桃華の双剣を打ち、弾き飛ばす。桃華はきっと目を細め、大きく身を反らした。右足を軸に彼女が下方から放った回し蹴りが、刺突の形のまま伸ばした紅運の剣を蹴り上げた。

「そっちも体術じゃないか！」

武器を失ったふたりは息を切らしながら向かい合った。桃華は肩を怒らせて叫んだ。

「どうです、強かったですか、弱かったですか！」

「聞かなくてもお前はずっと強いだろ！」

「だったら、巻き込む心配など要らないでしょう」

紅運ははっとして彼女を見返した。桃華の大きな瞳《ひとみ》が紅運を見返していた。

「宮中で何かが起きているのはわかっています。皇族でない私が知らないことも紅運は知らされているのでしょう。でも、何も聞かせてもらえないのは何というか、苛《いら》つきます！」

紅運は見張った眼《め》を思わず細めて笑った。

「苛つく、か……」

桃華が目を吊り上げる。紅運は眉を下げて笑った。

「悪い、助かった。また同じことをするところだった。頼りないから言わない訳じゃないんだ。いつかちゃんと協力を求められるまで、待ってほしい」

「本当ですね。いつか言いますね？」

紅運が頷《うなず》くと、桃華はやっと表情を和らげた。

「次は暴力に訴えるのはやめてくれ」

「紅運は鈍感なのですからこれくらいしなければわかりません。全く。私はもう行きます。貴方を見かけてつい仕事を放り出して来てしまったので」

桃華は剣を収め、颯爽《さつそう》と去っていった。あきれ半分で後ろ姿を見送る紅運の足首を、柔らかな感触が撫《な》でた。いつの間にか白と黒の太った猫がすり寄っていた。

「黄禁の……そういえばお前の名前を考えるのを忘れてたな」

紅運は猫を抱き上げた。

「俺はお前の飼い主が悪事を企《たくら》むとは思わない。何か事情があるはずだ。皇子が減れば始龍の思う壺《つぼ》だ。これ以上誰も死なせるものか」

猫が小さく鳴く。紅運は温かな額に顎《あご》を乗せ、王宮を見つめた。


薄闇が宮廷に滲《にじ》む頃、紅運は自室で書物の山と向かい合っていた。琴児《きんじ》が文机の隅に茶器を置く。

「あまり根を詰めるとお身体《からだ》に障りますよ」

「後で飲むから置いておいてくれ」

紅運は書面から目を上げずに答えた。泰山から戻り、朝は剣の稽古を受け、夜は書と向き合うのが常だった。書物はどれも古く、文法につまずいて他の本を探るとまた不可解な文言にぶつかる。

「今まで何をしていたんだ俺は。もっと勉強していればこんなに手間もかからなかったのに」

髪を掻《か》きむしる紅運を見つめながら、琴児は緞帳《どんちょう》をそっと押し開いた。

「亡き御母堂も夜はそうして書と向き合っていらっしゃいました。今の貴方様のようにもっと勉強していればと仰《おつしや》って……後宮には詩歌にも明るい貴妃様が数多《あまた》おわしますから思う所があったのやもしれませんね」

「俺は頭まで母に似たか」

「熱心なところは本当に」

琴児は皮肉も受け流して苦笑した。

「ある時、読書の最中、江妃様——青燕様の御母上が訪れたそうです。童が読むような本を、と蔑《さげす》まれるかと思えば優しく内容を説いてくださったと仰っていました。もっと早く話しかけていればとお惜しみになっていましたよ。紅運様の周りにも沢山の御方がいらっしゃいます。お力を借りてみるのは如何でしょう。私はお茶のご用意しかできませぬが」

紅運は一瞬押し黙り、笑みを繕った。

「ありがとう」

琴児が深く礼をして下がったのを見届け、紅運は深く息をついた。

「きっと俺が頼めば皆協力してくれる。だからこそ言えない。巻き込む訳にはいかないんだ」

手元が暗くなり、紅運は燭台《しよくだい》を引き寄せる。蝋燭《ろうそく》をしばらく見つめて火種がないことに気づいた。

夜が来ると、独りでに燭台に火が灯《とも》るのが紅運の日常になっていた。泰山から戻って以来、狻猊は姿を見せない。

「まだ怒ってるんだろうな……」

薄暗がりの中、複雑な字が走る書面に視線を落とす。二百年前の宮廷を知る狻猊なら読めただろうか。兄たちに頼れない今、紅運以外に見えず、危険に晒して死なせることもない味方がいたらどれだけいいだろう。

「燭台と同じだな。そばにある間は気にも留めないのに、なくなると知らないうちにどれだけ頼っていたかわかる」

紅運は居住まいを正した。判読すら難しい文字列から、屠紅雷の名を探す。狻猊の昔の主の名を。独りで戦おうとした彼の記録から、現状を解決する足掛かりを探し、汚名を雪ぐ。それが狻猊への償いだと思った。

「俺もそろそろひとりで頑張らなきゃな……」

燭台を手に廊下を回る女官が、紅運の部屋に明かりを灯《とも》しに来た。細い蝋燭の火が、心なしか寒々しく見えた。


夜が明け、皇子の会談が開かれる朝が訪れた。冷気漂う錦虎殿《きんこでん》で、紅運は柱に描かれた金の雲海を見上げた。

「以前ここで俺の処刑に関して談義が設けられた。今回は黄禁のか……」

まだ新しい悪夢を振り払うように首を振ったとき、白雄《はくゆう》が現れた。正史や詩学への教養を垣間見《かいまみ》せる前置きもなく、彼は切り出した。

「まず伝えねばならぬことがあります。黄禁の処刑が七日後に決まりました。早朝、宮中で執り行います」

皇子たちにざわめきが走り、青燕《せいえん》が声を上げる。

「そんな、急すぎるよ。まだ陳述の場も設けていないのに！　先の戦いだって黄禁兄さんが協力してくれたじゃないか。減刑はできないの？」

「それで釣り合うものか。拷問や尋問が行われないだけ過ぎた温情だ」

橙志が短く返す。紅運は兄の横顔を見た。以前なら怒りも覚えた冷たい言葉から、押し隠した苦渋がわかった。藍栄《らんえい》が問う。

「しかし、皇帝崩御に皇子ひとりが夭折《ようせつ》し、更に処刑までとなれば、事の隠蔽《いんぺい》は限界ではないかな？」

「外に目を向ける前に内を整えなければ。国賊に罰を与えぬのであれば、規律の乱れはいずれ凶事を招く。我らが父上の問題もあります故に」

「だったら尚更《なおさら》、黄禁兄さんが必要だよ。僕たちの中で一番道術や妖魔《ようま》に詳しいんだから。父上のことだって解決できるかもしれないのに」

「青燕、態度を弁《わきま》えろ。対策なら黄禁でなくとも知る者がいる」

橙志は紅運を指した。一同の視線が注がれる。紅運は背筋を流れる冷汗を感じながら口を開いた。

「一応、大まかには聞いている……だが、その……言いたくない」

白雄が目を見張った。

「今、何と？」

「俺が泰山から持ち帰った術は使ってはいけないものだ。他の術がないか探している。処刑には俺も反対だが、詳しく言えるまでもう少しだけ待ってほしい」

「まさか、禁術の施しを受けたのですか？　一体どんな……」

「貪食《どんしょく》の儀」

紅運の代わりに消え入りそうな声が答えた。柱に身を隠すように立っていた翠春《すいしゅん》が一冊の古本を抱きしめていた。

「皇帝が変貌《へんぼう》した際は、最も天子に近い第一皇子にそれを取り込ませ、皇子ごと魔物を殺す。古書に書いてあったんだ」

「嘘《うそ》だ、それに関する書は全《すべ》て焼き払われたはずだ！」

紅運の怒声に翠春は身体を震わせる。白雄はふたりを見比べた。

「紅運、それが貴方の持ち帰った術ですか」

「じゃあ、これも知ってるよね。貪食の儀は皇太子以外にもできる。黄禁兄さんを処刑するなら彼にやらせればいい」

「駄目だ、皇子は国を守る陣の布石だ。これ以上死なせられない！」

口走ってから紅運は青ざめる。白雄はそれ以上聞かず静かに首を振った。彼の表情に動揺の色はないが、頬《ほお》からは血の気が失《う》せていた。重い沈黙の中、青燕が呟《つぶや》いた。

「それ、龍皇貴妃の本だよね。僕に見せなかった本だ」

翠春は目を伏せた。

「本当に処刑すればいいと思ってるの？　だって、君はもっと兄弟と話してみたいって言ってたじゃないか。誰かに言わされてるなら……」

青燕が言い切る前に、窓の外から陰鬱《いんうつ》な静けさを割ってざわめきが聞こえてきた。衛兵が駆け付け、白雄の前に膝《ひざ》をついた。

「申し上げます、第四皇子、紫釉《しゆう》様が視察からお戻りになりました」

白雄は即座に余裕のある笑みを繕った。

「報告ご苦労でした。久方ぶりの帰還ですね。歓迎しなくては」

兵士が去り、白雄は微笑を打ち消し、髪を耳にかけながら言った。

「事態は今結論を出すべきものではないでしょう。後日また会合を設けます。ひとまず紫釉を迎えましょう。漸く兄弟が揃《そろ》うのですから」

皇子たちは表情を曇らせたまま、次々と殿を後にする。最後尾の紅運は淀《よど》んだ空気が対流する天井を睨《にら》んで踏み出した。


外に出ると、殿の前から城門に続くまで女官たちの列ができていた。色とりどりの衣で花の道ができたような光景の先に一台の馬車が停まっている。塗装が日焼けで色褪《いろあ》せた輿《こし》から褐色の肌の皇子が現れた。

「相変わらず仰々しいな。だから、帰るのは嫌だったんだ」

紫釉は煩わしげにかぶりを振る。着崩した服は砂で汚れ、髪は粗雑に短く切られていた。彼の補佐官の呉烏用が次いで馬車を降りる。

「せめて襟元を正してください。あれほど着替えて髪も伸ばせと言ったのに！」

「服なんてこっちに山ほどあるから買うことないよ」

騒がしい声に青燕は僅《わず》かに表情を綻《ほころ》ばせた。

「紫釉兄さんは変わらないいな」

紫釉が手を振りながら近づいて来る。

「青燕、元気でやってたか？　出迎えはお前がいつも一番早かったよな。今日はほぼ全員いるじゃないか。烏用、祭りでもあったっけ？」

「陛下が崩御なさったと言ったでしょう！」

橙志《とうし》が眉間《みけん》の皺《しわ》を濃くしたのを見て、紅運は目を逸《そ》らす。白雄は咳払《せきばら》いをしてから前に進み出た。

「よく戻りましたね、紫釉。呉按察使も息災で何よりでした」

「白雄兄上。それとも陛下って呼んだ方がいいか？」

「その冗句が出るということは既に事は聞き及んでいますね。長旅で疲れたでしょうが、貴方にもこの危機を乗り越えるべく……」

「ああ、悪いけど俺はもう関係ないんだ」

「……どういう意味です？」

白雄の問いに、紫釉が背後の馬車を指す。彼の補佐官は嵐《あらし》の気配を察知したように距離を取った。

紅運を始め、皇子たちは指の先を見遣った。馬車の扉が開き、稲穂のような金の輝きが覗《のぞ》く。鮮やかな金の巻き髪を揺らし、豪奢《ごうしゃ》な衣装を纏《まと》った女が現れた。髪と蒼玉に似た青い瞳は一目で異国の出だとわかった。白雄は困惑する弟たちの代わりに問う。

「そちらの御婦人は……？」

「紹介しなきゃな。彼女は視察先で会った、東南の国の姫君だ」

「そうですか。では、彼女も我らが国の視察に……？」

「いや、俺の婚約者として来たんだ。向こうで婚約したんだよ」

白雄は絶句した。兄弟も一様に言葉を失う。馬車から降りた姫君はぎこちない言葉で述べた。

「そうです、紫釉さん、私の夫になります。お義兄さん方よろしくお願いします」

「そういう訳で、もう皇位はどうでもいいから、後は皆で好きにやってくれ」

紫釉が指を鳴らして笑う。

「なにを、何を考えているんだ……」

呟いた紅運に、異国の姫が微笑みを向けた。小さく歯を覗かせるような笑みはどこか見覚えがあった。紅運が記憶を辿《たど》る前に、彼女は紫釉と共に宮殿に向かって歩き出していた。左右を囲む女官たちがどよめく中、堂々と進むふたりを見て、白雄が額を押さえた。


廷内は第四皇子の噂《うわさ》で持ち切りだった。紅運はごった返す廊下を抜け、異国の名産の燈籠《とうろう》や硝子《がらす》工芸が犇《ひし》めく紫釉の部屋に駆けこんだ。部屋には彼の他、妹の紫玉と金髪の姫がいた。問い詰めようとしていた紅運は張り詰めた空気にたじろぐ。紫釉が振り返り、紅運に向けて言った。

「あれ……誰《だれ》だっけ？」

「兄さん、嘘でしょう！」

紫玉が鋭く叱咤《しった》する。紅運は逃げ出したいのを堪え、声を繕った。

「誰かの弟だ。忘れられても仕方ない末子だから気にしなくていい」

紫釉は退きかけた紅運の肩を慌てて掴《つか》み、引き寄せた。

「悪かったって、紅運だろ。忘れたんじゃなく気づかなかったんだ。前は冗談なんて言わなかっただろ。背も伸びたし、成長したよ」

金髪の姫がぎこちない言葉で口を挟んだ。

「女性の名前を忘れたとき、いつもこうして誤魔化《ごまか》します」

「お前は余計なこと言わなくていいんだよ」

肩に絡む手が緩められた隙に、紅運は振り払って逃れる。

「紅運、お前可愛げもなくなったね。聞いたぜ、剣の稽古《けいこ》を受けてるんだって？　道理で太々しくなった訳だ。やめろよ、橙志が伝染《うつ》る」

「疱瘡《ほうそう》じゃないんだぞ。それより、異国で婚約なんて何考えてるんだ」

「考えてみろよ。宮中の女ってだいたい皆強くて怖くないか？」

「いや、そんなことは、琴児は優しいし……」

「お婆ちゃんだけかよ」

「それを言ったら、男もだいぶ強くて怖いのが多いが……」

「余計駄目だろ。やっぱりこの国でまともな結婚なんかできないな」

「そうじゃなくて、今宮廷がどれだけ大変か知らないのか！」

紅運は調子を乱されないよう声を張り上げた。紫玉が溜息《ためいき》を吐く。

「紅運様の言う通りよ。お父様の葬儀も行えていないのに……」

「宮廷が暗いときほど明るい話が必要だろ」

「そんな場合じゃないわ。黒勝様も、黄禁様だって……」

「そういえば、黄禁の奴《やつ》を見なかったな。あいつに鳥籠の仕入れを頼まれてたんだ。食べる訳でもないのに鶏《とり》を飼うっていうからさ」

紅運は衣の襟を握りしめ、声を低くした。

「黄禁は今地下牢《ちかろう》にいる。皇妃皇子暗殺の疑いを向けられていて、今朝《けさ》の話し合いで処刑になるかもとのことだった」

紫釉は小さく息を呑《の》み、視線を下げた。

「あの馬鹿、何を呑気《のんき》に陥れられてるんだよ」

彼は異国の姫に耳打ちし、頷《うなず》きあってから紅運に向き直った。

「悪いけどちょっと出かける。話はまた今度な」

姫は紅運に再び笑みを向け、部屋を出た紫釉の後を追う。残された紫玉は悲しげに微笑した。

「本当にあのひとと出ていくつもりなんでしょうね」

「いや、その、何とも言えないが……」

「……私たちの母が亡くなったとき、兄が毒殺を疑ったのに、ろくに調べてもらえず病死だと処理されたんです。陛下と母は東南との和平のための政略結婚だったから愛がなかったんでしょう。それから、兄はずっと宮廷を嫌っていたんです」

「でも、紫玉だけを置いていくなんてことは……」

「兄さんも紅運様みたいに優しかったらよかったのに」

諦《あきら》めの滲《にじ》んだ笑顔に、紅運は何も答えられず部屋を後にした。

紅運は重い足取りで古書が所蔵される書庫へ向かった。下を向いて夕日が差す廊下を進んでいると、前から現れた影と衝突しかけた。

「悪い……翠春？」

鈍色の前髪に隠れた目が紅運を睨む。会談での言を問いただそうと口を開いた紅運を彼が遮った。

「紅運にはわからないよ。何もできないみたいな顔して、魔物と戦って、勅命もやり遂げたじゃないか。強い奴におれの考えなんかわからない」

翠春は足早に駆け去った。紅運は呆然《ぼうぜん》と立ち尽くす。

「そんなのは俺の台詞《せりふ》じゃないか。俺よりずっと優れているのに……」

夕日が燃えるように赤さを増した。今までなら狻猊が現れて皮肉でも言っただろう。

「俺にはわからないか……」

紅運は唇を噛《か》み、夕闇に溶けていく翠春の背を見つめた。


翌日の未明、紅運は濡《ぬ》れた葦《あし》を掻《か》き分《わ》けながら湿地を進んでいた。

「ここで稽古をするのか」

「どうせ会談や紫釉の件で気もそぞろだろう。あの馬鹿者め……とにかくそんな稽古に意味はない。代わりに今日は城の守りを教える」

橙志は葦の隙間《すきま》を指した。先の湖は朝靄《あさもや》で烟り、何かが現れそうな荘厳さを纏《まと》っていた。

「この湖の用途はわかるか」

「夏の避暑だろう。俺はあまり参加したことはないが……」

「それだけではない。奥に古い城門のようなものが見えるだろう。あれは古の皇帝が湖に水を引いた際作った水門だ。万一の時、堰を開ければ宮殿にまで水が流れ込む。それはいつだと思う」

「火災……ただの火災じゃない。謀反で宮廷が焼かれたとき、賊徒の手に渡る前に城ごと沈めるということか」

「善し。考える癖をつけたな」

短い答えに紅運は少し微笑《ほほえ》んだ。

「湖は代々青の大魔を持つ皇子の管轄だ。水門を開け、城を守る大役も請け負う。彼が謀反を起こさないことが前提だがな。水門を潜れば大河に通じる。有事の際、皇妃皇女を逃がす水路にもなる。よく覚えて……」

彼の眦《まなじり》が鋭さを増した。薄氷の残る湖に一艘《そう》の舟が浮かんでいる。

「夏までは蔵にしまってあるのでは……」

紅運が舟の近くに小さなふたつの影を認めたとき、橙志は既に湖畔へ向かっていた。

「何処の阿呆《あほう》だ、釣りでもしているのか！」

「こちらの阿呆です」

葦の間から女の朗らかな声が響いた。橙志が目を剥《む》く。顔を覗かせた江妃は衣が露で濡れるのも構わず、湖岸に舟を括《くく》る縄を解いていた。

「ごめんなさいね。でも、釣りではないのよ」

「ご無礼を……江妃様とは知らず……」

江妃の背後で青燕《せいえん》が決まり悪そうに眉《まゆ》を下げた。

「母上が舟遊びをしたいって……やっぱりやめようよ。勝手に舟を使っちゃまずいし、氷も張ってる。それに今は大変なときだし……」

「氷なら貴方の力で何とかなるわ。それに、大変なときこそ息抜きが必要なものよ。そうだわ！お舟がもう一艘あったでしょう。橙志様と紅運様もお乗りになって。きっと楽しいわ」

橙志は観念したように目を伏せた。

「……謹んでお受けいたします」

紅運が思わず苦笑すると、橙志に木刀の先で脛《すね》を小突かれた。

「俺は止めようとしたのに」

恨みがましく兄を見るうちに、湖畔に二艘の小舟が並べられた。

舟は青燕の操る大魔の力に導かれて進んだ。舟の先端が薄氷を破るたびに水晶を砕くような飛沫《ひまつ》を上げた。孤島に浮かぶ離宮が寒風に吹かれている。紅運が幼い頃《ころ》、舟遊びの行幸に伴って訪れた東屋がひどく精彩を欠いて見えた。清廉な夏の小島を囲んだ面々も、今は亡き者が少なくない。紅運は冷たい風に吹かれながら口を開いた。

「橙志……俺は、強いか？」

「何処が？」

「そんな……」

「……強くなっている。前は目も当てられなかったがそれに比べれば」

橙志は僅かに視線を泳がせた。歯切れの悪い答えに、紅運は苦笑した。

「なら、いいんだ。よくはないか」

「強くなりたくなかったのか」

舟が傾き、波が音を立てた。橙志《とうし》は一歩紅運に近づいた。揺れる舟板を押さえながら、紅運は離宮を見た。

「言われたんだ。『強い奴に自分の気持ちなんかわからない』と。ずっと自分には何もないと思っていたのに。知らないうちに今まで見えていたものが見えなくなってるんじゃないかと……」

「お前は皇子だぞ。最初から恵まれた者だろう。弱者から疎まれるのは強者《つわもの》の通る道だ。では、何《な》故《ぜ》俺たちのように恵まれた者がいると思う」

紅運はわからないと、首を横に振る。

「持たざる者には収められぬ事を収めるためだ。戦に負けたとき、王の首を落とせば代わりに万民が赦される。俺たちの享受する恵みは前借りだ。いずれ持たざる全ての者に代わって死ぬために、短い生で帳尻《ちょうじり》が合うよう過剰な恩恵を受けている。何も恥じることはない。その覚悟は未《いま》だないか」

「ないとは言わない、でも……俺はもう誰《だれ》にも死んでほしくない」

橙志は深く息をついた。

「安心しろ、お前はまだ軟弱者だ」

気の抜けた笑みが紅運の口から溢《あふ》れた。訪れる王を失くした離宮は変わらず聳《そび》えていた。

青燕はふたりの舟を眺めながら俯《うつむ》いた。

「ふたりも寒そうだし、もう戻ろうよ。こんなときに遊びなんて」

「でも、ここなら話せるでしょう?」

驚く息子に、江妃が静かに微笑を浮かべた。

「ずっと暗い顔だもの。教えて。貴方は何に苦しんでいるの？」

「苦しんでないよ。皆、僕よりもっと辛い」

「他のひとより軽くても、苦しみはなかったことにはならないのよ」

「ただ、自分は何もできないなって思ったんだよ。悔しいな。皆が優しくしてくれるから勘違いしちゃったんだ。自分には秀でた何かがなくても、少しはいい奴《やつ》なんじゃないかって。皆のせいじゃない、僕が驕《おご》ってただけだ。本当は誰かを助ける力もないのに」

青燕は舟端を握りしめ、土色の湖水を見下ろした。

「黄禁兄さんを助けたいよ。でも、そうしたら龍皇貴妃や翠春《すいしゅん》を苦しませる。僕は自分の大事なひと全員に生きててほしいし、傷つかないでほしい。力もないのにそう思うのは傲慢《ごうまん》だって知ってる。今だって結局自分のことばっかりだ。これじゃ悪人と何も変わらない」

江妃は濡れた裾《すそ》を手繰り、独り言のように呟《つぶや》いた。

「昔、後宮にある女性がいたの。今はもう儚《はかな》くなってしまったけれど。陛下は詩のお話ができる女性がお好きだったわ。多くのお妃様が我先にと名乗り出たの。それどころか、他の方がお持ちの本を破いたり、女官を使って逢瀬《おうせ》を邪魔したりする方もいて、私は少し後宮が嫌になってしまったの」

青燕は曖昧《あいまい》に頷いた。

「でも、誰の邪魔もせずに読書に励んでいる方もいらっしゃったわ。子どもが読むような本にまで真剣に向き合っていらしたの。思わず話しかけたら、拒まずに最後まで聞いてくださって、私ももう少し後宮にいられそうだと思ったのよ」

江妃は穏やかな眼差《まなざ》しを向けた。

「皆、居場所がほしいのは同じだわ。でも、そのときに誰かのものを奪ってしまうかで、悪いひとかどうか決まるのではないかしら。貴方はそれだけはしなかったでしょう」

「母上……」

「善いと思ったことのために悪人になる覚悟は必要かもしれないわ。でも、そのときは、私がちゃんと叱《しか》ります。拳骨《げんこつ》の練習もしておくわ」

「それはしないでよ。何で練習するつもりなの」

「そうね、橙志様に教わろうかしら。お得意そうではなくて？」

「失礼だよ」

青燕《せいえん》は思わず吹き出す。江妃も釣られて目を細めた。

「その皇妃様は誰だったの？」

「あちらにいる方の御母堂様よ」

向かいの船に座す紅運の濃墨のような髪が風に靡《なび》いていた。


舟が岸に着き、滸《ほとり》に降り立った紅運に青燕が駆け寄った。

「どうした？」

「宮殿でいろんなひとの話を聞く。紅運にも手伝ってほしいんだ」

青燕は口元を固く引き締めた。

「僕はすごいことは何もできないけど、誰よりも宮廷のひとたちと話してきた。それだけは自信がある。皆の話を聞けば、黄禁兄さんの無実を証明できるかもしれない。道妃を亡き者にした本当の犯人がわかれば、龍貫妃も翠春も安心できる。誰も死なずに済むかもしれないんだ」

紅運は頷きかけてふと迷い、目を伏せた。

「悪い……俺は手伝えない」

「そっか。いいんだ。急に変なこと言ってごめん」

「違う、嫌なんじゃない。ただ……ひとりでやらなきゃいけないことがあるんだ」

青燕が戸惑い気味に見つめる。紅運は首を振って踵《きびす》を返した。濡れた葦を掻き分けて歩みを早める。皇妃や兄たちの声が遠ざかり、水音しか聞こえなくなった。


五日後、再び皇子たちに招集がかかった。一足早く錦虎殿《きんこでん》に着いた紅運は静まり返った内部を彷徨《さまよ》う。無人に思えた殿の奥から静かな声が響いた。

「父上がご存命でしたら、現状を何としたでしょうね」

最奥で、白雄が壁に掛けられた前帝の絵と向き合っていた。亡き天子は輪郭線を取らずに色づける没骨描法で描かれ、後光を滲ませていた。

「昔、天子の素養とは伏魔の力だと教えてくださいましたね。我が国は常に妖魔《ようま》と共にある。皇帝は我が身を捧《ささ》げ万民を守る贄《にえ》であれと」

白雄の声は聞いたことがないほど細かった。

「幼子だった私は、元凶たる始龍を討ち、民だけでなく王にも安寧をもたらすと夜郎自大を申しました。しかし、今の私は……」

背を向けていた白雄が急に振り返った。

「独り言を聞かれてしまいましたね」

彼は柱に隠れる紅運に微笑を見せた。凛然《りんぜん》とした声は取り戻していたが、目の下に薄く青黒いくまがある。紅運は躊躇《ためら》ってから踏み出した。

「今の自分は……何だ」

白雄は微《かす》かに身じろいだ。

「藍栄《らんえい》が言ってた。あんたは言うべきことと言いたいことの板挟みだって。俺も偶にあんたがわからなくなる。慈悲深いのは見せかけだけなのか。廃城で命がけで戦ったのもそうすべきだからか。別の理由があるなら、それを隠して冷徹に振る舞う理由は何だ。皇太子はそういうものなのか」

答えを聞く前に、他の皇子たちが次々と現れ始めた。白雄は無言で紅運に背を向けた。


会合が始まり、白雄が口火を切る前に、青燕が声を上げた。

「ごめん、皆に聞いてほしいんだ」

「序列を弁《わきま》えろ。公の場で皇太子の挨拶《あいさつ》も待たず……」

橙志の叱責は紐《ひも》を解く音に遮られた。巻紙が皇子たちの間を泳ぐ。青燕が掲げる紙面には手描きの宮廷の地図と文字列が記されていた。

「道妃が亡くなった日の黄禁兄さんの足取りと、目撃者の証言を時刻順に纏めたんだ」

皇子たちは黒々とした紙に目を凝らす。

「黄禁兄さんはまず霊廟《れいびょう》に行った。道妃の亡骸《なきがら》を確認したんだと思う。同時刻に守衛が龍皇貴妃を近くで見かけてる。殺すなら格好の機会なのにしなかった。第一呪術師なら近寄らずに殺せるのに」

「では、何故黄禁は朝まで失踪《しっそう》したのかな？」

「侍医曰《いわ》く、道妃の死に方は呪殺に似ていたらしい。たぶん呪《のろ》いを解く方法を探してたんだ。兄さんが赴いた場所には薬草の畑もあったよ」

「しかし、奴が戻ってからの凶行には説明がつかない」

「だったら、殺意があるとも言えないじゃないか！　これを見て……」

白雄が静かに陳述を阻んだ。

「気持ちはよくわかりました。黄禁にも伝えましょう。最期まで潔白を信じて奔走する者がいたこと、兄弟に恨まれたのではなかったことを。処刑は変わることなく明日行います」

「何で……」

「皇妃皇子を手にかけんとした凶行は揺るがぬ事実です」

紫釉《しゆう》が手を挙げた。

「待った。視察でわかったが今国外はきな臭いぜ。勢力を増した諸国だけじゃなく辺境の魔物狩りや得体の知れない道士集団までうちの綻《ほころ》びを待ってる。攻め込まれたとき、これ以上皇子が減ってちゃまずいだろ」

「今は外敵より国内の問題を解決しなければ。我らが父の変貌《へんぼう》を止めねば更なる凶事は避けられません。紅運、兄弟がこれ以上死ぬのは許し難いと言いましたね。これが最小の損害で事を収める唯一の術です」

「じゃあ……」

紅運の声に、白雄は重々しく頷《うなず》いた。

「処刑の方法は斬首ではなく、貪食《どんしょく》の儀です」

「正気かよ」

紫釉が目を剥く。藍栄と橙志は無言で瞑目《めいもく》した。それまで一言も発さなかった翠春が呟いた。

「やり方ならわかるよ。一瞬だから苦しまないし、危険もない。紅運も知ってるしね」

翠春の瞳《ひとみ》が、彼の母に似た底知れない輝きを帯びた。紅運は唇を噛《か》み、怨嗟《えんさ》のように吐き出した。

「わかった……」

「異論がなければ、これにて」

沈黙が渦を巻き、会談が終わった。紅運は白雄の背に投げかけた。

「あんたは全部を救える器だと思ってた」

「私とて、ただのひとです。それに、貴方と私は違います」

白雄が歩み去り、喪服に一束の黒髪が揺らいだ。紅運は吐き捨てた。

「そんなこと、ずっとわかってるさ」

皇子たちが次々と消える。足早に帰ろうとした翠春を青燕《せいえん》が捕らえた。

「本当に処刑を手伝うの？　君はそれでいいの？」

翠春は目を逸《そ》らす。

「間違ったことをしたらまたやり直せばいい。でも、命だけは取り返しがつかないんだ。やめるなら手伝う。悪いことをしたら一緒に怒られようって言ったじゃないか！」

「取り返しなんてつかないよ。母上に嫌われたら……」

翠春は兄の手を振り払って逃げ出した。静けさが戻った殿に微かな振動が響く。青燕が殴りつけた柱に手をつき、項垂《うなだ》れていた。紅運は歩み寄って彼の背に触れた。

「大丈夫だ、絶対に俺が止める」

「紅運……」

紅運は頷き、青燕にも聞こえない声で呟いた。

「命の前借りか……」


全《すべ》ての光を奪い去る夜が訪れた。宮中で最も闇《やみ》の深い石造りの牢《ろう》には星明りすら届かない。露が岩を濡《ぬ》らして滴る音に、靴音が混じり、黄禁は顔を上げる。闇と同じ色の肌をした皇子が燭台《しょくだい》を携えていた。

「紫釉兄上、戻っていたのか」

「戻っていたのかじゃない、馬鹿。せっかく鳥籠《とりかご》を仕入れてやったのに、お前が籠に入っちゃ意味ないじゃないいか」

「ここで鶏《とり》を飼っては可哀想《かわいそう》だな」

「食われるのを待つ鶏みたいなお前は可哀想じゃないって?」

紫釉は隠し持っていた包みを柵《さく》から投げこんだ。黄禁が包みを開くと、湯気を上げる饅頭《まんじゅう》がふたつあった。

「どうせろくな食事も出ないんだろ」

「わざわざ持ってきてくれたのか?」

紫釉は舌打ちし、濡れた石床の上に胡座《あぐら》をかく。

「お前の処刑は明日だってさ」

「随分早いな」

黄禁は饅頭を頬張《ほおば》りつつ答える。紫釉が竹の水筒を投げると、檻《おり》を越えて黄禁の膝《ひざ》にぶつかった。

「痛い」

「処刑はもっと痛いぜ」

「兄上は俺を疑わないのか？」

「お前みたいな馬鹿に悪巧みなんてできるか。大方嵌《は》められたんだろ」

黄禁は食事の手を止めた。

「俺は本当に皇貴妃を殺そうとしている。次の機会は皇族が一堂に会する俺の処刑の場だけだ。そのために命を繋《つな》いでいる」

「理由は？　どうせ言えないってか」

檻から黄禁の微笑が漏れた。紫釉は大きく溜息《ためいき》をつく。

「俺ならお前を逃がしてやれるぜ」

「兄上も捕まるぞ」

「関係ないね。紫玉を助けたときを忘れたのかよ。俺たちはあの頃《ころ》から共犯者だろ」

「紫玉も兄上も生きるべきだ。あのとき、理に逆らったつもりはない」

「お前は死ぬべきか？　なあ、逃げろよ。牢獄《ろうごく》だけじゃない、全部の責務からさ。俺たちは望んで皇子になった訳じゃない。生まれた場所を死に場所にする必要もない。死ぬ勇気なんか捨てちまえ」

「……俺は兄上が思うより臆病《おくびょう》だぞ。紫玉のときもそうだ。俺は自分が死ぬより家族を看取る方が怖い。だから、いいんだ」

紫釉は懐から短剣を抜き、檻を強く打った。鋼の音とともに火花が散り、牢内を照らす。白光に弟の面差しが浮かんだ。

「そんな面のまま死なせるかよ」

紫釉は吐き捨て、地上へ続く階段を上った。


皇子の処刑当日も、朝陽は変わりなく昇った。紅運は火を思わせる赤い太陽に目を細めて呟《つぶや》いた。

「結局、彼と同じになってしまったな。狻猊に謝りたかったが……」

やはり声に応《こた》えるものはない。紅運は地上に目を向けた。皇子や皇妃らが集うのは神儀を行う入雲廟《びょう》だった。辺りには碑石が置かれ、それを繋ぐように紋様が描かれている。牢から廟までの道には縄が張られ、衛兵らが囲んでいた。人集りの中、花見に向かうかのように微笑《ほほえ》む銀蓮の隣に翠《すい》春《しゅん》が侍っている。紅運は唇を固く結び、彼らの末端に並んだ。

兵士が掲げる矛の飾り紐が見え、黄禁が現れる。一同は息を呑《の》んだ。口枷を嵌め、後ろ手に縛められた彼は更に痩《や》せ細《ほそ》っていた。湿度の多い石牢で過ごした肌は所々赤紫になり、死装束に血が滲《にじ》んでいる。自力では歩けないのか、両脇を兵が支えていた。紫釉が歯を軋《きし》ませ、傍らの副官に囁《ささや》く。

「烏用、わかってるな！」

「ええ、ですが、今朝からあの方が見つからず……！」

「くそ……！」

そのとき、皇族の列から青い衣が飛び出した。紅運は目を疑う。

「青燕……？」

彼は黄禁を運ぶ兵の前に立ちはだかった。黄禁が首をもたげ、鎧兜《よろいかぶと》の兵は当惑気味に目の前の青《せい》燕《えん》を見た。

「殿下、戯《たわむ》れはおやめください……」

青燕は眉間《みけん》に深く皺《しわ》をよせ、祈るように呟く。

「みんな、ごめん」

兵士たちの兜《かぶと》から一斉に水が噴き出した。皇子たちも他の衛兵も反応できない。兵士たちは鎧《よろい》の内側から溢《あふ》れる水に絡みつかれ、暴れている。紅運は息を漏らした。

「涙や唾液《だえき》、ひとの体内の水を操ってるのか……！」

兵士たちが大量の水を吐いて倒れ、支えを失くした黄禁が座り込む。青燕は彼の腕を掴《つか》んだ。

「……逃げよう！」

青燕は虚ろに目を瞬かせた黄禁を立ち上がらせ、引きずるように駆け出す。ふたりが倒れた兵を乗り越えた瞬間、やっと橙志《とうし》が声を上げた。

「衛兵、逃がすな！」

我に返った兵たちが矛を構える。橙志は束《つか》の間逡巡《ましゅんじゅん》して抜刀した。青燕は黄禁の縄と口枷を解く。

「来ないでくれ！　来たらさっきと同じことを――」

青燕が見えない何かに背を殴られたようにのけ反った。黄禁と共にそのまま地に突っ伏す。白雄が虚空に手を差し出していた。

「皆、動かず！　静粛に！」

大魔の力で押さえつけられた青燕は土に爪を立てて立ち上がろうとする。白雄が更に手を伸ばしたとき、黄禁が青燕に覆いかぶさった。

「俺は刑を受ける。逃げる気も隠れる気もない。弟を離してくれ」

「兄さん……」

呻《うめ》く青燕に黄禁は虚ろな笑みを返した。白雄は沈鬱《ちんうつ》な面持ちで手を下ろす。橙志の指示で兵士が黄禁を再び捕らえ、青燕に縄をかけた。江妃が膝から崩れ落ち、侍医が駆け付ける。ざわめく皇族の中で銀蓮だけが嫣然と微笑んでいた。紅運は早鐘のようになる胸を押さえ、息を整えた。

踏み入った廟は重厚な空気が充満していた。埃《ほこり》が落ちる狭い道を進み、最奥に到着する。開けた空間の床には幾重にも陣が描かれ、九の碑石が置かれていた。中央では黄金の棺が灯火《ともしび》を妖《あや》しく反射する。兵が黄禁を中央へ押し出した。飛び出そうとした紫釉の袖《そで》を妹の紫玉が掴む。

「兄さんまで死ぬつもり」

紫釉は低く唸《うな》り、足を引いた。白雄は直立し、静かに宣言した。

「これより、貪食の儀を行います」

兵士が鐘を鳴らした。燭台に油が注がれ、紅炎が燃え盛る。棺の蓋《ふた》が禍々《まがまが》しい音を立てて震え出した。棺からごぼ、と黒い水が溢れる。皇女の間から悲鳴が上った。翠春は無表情に本を捲《めく》った。

「罪人があの淀《よど》みに完全に呑み込まれたら次の手順だ」

「俺はまだ罪人ではない。まだ殺せていないのだから。これからだ」

黄禁の声が響いた。彼の視線は一点に注がれていた。銀蓮は扇で口元を覆い隠す。

「まあ、それはどうしましょう。道妃から守ってくれた呪詛《じゅそ》返しの御守りはまだ有効かしら」

黒い水が立ち上がり、怯《ひる》んだ黄禁を包囲する。彼の姿が圧し潰《つぶ》される前に、紅運は怒濤《どとう》の黒波へ飛び込んだ。

「紅運⁉」

兄たちの声はすぐ聞こえなくなった。紅運は蠢《うごめ》く黒壁に告げた。

「来い、俺が代わりにやってやる！」

黒が視界を塗り潰した。紅運は迫る波を睨《にら》む。掠《かす》れた声が聞こえた。

「どういうつもりだ……結局手前も同じことしやがるって？」

紅運は首を横に振る。

「違う。言っただろ。ひとりで抱えて死なないし、誰《だれ》も死なせない。そのためなら、お前が力を貸してくれるんだろう！」

闇《やみ》の中で白い牙《きば》が閃《ひらめ》き、声が押し殺した笑いに変わる。紅運が視線を返した瞬間、紅蓮《ぐれん》の炎が闇を切り払った。

「最悪の主だなあ、紅運！」

瞬く間に黒い水を蒸発させた狻猊が降り立つ。渦巻く炎色の髪から覗《のぞ》く口元は、懐かしい獰猛《どうもう》な笑みを浮かべていた。紅運は頷いた。

「初めて主と呼んでくれたな」

闇が払われ、足元には気を失って倒れる黄禁がいた。皇族は皆、紅運と狻猊を見つめていた。

「罪人の動きを止めろ。でも、殺すな」

翠春が命じ、兵士が矛を振り上げる。主従は視線を交わす。それだけで事足りた。兵士たちの刃が飴《あめ》細工のように溶けた。兵士が矛を取り落とす。柄は熱を帯びて赤銅色に変化していた。銀蓮が目を細めた。

「何処かで会ったかしら」

周囲を警戒しながら紅運は言った。

「この陣を壊せば儀式は完遂できない。ひとは傷つけず、廟だけを壊す。できるか、狻猊！」

「いい案だ。幸い協力者もいるしな。だが、あともうひとひねりだ」

「何？　協力者？」

問い返す紅運の足元に赤い雫《しずく》が落ちた。生温かい感触が唇を伝い、手を当てると血がついていた。

「え……」

紅運の鼻から大量の血が噴き出した。目が眩《くら》み、思わず膝をつく。狻猊は壮絶な笑みを浮かべた。

「二百年待ったぞ、皇帝！　お前を殺す刻が来た！」

炎が爆《は》ぜた。爆風が廟を浚《さら》い、靄《もや》が一瞬で蒸発する。碑石が薙《な》ぎ倒《たお》され、地の陣を炎が潰した。

「赤の大魔が暴走したぞ！」

兵士の矛が次々と溶け、侍従が皇女たちを連れて元来た道へ逃げ出した。狻猊が金の双眸《そうぼう》を歪《ゆが》める。再び炎が放たれる寸前、橙志が紅運を抱えて飛び退った。煙と熱と悲鳴が広がる中、青ざめた翠春が白雄に縋《すが》る。

「処刑をやめたら駄目だ。赤の大魔を何とかして退けないと」

「しかし……」

「中止です！」

逃げる者たちを押し退《お》け、髪を振り乱した烏用が駆けて来た。

「紫釉《しゆう》殿下の婚約者様がいらしています、即刻中止してください！」

「なんていう間に合わせだよ。まあいい。よくやった！」

紫釉が膝を打った。白雄は汗を拭《ぬぐ》い、深く息を吸った。

「他国の姫君に皇族の処刑を見せるなど言語道断、処刑は中止します」

彼は棺の方へ向き直る。炎と赤の大魔は消え、熱だけが残っていた。気を失った黄禁を兵士たちが運び出す。棺の蓋は微動だにしない。黒煙を上げる廟の入口に金髪の姫君が立っている。彼女は赤の大魔のように犬歯を覗かせて笑った。


紅運が目を覚ましたのは自室の寝台の上だった。鋭い痛みが頭を刺す。服が汗を吸って鉛のように重い。

「狻猊、処刑はどうなったんだ……」

立ち上がろうとしたとき、西日の射す窓から兵士たちの声がした。

「黄禁殿下の処刑はどうなる」

「日を改めるんだろう。意識が戻らないことにはな」

「青燕《せいえん》殿下まで投獄されるなんて」

「あの方なら兄弟を見殺しにできないさ」

「それより、赤の大魔が暴れたというのは本当か」

紅運は窓枠の下に身を潜めた。

「皇子の間で亀裂が広がっているようだからな。紅運殿下も反逆の意志があったんじゃないか」

「まさか、第九皇子にできるかよ。大魔に操られたんだろう」

兵士の足音が遠ざかった。夕陽《ゆうひ》より赤い影がふいに伸びる。狻猊が紅運の寝台の端に座った。

「大変だったなあ、坊や。他人に相談しねえで勝手にやらかされたらどうなるかよくわかっただろ」

「……暴走したふりをしたのか。俺に責が及ばないように。悪かった……ありがとう」

「冗談じゃねえ」

吐き捨てる狻猊に紅運は苦笑する。乾いた血が鼻に張りつき、息を吸うと痛んだ。

「狻猊、皆は無事なんだよな」

「おう、俺の炎をいなして食い止めた奴《やつ》がいるからな」

「誰がそんなことを？」

顔を上げると、戸口に紫釉が立っていた。その隣で金髪の姫が紅運を覗き込んでいる。

「もう忘れちまったのか？　水汲《みずく》みからやり直しだな」

聞き覚えのある声が返った。紅運の前で金髪が黒に変わり、異国の衣装に変わる。

「だが、なかなか踏ん張ってるようじゃねえか、紅運」

「羅真大聖！」

女は犬歯を見せつけるように笑った。

「ナリだけは上等だが気色の悪い場所だな。邪気が渦巻いてやがる」

「何故《なぜ》ここに？　道術で変身していたのか？　紫釉と結婚するって？」

「落ち着けよ。ここからはお前の兄貴から聞いた方がいいだろ」

大聖は詰め寄る紅運を宥め、戸口にもたれかかる紫釉を指した。

「黒幕打倒のために駆け回ってたのはお前だけじゃないってことさ」

「どういうことだ？」

「お前、俺がずっと遊び惚《ほう》けてたと思ってるだろう。途中でそこそこ遊んじゃいたが、親父《おやじ》と黒勝が死んでそうも言ってられなくなった。皇帝が死んで皇子が欠けちゃまずいんだろ」

龍脈を抑えるため九人の皇子の存在が布石となる。紅運が大聖から聞いたこの国の真実だった。

「九星の陣……紫釉も知ってたのか」

「昔、黄禁の奴からちょっと聞いたんだよ。脆《もろ》い陣だよな。俺が敵なら真っ先に皇子を狙《ねら》う。だから、俺は別の方法で戦うことにした」

「大聖と結婚することか……？」

「阿呆《あほう》、真面目《まじめ》に聞けよ。いいか、この国は相当終わってる。身内がいなきゃ放り捨てたいくらいだ。宮廷で何かしても真面目な兄弟みたいに陥れられるのが関の山だ。だから、国の外に仕掛けを施した。俺の外遊の目的は国外に国を守る陣を置くことだ」

紅運は言葉を失った。

「そんなことができるのか。道士でもないのに……」

「俺だって考えちゃいなかったさ。最初は烏用と一緒に諸外国に伝手《つて》を作って、この国で何かあったとき、派兵と皇族の逃亡を約束する協定を水面下で結ぶだけのつもりだった」

「そんな、この国が滅びる前提じゃないか！」

「それくらいしかできない戦いのはずだったんだよ」

羅真大聖が指を鳴らした。

「だが、この俺が協力を申し出たお陰で戦況が変わったって訳だ」

「何が協力だよ、脅迫だろ。外遊の最中この女が急に現れて、砂漠に大雨が降り出したんだ。で、『話を聞かないなら馬車を沈める』だとさ」

女は豪快に笑う。紫釉は肩を竦《すく》めた。

「まあ、条件はよかったからな。それから、俺はこの仙人と組んで国外に道術の仕掛けを施した。皇子が欠けても龍脈を防げるように。突貫工事だからないよかマシ程度のもんだけどな」

紅運はふたりを見比べた。

「一体いつから……？　大聖、俺にそんな話はしなかったじゃないか」

「お前が泰山に来てからだ。二度とこの国にも皇子にも関わらないつもりだったが、お前と狻猊を見て気が変わった。ちょうど国の周りをうろついてる毛色の違う皇子がいたんで、道術で念を送って接触してみたわけだ。今も俺の身体《からだ》は泰山にある。お前らに見えてる俺は幻術だ」

紅運は大聖に手を伸ばす。道服の裾《すそ》に触れたはずの指先がすり抜け、紅運は飛び退《との》いた。紫釉が溜息《ためいき》をつく。

「遊んでる場合じゃないぜ。俺がやったことは所詮《しょせん》保険だ。全部を解決するには程遠い。これからどうする、紅運？」

「そうだな……儀式が失敗したけど、皇帝の問題はまだ解決していない。別の方法を探すはずだ。敵もそこを狙うだろうから……間違ってるか？」

「いや、よく喋《しゃべ》るようになったなと思って。まるで別人だ」

「そっちから聞いてきたんじゃないか！」

「悪いとは言ってないだろ。そっちのが面白いからいい」

紅運はかぶりを振った。夜を知らせる鐘が暗くなり出した部屋に響いた。

「おっと、女官が寝支度に来る頃《ころ》だな。下手《へた》に見られても困るからとっとと帰るぜ。お前もよく考えておけよ」

紫釉が踵《きびす》を返す。羅真大聖が金髪の姫に姿を変え、彼の後を追った。静まり返った部屋に晩鐘だけが響く。狻猊が呆《あき》れて呟《つぶや》いた。

「今の宮廷はとびきり妙なやつが多いな」

「ああ……ずっと紫釉は遊んでばかりの宮廷嫌いだと思ってた。でも、俺よりずっといろいろ考えてひとりで戦ってたんだな」

紅運は目を伏せた。

「俺も誰《だれ》も巻き込まずひとりで解決しようとした。皆が何を考えてるのか聞きもしなかった。そのせいで、紫釉が同じ目的を持ってたことも知らなかったし、青燕が思い詰めてたことだって……」

「まあ、お前が四苦八苦してんのを見て少し気が晴れたぜ」

狻猊が歯を見せる。その笑い方が大聖に似ていることに今気づいた。

「俺は無能だ。ひとりで解決できる訳がない。だから、皆に助けを求めないと。お前もだ、狻猊」

紅運は顔を上げた。

「最強の大魔でいようとしなくていい。最下位の皇子とその従魔、自分で言ったじゃないか。俺たちはふたりでやっと一人前だ」

狻猊は金色の目を剥《む》く。薄い唇から犬歯が覗いた。

「餓鬼が。本当にわかったような口聞くようになりやがった」

「悪態ばかり教えてくれる話し相手がいたからだな」

紅運は炎と同じ色の狻猊の髪をひと束握った。

「何だよ」

「何でもない……毛先に黒い泥か煤《すす》みたいなものがついてるぞ」

「あの化け物の泥だろうな。へばりついてやがったか」

「素手で触って大丈夫だったんだろうか……」

紅運は手を拭いながら、仄《ほの》かに黒ずんだ狻猊の頭髪を眺めた。想像が記憶の中の何かに重なりかけたが、思い至らなかった。紅運は寝台に腰かけた。

「狻猊、俺は屠紅雷と同じ道を辿《たど》らないようにする。でも、彼が負けたとかああなるのは嫌だと思ってる訳じゃない。彼には彼の戦いがあった。全部事が終わったら、屠紅雷の汚名を雪げるようにしたいと思うんだ。彼は英雄だったと伝えたい。お前への償いじゃなく俺がそう思う」

「そのためにどうする？　皇帝になって歴史を変えるか？」

「それは、全部終わってから考える。そのためにも生きて帰るさ」

狻猊は皮肉めいた笑みを漏らした。部屋の燭台《しょくだい》が灯《とも》り、闇《やみ》に沈む部屋を暖色で染めた。

龍久国継承戦　五　中

夜が明け、春も程近い龍久国に雪が降った。灰色の空から千切れて落ちる綿雪は、雲の色を吸ったように黒ずみ、真紅の王宮を汚した。

皇子たちの会合を前に、紅運《こううん》は廊下で雪が降る庭を眺めていた。辺りは無音だった。

「昨日《きのう》からいやに静かだな。それもそうか。こんな状況で何を言えばいいかわからない。だが、とにかく皇帝と、全《すべ》ての元凶を片付けないと。誰も殺させずにやらなきゃいけないんだ」

否応《いやおう》なく迫る緊張を誤魔化《ごまか》そうと吐いた息が白く立ち上り、狻猊《さんげい》の炎が頭に浮かんだ。

霜を踏み締める音に視線を向けると、橙志《とうし》が庭の大木と向き合っていた。弓を携え、木の幹には的が貼られていた。指が悴《かじか》むような冷気に構わず、彼は弓を引き絞る。矢が放たれ、枝から雪が滑り落ちた。

「上手《うま》いものだね」

背後からの声に橙志は振り返る。藍栄《らんえい》が軽薄な笑みを浮かべていた。

「その目は節穴か、それとも嫌味か」

橙志が睨《にら》む。矢は的の中央を外れ、端を射抜いて木に刺さっていた。

「失礼、雪でよく見えなかったのさ」

「弓兵は目が取柄だろう」

「その通りだ……君が弓とは珍しいね。私が教えていた頃以来か」

「昔の話だ」

「ああ、あれから私は宮廷を離れがちになってしまったから」

橙志は雪と同じ白になった兄の髪から目を逸《そ》らした。紅運は自分が生まれる前の兄たちの話に、何とはなく身を隠して耳をそばだてた。

「知っているかい？　他国では双子の兄弟の序列が違うそうだ」

藍栄の唐突な問いに橙志は首を振る。

「我らが国では先に生まれた方が弟になるだろう。先に母の胎内に入った者は腹の奥にいるから後から出てくるはずだ、とね。しかし、他国では先に生まれた方が兄になる。兄が外の世界を知って、弟に『出てきても大丈夫だ』と教えるために生まれるんだ」

橙志は口を噤《つぐ》んだ。

「私は最小の犠牲で済ますためと嘯《うそぶ》き、弟たちを救おうとしなかった。処刑に反対していれば、手遅れになる前に策が見つかったかも知れない。真の咎人《とがびと》は私だ。誰より先に動くべきだったのに」

「……すべき、というのをやめろといつも自分で言っているのでは？」

「その通りだ」

藍栄は苦笑する。橙志はしばしの沈黙の後、独り言のように呟いた。

「紅運が、もう誰にも死んでほしくないだけだ、と」

「そうだね。すべきことよりしたいことを考える方がいい」

藍栄は白濁した目を細め、橙志の手からそっと弓を奪った。目にも止まらぬ速さで放たれた矢は凪を切り、的の中央を貫いた。霜を踏む音が響き、兄たちが去る。紅運は冷えた指を擦り合わせ、拳《こぶし》を強く握った。


集う皇子の減った錦虎殿《きんこでん》の空気は更に寒々しく思えた。兄弟の前で白雄《はくゆう》は凛然《りんぜん》と佇《たたず》む。白衣を纏《まと》った姿だけは何が起ころうと不変だった。

「皆も知る通り、先日の処刑は取り止められました。誰の不徳の致す処でもなく、命運を違えた故の当然の運びでしょう」

末席の紅運は紫釉《しゆう》の横顔を盗み見た。彼は無言で前を見ている。

「今一度天命に従うべき時が来ました。貪食《どんしょく》の儀を改めて行います。入雲廟《びょう》は未《いま》だ焦げ付いて使えない。場所は伏魔殿に移行します。そして、此度は古《いにしえ》に倣い、今宵《こよい》、私がその役目を果たします」

兄弟は瞑目《めいもく》した。皆が到達しつつ口にしなかった答えだった。沈黙を破って紅運が声を上げた。

「俺は反対だ。ただの我儘《わがまま》じゃない。この全てに黒幕がいるなら奴《やつ》は皇太子を殺したがっている。それに乗るのは敵の思う壺《つぼ》だ」

紫釉が片方の眉《まゆ》を釣り上げる。答えたのは橙志だった。

「一理あるな。敵の嫌がることをし続け、敵の望むことをしないのが戦の極意だ。だが、百の内の一理だ。お前は事をどう収める？」

「まだ全部が上手く繋《つな》がってないが……黄禁が起きるまで待って全てを聞く。俺たちのために隠していることの中に答えがあるはずだ」

白雄は穏やかに首を振った。

「事は急を要します。それでは間に合いません」

「でも……！」

彼は全てを受け入れたように微笑《ほほえ》んだ。

「兄弟が死ぬのはこれで終わりだと申しました。その最後が私というだけです。父の責は長子が負うのが道理。黄禁が目覚めたら私からの謝罪を伝えてください。後は皆に頼みます。私は兄弟を信じています」

白雄は完璧《かんぺき》な微笑みで話を締め、確かな足取りで殿を後にする。紅運は駆け出し、食らいつくように彼の襟首を掴《つか》んだ。

「白雄、本当にそれでいいのか！」

白雄が困惑の目を向ける。紅運は歯の間から白い息を漏らして吠《ほ》えた。

「あんたはどんなときも正しかった。俺に優しいときも、俺の処刑を決めたときも、別人みたいだと思うこともあったけど、あんたは皇太子としてその場で一番正しいことを選び続けてたんだな。でも、正しかったら死んでもいいのか？」

白雄はしばしの沈黙の後、微笑んだ。

「感謝します。弟を見殺しにしようとした私を案じてくれた。貴方の真意は最期の一刻まで忘れません」

見慣れた穏やかな笑みだった。紅運は胸に迫り上がる痛みに耐える。そして、白雄が一歩退いたとき、紅運は凶暴な妖魔《ようま》のように牙《きば》を剥いた。

「俺も忘れてないぞ！　俺はあんたと違う。あんたみたいに聞き分けが良くないからな。〝皇太子〟に〝白雄〟を殺させるものか！」

紅運は背を向けて駆け出した。白雄は呆然《ぼうぜん》とその背を見送った。黒髪を雪が染め始めたとき、藍栄が彼に歩み寄って何かを耳打ちした。


紅運は雪が照り返す宮中を歩き回った。他の皇子たちの姿は見えない。

「紫釉《しゆう》と大聖は何処に行ったんだ。話をしなきゃいけないのに。橙志は軍に戻って会えないし、黄禁は昏睡《こんすい》状態、他に誰《だれ》が……」

ふと、連なる楼閣に隠れるようにひっそりと佇む石牢《ろう》が見えた。そこには、昨日の儀式から意識が戻らず侍医が看ている黄禁と入れ替わりに、縄をかけられた青燕《せいえん》がいる。紅運は雪も届かない廷内の最奥に向かった。

牢の守衛に声をかけると、僅《わず》かに訝《いぶか》しまれたが、すぐに許可が出た。

「期待もされないが、警戒もされないのはいいことだな……」

紅運は自分に言い聞かせながら門を潜る。踏み入った途端、湿気を含んだ冷気が纏《まと》わりついた。死人の肌のような温度に紅運は身震いする。

「こんなところにいるのか……」

天井から滴る雫《しずく》に肩や背を打たれながら石段を下りると、闇にぼんやりと浮き上がる鉄格子があった。錆《さ》びた十字の向こうで声が響いた。

「紅運……？」

紅運は檻《おり》に駆け寄った。握った鉄格子の錆《さび》が掌《てのひら》を刺す。

「青燕！　悪かった。協力しようと言ってくれたのに突っぱねて……ちゃんと話をしておけば……寒くないか？　食事は？」

「大丈夫だから心配しないで」

牢の中で微笑む青燕は一日でひどくやつれて見えた。

「僕がひとりで突っ走ちゃって結局何もできなかった。情けないな。ねえ、皆は無事？」

「ああ、大丈夫だ。でも、今度は白雄が儀式をやろうとしている。止めないと。今更都合がいいけど協力してほしい」

「僕もそうしたいよ。でも、ここだと大魔が使えないんだ」

「後で必ずこの牢を壊しに来るから、今知ってることを教えてくれないか。俺からもわかる範囲で教える。協力者が――」

鋭い音と振動に弾かれ、紅運は飛び退った。急に鉄格子を殴りつけた青燕は鋭い目つきで紅運を睨みつけていた。

「青燕……？」

「ああ、もううざったいな。やっとお前のお守りから解放されたと思ったのに、こんな場所まで追いかけてくるなんて……」

「何言ってるんだ……？」

「今まで優しくしておけば得があるかと思って声をかけていただけなのにさ。見下されてることにも気づかない馬鹿だったなんて本当に参るよ」

低い声で嘲《あざけ》る青燕の視線は、紅運の後ろに向けられていた。紅運は戸惑いながら、視線だけ動かした。石段の上から影が伸びていた。誰かがいる。紅運は息を呑《の》み、気づかないふりをした。

「僕は何も知らないし、知っててもお前なんかには教えない。無能は無能らしく大人しくしてろよ」

青燕は言葉と裏腹に懇願するような目を向けた。紅運は唇を嚙《か》む。巻き込まないようにと守られるのはこれほど遣る瀬無いものか。紅運は思考を巡らせて、彼に通じる言葉を探した。

「そうか、ずっと騙《だま》してたんだな……わかった。お前みたいな非道い奴の言うことはもう聞かない。俺の好きにする。覚えてろ」

青燕が強く首肯を返した。

紅運は牢に背を向け、警戒しながら湿った石段を上る。人影はもう消えていた。守衛の脇《わき》をすり抜け、門を出ると、雪景色の中に銀蓮と翠春《すいしゅん》が佇んでいた。傘もさしていないのに、服は少しも濡《ぬ》れていなかった。紅運は近くの楼閣の軒先に身を潜めた。

「まさか、さっきまで牢にいたのはあのふたりか……？」

翠春は本を抱えて項垂《うなだ》れていた。銀蓮は息子の頭から雪を払い、手を取って吐息を吐きかける。

「不安なの？　上手《うま》くできるか心配なのね。大丈夫よ、またあの炎の化け物が来たら妾が追い払ってあげる。貴方は何も心配しなくていいの」

「本当にやっていいのかな。もう何が正しいのかわからないよ。青燕兄さんだって捕まって……」

「あの方が気に入ったのね？　いいわ。貴方が儀式を完遂したら彼を牢から出してあげる。皇太子がいなくなれば皇貴妃の妾の言うことを皆が聞くわ。ご褒美があった方がやり甲斐《がい》があるものね？」

「違うよ、そんな話じゃない」

退きかけた翠春をしなやかな毛皮が捕らえた。銀蓮は羽織った外套《がいとう》を翠春の首に回して包み込む。

「妾も貴方と同じよ。ずっと不安で寂しかったの。この国は妾のもののはずなのに邪魔されて居場所がないんだもの。貴方もそうでしょう？　賢い翠春ならもっと上手く国を治められるのに、辛かったでしょう？」

銀蓮は毛皮を広げた。毛に絡んだ雪が舞い散り、燦然《さんぜん》と輝いた。

「何処にも行けないなら今いる場所を桃源郷に作り変えてしまえばいいのよ。明日からここは貴方と妾の国。素敵でしょう？」

銀蓮は子どものように笑う。雪を被った銀蓮を認めた女官が慌てて彼女を呼ぶ。羽織物を持ち寄った侍従に伴われ、銀蓮は微笑みを残して宮中に消えた。取り残された翠春が母の体温が残る毛皮を掻《か》き寄《よ》せる。紅運は薄氷を削って踏み出した。翠春が気づいて身を竦《すく》めた。

「翠春、決意は変わらないのか」

「……だったら何？　おれを殺しに来たの」

「そんな訳ない。何故《なぜ》そう思うんだ」

「恨んでるだろ。それとも軽蔑《けいべつ》してるか。日陰者が今更皇位継承戦に参加して、なんて」

卑屈に口元を歪《ゆが》めた兄に、紅運は目を伏せた。他人から見る自分も同じ顔をしていたのだろう。

「軽蔑する訳ない。今でも尊敬してる」

「何で……」

「俺と年も変わらないのに、何倍もの人生を生きたような知識を持ってる。宮廷から出なくても世界を知れると思い知らされた。妬《ねた》む資格もない。俺が何もしない間にずっと学んでたんだから……

でも、儀式をやるなら止める。それとこれは別だ」

紅運は言い残し、歩み去った。背後で嗚咽《おえつ》が聞こえた。振り返ると、翠春は毛皮に鼻を埋めてしゃがみこんでいた。紅運は目を背けた。


屋敷の中に戻ると、柱にもたれた紫釉と羅真大聖が出迎えた。

「見てたぜ。説得失敗かよ。まあ、そうだろうな」

「紫釉……駄目だった。翠春も覚悟があるみたいだ」

「お前の話術も問題だろ」

「否定はしないが……話して駄目なら実力行使だ」

「嫌だ嫌だ、本当に橙志に似てきたぜ。あいつはまず喋《しゃべ》らないか」

紫釉は大袈裟《おおげさ》に肩を竦める。柱の奥から烏用が顔を覗《のぞ》かせた。

「これからどうする気です。私は化け物と戦う気なんかありませんよ」

羅真大聖は道服の帯を締め直しながら言う。

「そりゃそうだ。ここからは俺たちでも危ない賭《か》けだからな。お前は宮中の人間を逃がす手筈《てはず》を整えてくれ。恐らくここが主戦場になる」

「わかりましたよ。大人しく官道を歩みたかったのに何故こうも……」

「安心しろ。これで勝てば大出世だぜ。今皇族に恩を売って損はねえ」

「悪役みたいだな」

口を挟んだ紅運に、大聖は犬歯を覗かせた。紫釉は腕を組んだ。

「俺は残るぜ、紅運。混乱に乗じて牢屋《ろうや》で干からびてる馬鹿どもを拾わなきゃまずいだろ」

「わかった。俺も大聖とできるだけのことはする」

「俺が何してもわからないぐらい散々暴れてくれよ」

「ああ、貪食の儀は間もなく行われるらしい。すぐにでも行かないと」

紅運が表情を引き締めたとき、夥《おびただ》しい足音が聞こえた。常とは異なる濃淡の白の装束を纏った白雄が数名の神官を伴い、廊下の向こうから現れた。神官は皆覆面で顔を覆い、各々純金の法具を携えている。厳粛な空気が波のように忍び出した。

「白雄……」

彼は紅運が思わず伸ばした手を静かに払った。紅運の指先が白雄の漆黒の髪に触れた。紅運は神官たちに押《お》し退《の》けられる。彼は振り返りもせず通り過ぎた。

「何か今のおかしくなかったか」

紫釉が訝《いぶか》しげに睨《にら》む。紅運は今しがた白雄の髪を掠《かす》めた手を見下ろした。指先は墨を触ったように黒ずんでいた。

「まさか、な……」

白装束の集団は雪に溶け入り、瞬きの間に見失いそうになる。紅運は汚れた指を衣で拭《ぬぐ》い、烱る伏魔殿を睨んだ。雪に照り返す宮殿の夜光は、雪の下にもうひとつ城が埋もれているように見えた。

＊＊＊

伏魔殿は赤の燈籠《とうろう》と金の法具で絢爛《けんらん》に飾り立てられていた。その全《すべ》ての色を掻き消《け》すような雪が降りしきっている。白雄は黄金の輿《こし》から天を見上げた。針のような雪は地に触れる前に消え、この世の何処にも繋がらない場所にいるようだった。静かな音が彼の鼓膜に染みた。

「白雄殿下」

神官が顔を覆う布の下から気遣わしげな視線を送る。白雄は微笑し、天鵞絨《ビロード》の輿に座り直した。

「神酒《みき》でございます。痛みを消し、恐れを失わせる」

白雄は金杯に注がれた濁酒を煽《あお》った。神官の嘆息が微《かす》かに布を揺らす。

「泰然自若ですね。恐ろしくないのですか」

「皇子とは万民の命を負って立つもの。己が命ひとつ程度で騒ぐべきではないでしょう。それに、古書を訪えばあるとはいえ、私には初めてのことです。どうせならば楽しまなくては。少々思う所もありますので」

戸惑う神官を余所《よそ》に、再び輿が持ち上げられた。鳳凰《ほうおう》を飾った屋根から雪が落ちる。

伏魔殿の門を潜ると、深々たる雪の音すら消え、無音の闇《やみ》に包まれた。地下へと進む輿の内部は神官たちの息遣いと提げた錫《しゃく》の鳴る音だけが響いた。甘く濃密な香が漂い出す。規則的な振動が止《や》み、輿が地面に下ろされた。扉を開けた神官に、白雄は布に包まれた筒のようなものを見せた。

「こちらを携えていくのは許されますか。母の形見です。これを届けに行くと思えば、半ばで挫《くじ》けずに事を成せるでしょうから」

古くから彼を知る神官のひとりが静かに頷《うなず》いた。神官に手を取られ、白雄は幾重にも陣が描かれた地に踏み出す。燭台《しょくだい》の火影が伸び、赤い舌で壁の凹凸を舐《な》めた。薄桃色の煙が濛々《もうもう》と立つ香炉の傍に、翠春がいた。すれ違う瞬間、白雄は彼の耳に唇を寄せた。

「陣の外にいなさい。ここからは何が起こるかわかりません」

「……おれを気遣わないで」

翠春は目を背けた。皇帝の棺は中央に鎮座したままだった。黄金の装飾には、先日の一件での黒い滴りが付着していた。白雄は躊躇《ためら》わず地に座し、包みを傍に置く。厳粛に銅鑼《どら》が打ち鳴らされた。錫と鼓が激しく鳴らされ、勢いを増した香気に蝋燭《ろうそく》の火が揺れ動く。どぷりと黒い汁が棺の蓋《ふた》を押し上げた。白雄は身動《みじろ》ぎひとつせず黒い水が膝《ひざ》に迫るのを見る。棺の蓋が弾け、靄《もや》が噴出した。完全な闇が獣のような輪郭を作り出した。金属を掻くような異音がした。白雄は端然と告げる。

「お久しぶりです、父上」

「白……」

奇怪な音は確かにそう応《こた》えた。法具を鳴らす神官たちの手が一瞬止まる。白雄だけは動じぬまま言葉を紡いだ。

「貴方の責を負うため長子が赴きました」

「白、雄……」

獣が蠢《うごめ》き、黒い触腕を伸ばす。触腕が宙を掻いた。

「だが、その必要はないようですね。御壮健で何より。生きていた頃《ころ》よりお元気そうだ。しかし、目だけは蘇《よみがえ》らなかったのですか。私も視力に自信はないが、他人を見る目には自負があります。我らが父は——」

彼は眼前に聳《そそ》り立つ闇の獣を仰ぎ、素早く布の包みを解いた。

「双子も見分けられぬほど暗愚ではなかったな！」

現れた短弓に番えた矢が銀の閃光《せんこう》を放ち、魔物の眉間《みけん》を貫いた。

衝撃に、神官たちは法具を取り落とす。

「白雄兄さんじゃない……！」

翠春は壁に背を預け、震えながら声を上げた。闇に慣れた目が弓を構える皇子を捉《とら》える。染粉が熱で溶けた黒髪からは地の白が覗いていた。

「藍栄《らんえい》兄さん！」

彼は声を上げ、神官を見渡す。

「見えただろう！　あれは皇帝ではない、今まで倒してきたものと変わらない、ただの魔物だ！」

靄が再び形を作った。藍栄は次の矢を番える。狼狽《ろうばい》する神官のひとりが呟《つぶや》いた。

「敵うはずがない。白雄殿下でなくても儀式を完遂しなければ……」

他の神官たちが頷き、中央へにじり寄る。藍栄は溜息《ためいき》を漏らした。

「こういう処だな、宮廷というのは」

前の魔物と後ろの神官との間合いを測りながら、藍栄は弓を握る。双方が包囲の輪を狭めていく。

視覚の代わりに聴覚を研ぎ澄ました彼の耳にだけ、足音が聞こえた。地上から疾風の如く駆け抜けた影が吼《ほ》える。

「藍栄、耳を塞《ふさ》げ！」

彼は弓を持つ両腕で咄嗟《とっさ》に耳を塞いだ。飛び出たのが何者かも神官たちが視認できぬ間に、鋭い一声が響いた。

「橙《とう》の大魔は咆哮《ほうこう》を好む。鳴け！」

密室たる地下に大音響が鳴り渡った。咆哮は波状に展開し、稲妻のように全てを貫く。燭台が弾け飛び、陣が掻き消え、神官が倒れた。唯一意識を保った藍栄は、只今《ただいま》の破壊の主に顔を向けた。

「大胆だね、橙志」

「お前ほどじゃない。皇太子と入れ替わって儀式に赴くとはな」

「敵の狙《ねら》いは白雄だろうからね」

藍栄の額に染粉が垂れ、目に落ちたが、彼は瞬きひとつしない。橙志は小さく眉《まゆ》を顰《ひそ》めた。

「大事ないか」

「ああ、催眠作用のある酒を飲まされたが、生憎《あいにく》毒には耐性があってね。白雄なら危うかったかな」

ふたりは神官が倒れ、法具が散らばる絢爛な刑場を見定める。その奥に黒い靄が蠢いていた。

「あれが本当に父上か？」

「もう違うさ。魔物として完全に覚醒《かくせい》した。だが、こちらにばかり構ってはいられない。皇太子を殺せたと思った本命が出てくる頃だろう。白雄を残してはいるが、先の戦闘で兵力も削られたしね」

魔獣が靄から進み出し、禍々《まがまが》しい影が翼にも触手にも見える腕を広げた。

「という訳だ、橙志。遠慮はいらない」

「当然だ」

巨獣が身を屈め、火坑じみた口が開く。藍栄は咄嗟に座り込む翠春《すいしゅん》を掬《すく》い上《あ》げた。

「蒲牢《ほろう》！」

巨獣の咆哮が轟《とどろ》き、橙志の命で大魔が吼える。音の波濤《はとう》に逆回転の鳴動が衝突し、激震が伏魔殿を揺るがした。振動が全ての音を掻き消し、濛々たる土煙を奪った。橙志の肌に跳ねる小石がぶつかる衝撃と、白煙を押し流す冷気が刺さる。徐々に開けた視界に映ったのは、見えるはずのない夜空だった。星と雪が白く染める夜空の天蓋《てんがい》が垂れている。見回した周囲はすり鉢のように抉《えぐ》れた地面と、惨憺《さんたん》たる瓦礫《がれき》の山《やま》だった。伏魔殿は石塔ごと無残に破壊され、地中まで匙《さじ》で抉ったように貫かれ、地下も地上も境ない大穴と化していた。瓦礫の間から神官の白衣と血が覗いていた。

「藍栄！」

「いるとも」

橙志の叫びに藍栄が答える。彼は抱えていた翠春を下ろし、頬《ほお》を叩《たた》いて目覚めさせた。

「翠春、宮廷に戻って禁軍を呼んでくれ」

藍栄はそう言って虚空に弓を構えた。矢の先端が睨む方から重々しい呻《うめ》きが漏れた。夜の闇が更に暗く翳《かげ》る。

「早く！」

呆然《ぼうぜん》としていた翠春は声に弾かれ、瓦礫で捩《ねじ》れた道を駆け出した。足音が聞こえなくなったのを確かめ、彼は橙志と共に空を見上げた。跡形もない伏魔殿を守る朱の楼門に、怪物が取り付いていた。屋根を掴《つか》む爪は剣の輝きを持ち、全身は金の鱗《うろこ》に覆われている。獅子《しし》に似た面を持つ黄金の異形が皇子たちを見下ろしていた。

「私が地上まで誘導する。何とかここで食い止めよう」

「命令するな」

橙志は剣を構える。橙の大魔が再び吼えた。

翠春はもつれる足で石段を駆け下りた。滲《にじ》んだ涙と汗が霜に変わって張りつく。一心不乱に駆ける彼を柔らかな胸が抱き止めた。

「まあ、どうしたの。そんな顔をして？」

銀蓮は何ひとつ変わらない微笑で腕の中の息子を見下ろした。

「母上、ごめんなさい。おれ、失敗した。白雄兄さんじゃない、藍栄兄さんだったんだ。橙志兄さんが乱入して、化け物が全部壊して……おれは助けられた、殺そうとしたのに……！」

「そう……」

感情のない声に翠春は身を竦《すく》めた。叱責か拒絶か、震える彼の予想に反して返ったのは朗らかな声だった。銀蓮は屈託なく笑う。

「陛下がお目覚めになったなら、妾がお迎えしなくちゃ。妾は皇貴妃ですもの。陛下の御意向に従って支えるのが務め。陛下は破壊をお望みなのでしょう？」

「母上、何を考えて……」

「だって、妾たちを守ってくれるのは陛下しかいらっしゃらないのよ？　妾も貴方も皆を殺そうとしたでしょう。今度は皆が妾たちを殺そうとするわ。何処にも逃げられないのよ」

翠春は青ざめる。銀蓮の睫毛《まつげ》に雪と月光が絡んで妖《あや》しい光を放った。

「翠春、大魔を使って。このままでは殺されてしまう。貴方の力で魔物と一緒に彼らを閉じ込めてしまうのよ。生き残るにはそれしかないわ」

「おれは……」

母の腕に絡め取られながら翠春は目を閉じる。

「わかった……どうせおれは何処にも行けないいんだから、みんなも同じようにしてしまおう」

「いい子ね。翠春。貴方だけが妾の味方よ」

彼女は息子を抱きしめながら、目を光らせた。

「さあ、まだ他にも使える子がいたかしら」

＊＊＊

北へと急いでいた紅運は伏魔殿を貫いた轟音《ごうおん》に足を止めた。吹雪《ふぶき》が地上から遡《さかのぼ》るように、衝撃で舞い上がった雪が天を衝《つ》く。

「嘘《うそ》だろ……遅かったのか……」

羅真大聖は顎《あご》に手をやって笑った。

「いや、逆だ。誰かが時間を稼いでやがる。この国にもまだ骨のある奴らがいるみてえだな」

紅運は戸惑いながら再び足を進めた。少し先で鎖帷子《くさりかたびら》の兵士たちが道を塞ぐように構えていた。

「禁軍、もう待機してたのか！　手を貸してくれ、伏魔殿が……」

「待て！」

駆け寄ろうとした紅運の腕を羅真大聖が乱暴に引く。鼻先を剣の切っ先が掠《かす》めた。狙いを外され、体勢を崩した兵士が地に崩れた。

「何を……」

兵士が身悶《みもだ》える。彼は打ち上げられた魚のように飛び上がり、関節を無視した動きで立ち上がった。鎧の中で鈍い音がした。

「こいつら……」

大聖が歯を軋《きし》ませた。兵士たちの瞳《ひとみ》は白濁し、口から涎《よだれ》が滴っていた。常軌を逸した顔つきを紅運は知っていた。

「まさか……黒の大魔、睚眦《がいさい》か！」

起き上がった兵士が腕を振るう。紅運は銅剣の柄でそれを防いだ。亡者のような呻きは黒勝に操られた者たちと同質だった。

「何でだ、黒勝も睚眦ももう……！」

「元々大魔は始龍の落とし子だ。皇子の手を離れれば好きに使える」

大聖が素早く印を結ぶ。兵士の群れが縛られたように動きを止めた。足掻《あが》く兵士たちの口から唾《だ》液《えき》の泡が飛んだ。紅運は大聖に向き直った。

「ここは俺が抑えるから宮殿に行ってほしい。あっちも騒ぎになってるはずだ。俺には狻猊がいる」

羅真大聖は暫しの間、兵士と宮廷を見比べた。

「死ぬんじゃねえぞ」

「そっちも」

「餓鬼が、粋がるな」

足音もなく大聖が姿を消した。雪原に火花を散らし、狻猊が現れる。

「こいつらをまとめて焼き……」

紅運が命じようとしたとき、兵士の口から呻きではないものが漏れた。

「おやめください……」

「紅運殿下、どうか……」

「お許しを……」

兵士たちが口々に慈悲を乞《こ》う。紅運は目を見開いた。

「まさか、生きたまま操られてるのか？」

狻猊が冷たく答えた。

「まやかしだ。死人が生者の振りしてるだけだ」

「何故《なぜ》わかる？」

「そう思わなきゃ戦えねえだろ」

金の瞳は鋭く兵士たちを睥睨《へいげい》した。禁軍の兵は口で助けを乞い、手足は殺意に震えている。紅運は銅剣を強く握った。

「わかった。お前は手を出すな。このくらい俺が抑えて見せる。雑兵に負けたんじゃ後で橙志に殺されるからな！」

紅運は二本の指で前方を指した。兵士が上体を捻《ねじ》り、槍《やり》を振り抜く。紅運は翳《かざ》した手を後方にやり、入れ替えるように剣先で弧を描いた。刃が槍を空中に弾く。

「やれる。化け物相手に比べれば安い仕事だ！」

倒れた兵を躱《かわ》し、左から迫るひとりの足を払う。死角を狙《ねら》った三人目の方へ押し出し、衝突させた。続く乱撃の勢いを剣の背で殺し、柄のひと突きで昏倒《こんとう》させる。紅運が体勢を整える間に兵士は次々と増えた。遠くで悲鳴と破壊の残響が聞こえる。

「くそ、こんなことしてる場合じゃないのに……」

そのとき、鋼が打ち鳴らされる激音が響き、兵士たちが一斉に転倒した。紅運は鎧の群れに圧《お》し潰《つぶ》されないよう慌てて避ける。大路に転がり四肢をばたつかせる兵士たちの足元には縄が横一文字に張られていた。

「何だ……これに引っかかったのか？　罠《わな》？」

目を凝らすと、縄の両端を地に縫い留めているのは双剣だった。屋根の上から澄んだ声が降った。

「宮廷に罠がある訳がないでしょう！　今私が投げたのです！」

紅運は声の方を仰いで、声を上げた。

「桃華！」

「気づくのが遅いですが、その嬉《うれ》しそうな反応でよしとしましょう」

桃華は屋根から飛び降りる。紅運が地の剣を引き抜いて渡すと、彼女は満足げに受け取った。

「一体何が起きているのですか」

「説明する時間はないが、宮廷に化け物がうようよいる。元凶を叩かないと解決しない」

「恐ろしいことを言いますね。どうする気ですか」

「とにかく紫釉《しゆう》たちと合流する。行こう！」

紅運と桃華は駆け出した。

宮殿は既に混乱に陥っていた。血走った目の兵士が緞帳《どんちょう》を切り裂き、女官たちが悲鳴を上げる。

「逃げろ！」

兵士は悲痛な声で叫びながら、女官を追って宮殿から飛び出す。刀が腰を抜かした女官を裂く寸前、桃華が兵士の脇腹《わきばら》を蹴《け》り抜き、壁に衝突させた。紅運は近くにあった壺《つぼ》を手に取り、兵の兜《かぶと》を殴りつけた。

「紅運、紫釉殿下は頼れるのですか。失礼ですが、いつも遊び歩いていますし、異国の姫君と結婚するとか……」

「信頼できる。結婚も作戦のひとつだ。相手は俺の師匠で……」

「橙志師範のことではありませんよね！　いえ、他の師匠でも少し複雑では？」

「泰山の道士の方の師匠だ！　婚約も偽装だし、ああもう滅茶苦茶だ！」

急に現れた狻猊が紅運と桃華の首根っこを掴んで引いた。宙に身を浮かせたふたりの前に、屋根《やね》瓦《がわら》が落下する。屋根の上に目をぎらつかせた兵士たちがいた。

「くそ、こんなところにまで……」

紅運が剣に手をかけた矢先、兵士たちが一斉に屋根から転げ落ちた。雪に突っ込んだ兵士は目を閉じて昏倒している。灰と雪が舞い散る中、ふたつの影が揺れた。

「黄禁、紫釉！」

黄禁は死装束に紫釉の上着を羽織り、虚ろに微笑《ほほえ》んだ。

「今戻ったぞ。よく不在の間保たせてくれたな」

彼に肩を貸す紫釉は武器すら持っていない。

「どいつもこいつも血迷ってんな。言っておくけど、俺は大魔を使えないから戦力外だぜ」

「大魔を使えない？　何故？」

紅運の問いに、黄禁が代わりに答える。

「兄上はもう充分働いた。普段からは想像がつかない。後は俺がやる」

紫釉に肩を組む手を外され、黄禁はよろめきつつ何とか立ち直った。

「一言告げてから手を外してほしい」

「お前は一言余計なんだよ」

紅運は思わず苦笑した。桃華が窘《たしな》めるように咳払《せきばら》いをする。

「紅運、急がなければ」

「そうだった。青燕《せいえん》を助けて、その後、伏魔殿まで急ごう」

向き直った紅運たちの前に、新たな影が垂れ込める。大路に魑魅魍魎《ちみもうりょう》がひしめいていた。

「この忙しいときに……」

銅剣を抜いた紅運を、黄禁が押し留めた。

「ここは俺に任せていけ」

「任すと言ったって……」

黄禁は紅運の肩を叩《たた》く。痩《や》せ細《ほそ》った腕からは想像できない力だった。紅運は桃華に目をやった。

「桃華、ここからは別行動しよう。俺は全部終わるまでここを離れられない。代わりに皆を助けて逃がしてほしいんだ」

「私を信じていないからそう言うのですか？」

「信じてるから頼むんだ。敵を倒すより守りながら戦う方が難しい」

桃華は溜息《ためいき》をつき、城門へ逃げるひとの群れを見た。

「前も言ったと思いますが、死なないように」

「そっちこそ」

桃華は眉《まゆ》を下げて笑い、駆け出した。紅運も正面を見据えて言う。

「ふたりとも、任せた！」

獅子に変貌《へんぼう》した狻猊が紅運の襟首を咥《くわ》えた。宙に投げられ、狻猊の背中に落下した紅運は何とか首筋に縋《すが》る。獅子の足が地を蹴って飛び立ち、周囲の景色《けしき》が溶けた。

魍魎《もうりよう》が跋扈《ばつこ》する宮殿を駆け抜け、最奥に密《ひそ》かに佇《たたず》む石牢《ろう》が近づく。

「ここだ、下りてくれ！」

狻猊が着地し、地面の雪が湯気を上げて溶ける。守衛の兵はいない。獅子のひと鳴きで石牢を塞《ふさ》ぐ鉄の門が融解した。

「よし、このまま……」

紅運が命じかけてやめる。灼熱《しやくねつ》の赤に染まって崩れる門の残骸《ざんがい》の向こうに、青燕が立っていた。

「青燕！　牢から出てこられたのか？」

「うん。誰かが鍵《かぎ》を開けてくれて……それより、昼間のこと、ごめん」

青燕の肌はあかぎれを起こし、血が滲《にじ》んでいた。

「何が？　あんな下手な嘘《うそ》で騙《だま》せると思ったことか？」

紅運は不遜《ふそん》に笑って見せた。

「後ろで聞いていた奴《やつ》の企みに巻き込まれないよう守ってくれたんだろ。猿以下の芝居だったけど。

青燕にも苦手なことがあるんだな」

青燕はやつれた顔で微笑み、表情を曇らせた。

「あのとき、牢で僕たちを見ていたのは……」

紅運は遮るように首を振った。

「とにかく伏魔殿に向かおう。全部終わらせる。青燕、戦えるか？」

「勿論《もちろん》。火と水が揃《そろ》えば最強、だろ？」

ふたりは各々の大魔に飛び乗った。北を目指して宮廷を駆ける。周囲は雪の白を、其処彼処《そこかしこ》から上がる煙の黒が塗り替えていた。

「紅運、あれから儀式はどうなったの」

「中止されて、白雄が代わりにやることになった。でも、あれは……」

そのとき、突如空が翳《かげ》った。嵐《あらし》の直前のような暗い影がどろりと垂れ込める。紅運は空を見上げた。

「新しい妖魔《ようま》か？」

「違えな。よく見ろ」

狻猊が唸《うな》った。紅運は目を凝らし、異様な光景に息を漏らす。月も星も雪の照り返しも打ち消し、宮殿に影を落とすのは貝だった。空中に浮かぶ巨大な二枚貝の上殻が蓋《ふた》をするように、ゆっくりと大地に迫っている。

「何だあれは……」

「わからねえか、ありゃあ緑の大魔だ。巨大な貝に物も人間も全部しまい込んじまう。要塞《ようさい》にも牢《ろう》獄《ごく》にもなる兵器だぜ」

青燕の頬《ほお》から血の気が失《う》せた。

「そんな、じゃあ、翠春《すいしゅん》がやってるってことじゃないか！」

「宮殿を妖魔から守る要塞として呼んだんじゃ……」

「諦《あきら》めろ。奴はどう見たって妖魔ごと中の人間を閉じ込める気だ」

「翠春……」

貝は刻一刻と迫り、殻の波打つ紋様も目視できるまでになっていた。

「皆の避難が間に合っていない。狻猊、止める術は？」

「使役してる皇子を殺すことだ」

「本当は他にもあるんだろう！」

「殺さなくても気絶させるか、自分の意思で発動を止めさせるかだな。そんな余裕があるか？」

紅運が眉間《みけん》に皺《しわ》を寄せたとき、正面から飛来した雨粒が頬を打った。

「何だ、攻撃か！」

上空を睨《にら》むと、迫りくる貝の上殻の真下に暗雲が渦巻いていた。しかも、その雲は空ではなく地上から湧《わ》き出していた。巻き起こった暴風雨は道理に逆らい、地から天に向けて飛んだ。嵐が上空から下りる貝を押し上げ、炸裂《さくれつ》した稲妻が貝柱を震撼《しんかん》させる。

「何が起きてるの……」

動揺する青燕を横目に、狻猊が低く笑った。

「やるじゃねえか、爺《じい》さん。いや、今は爺さんじゃねえか」

宮廷に起こった嵐の目の中に、女が立っていた。吹き荒れる風に髪と道服の裾《すそ》を遊ばせ、女は城郭を駆ける皇子たちに犬歯を見せた。

「羅真大聖！」

紅運の声に応《こた》えるように、大雨大風が唸りを上げた。天から迫る魔と地から舞い上がる魔が衝突する。巨大な質量が緑の大魔を凌《しの》いだように見えたが、貝はそれより強大な重みで徐々に圧倒していく。

「やはり大魔を止めなければ駄目か」

「僕が翠春を説得してくる。紅運、少しだけ待ってくれ！」

「俺も止めたいけれど、危険だ。今だって攻撃を受けてる最中だぞ」

「でも、だって、翠春は……」

言葉も防風も掻《か》き消す荘厳な音が響いた。王宮に鳴り渡るのは全《すべ》ての始まりと同じ銅鑼《どら》の響きだ。

「王宮にいる全ての者に告げます」

涼やかな声が聞こえた。紅運は口角を吊《つ》り上《あ》げる。有事の際も変わらない凛然《りんぜん》とした立ち姿すら想像できた。

「白雄……！」

音の大魔の権能を被《かぶ》せた銅鑼が周囲のどよめきを拾った。

「何故《なぜ》、貴方が……」

「死地に赴いたのは弟の藍栄《らんえい》。国に仇《あだ》なし、第八皇子の大魔すらも利用する不遜の敵は、双子の見分けもつかぬ愚昧《ぐまい》なり。故に恐るるに足らず。此れより皇太子が奸賊《かんぞく》の計を取り除く！」

白雄の声は動乱の中でも淀《よど》みなく響いた。

「宮廷を妖魔で満たした敵の狙《ねら》いは皇子たちを分断し、ひとりずつ殺すことです。兄弟は決して離れず、共に戦いなさい。動ける兵は皇子たちの加勢を。官吏、女官は己が主人を連れて避難を。緑の大魔、椒図《しょうず》を防ぐ術は我が手にあり。貝を模した魔は二本の柱を削《そ》げば動きを止めます。南北に現れた柱のうち、南はこれより私が。北は青燕、紅運、できますね」

「兄さん……」

青燕は赤みの戻った頬ではにかんだ。紅運も表情を引き締める。赤と青の大魔が加速する。宮廷の両端に巨大な肉の柱が聳《そび》え立《た》っている。柱のざらついた表面をわずかに波打たせていた。

「あれが椒図の貝柱か。何て大きさだ」

狻猊が速度を落とす。目下に散らばる黒い帷子《かたびら》の兵士の中、一点の白が進み出た。

「白の大魔は重責を好む。宮殿の礎となる大役、耐えてみせなさい」

透明な巨壁が貝殻に衝突し、鋼を削るような轟音《ごうおん》を上げた。白雄の周囲の地面が陥没する。巨大な貝の柱は内側からこじ開けられるが如《ごと》く裂けて弾けた。白雄は顔を上げ、微笑を浮かべた。視線は横を駆け抜ける弟たちに向けられていた。

「全部計算ずくか。敵わないな。死なせないと啖呵《たんか》を切った俺が馬鹿みたいだ」

苦々しく呟《つぶや》いて唇を曲げた紅運に、青燕が笑う。

「その表情、狻猊みたいだ」

「冗談じゃねえ。こんな阿呆面《あほづら》か？」

紅運は口を挟んだ狻猊のたてがみを強く引く。青燕は目を細めた。

「死ぬのが怖くないひとなんかいないよ。僕も捕まって思い知ったし、やっぱり皆死なせたくないと思った。白雄兄さんだって、きっと怖いのを隠して立ってるだけだ。紅運が庇《かば》ってくれて嬉しかったはずだよ」

「そんなものかな。俺はたまに白雄がよくわからなくなる……」

紅運は吹き付ける風雨を払うように首を振った。

「わからないことを考えるのは後だ。まず、俺たちで柱を壊すぞ！」

炎の獅子《しし》が彗星《すいせい》の如く加速した。宮廷の最北端で、貝柱は脈動し続けていた。根元でいくつもの馬車が渋滞している。柱は大門を塞いで聳え、避難のため押し寄せた人流をせき止めていた。女官たちの乗る馬車を、武器を持たない官吏たちが庇い、その背に黒い妖魔がにじり寄る。

「青燕、廃城でやったことをもう一度やろう！　狻猊で柱を焼いて、熱が冷めないうちに青燕の大魔を使ってくれないか。加熱と冷却を一度に行うと物は脆《もろ》くなると聞いたことがある。あの柱も崩せるかもしれない」

青燕が頷《うなず》き、追い詰められた官吏たちに叫んだ。

「みんな、離れて！　僕たちでそれを倒す！」

青燕の声に人の波が左右に割れる。紅運は息を吸った。

「狻猊、雑魚《ざこ》もまとめて柱を焼き払え！」

突出した火炎が肉の柱を焼き払う。噴出した黒煙と爆破の余波が、馬車の群れに迫っていた妖魔を即座に灰に変えた。

「青の大魔の権能は水、力を貸してくれ！」

怒濤《どとう》の波がとぐろを巻いた。炎に次いで大水を浴びた柱に罅《ひび》が入る。次の瞬間、柱は石灰のように脆く崩れ落ちた。雪と見分けのつかない破片が舞い散る。紅運が顔を上げると、巨大な貝が薄靄《うすもや》のように跡形もなく消えていった。後には小雪が降る寒々しい夜空があるだけだ。地にへたり込んでいた女官や官吏たちが口々に呟く。

「青燕殿下が来てくださった……捕まったと聞いていたのに……」

「一番お優しい方だもの。来てくださると思っていたわ」

青燕はバツが悪そうに俯《うつむ》いた。紅運が目を背けたとき、馬車からまだ幼い女官が顔を覗《のぞ》かせた。

「紅運殿下、ありがとうございます。厩舎《きゅうしゃ》ではお礼を言えなかったけど」

「あのときの……」

いつか馬小屋で泣《な》き腫《は》らしていた少女だった。紅運は深く呼吸し、声を張り上げた。

「門は開いた！　死にたくない者は早く逃げろ！」

官吏たちが我に返り、馬車へと駆け戻る。大門から次々と馬車が発つのを見送り、紅運と青燕は視線を交わした。開かれた門を横切ってすぐ、荘厳な石段が広がっている。伏魔殿までの道のりだ。

「よし、これで向かえるな。急いで――」

地鳴りに似た轟音が響き渡り、石段の上から豪速で粉塵《ふんじん》が駆け下りてくる。紅運と青燕《せいえん》を乗せた大魔が咄嗟《とっさ》に跳躍し、真下を煙が駆け抜けた。

「今度は何だ！」

狻猊が門の支柱を蹴《け》って地上に降り立つ。削れた石段から落ちたがれきが足元で転げた。紅運が

土埃《つちぼこり》に噎《む》せながら目を凝らすと、地上に月が下りたような金色の輝きが見えた。黄金の鱗《うろこ》で覆われた異形の獣は、棺に納められた皇帝の亡骸《なきがら》に似ていた。

「皇帝……何故こんなところまで……」

薄れた煙の中に、獣に相対するふたつの人影がある。血と煤《すす》に汚れた藍栄と橙志《とうし》が武器を構えて立ち上がった。紅運はふたりが伏魔殿から遁走《とんそう》した魔獣を追ってここまで来たことを悟る。

「兄さんたち、無事かい！」

青燕の声に橙志が振り返る。藍栄は敵を見据えたまま短く言った。

「来ては駄目だ。攻撃が一切通じない」

藍栄の放った矢は敵を射抜く前に捻《ね》じれて砕けた。魔獣が低く構えた。

「橙志、藍栄、危ない！」

紅運が止めるより早く、黄金の獣が跳躍する。背を向けていた藍栄と橙志を五本の爪が襲う寸前、魔物の体が何かに弾かれて飛んだ。煙を上げる宮廷を背に、道服の女が悠々と向かってくる。

「間に合った、とは言えねえか。天子の権威故の絶対防御。完全に覚醒《かくせい》しちまったみてえだな。だが、よく切り抜けた。紅運」

羅真大聖の後ろから紫釉《しゆう》と黄禁も姿を現す。

「羅真大聖、ふたりもつれてきてくれたのか！」

「黄禁、いつの間に牢《ろう》から……それよりこの女が大聖だと……？」

驚嘆する橙志に大聖は犬歯を覗かせて笑った。不老不死の仙人とは思えない女が指先ひとつで魔物を抑えている。彼女が現れた途端、獣が網にかかったように動きを止めたのを橙志は目の当たりにしていた。

「何故、泰山の神仙が此処《ここ》に？」

藍栄は弓に矢をつがえたまま問う。鏃《やじり》は大聖と魔物の間を彷徨《さまよ》った。紫釉は肩を竦《すく》める。

「俺が脅されて連れてくる羽目になったんだよ」

「兄上を働かせることができるのは神仙くらいのものだな」

黄禁の脇腹《わきばら》を紫釉が小突く。大聖は喉《のど》を鳴らして笑った。

「やり残してたことをやりに来た。大昔の馬鹿弟子がひとりで背負っちまったことをな」

狻猊が尾を引くような唸りを返した。金の魔物が再び体勢を立て直し、鋭い爪で石畳を掻く。羅真大聖は敵を見据えた。

「俺の身体《からだ》は泰山にある上に、必要な条件が少し足りてねえ。だから、この術は不完全だ。だが、この国の周囲に敷いた陣がある」

紅運と紫釉が頷いた。他の皇子が困惑する中、大聖は手を翳《かざ》した。

「かつては国を治めた天子よ。九星の陣により、還《かえ》るべきところにお還りいただこう」

羅真大聖は指先で印を結ぶ。突如地に浮かび上がった九角の陣が、黄金の獣を更に眩《まばゆ》い光で包み込む。紅運は眩《まぶ》しさに顔を覆った。その一瞬で、皇帝たる魔物が光彩に呑《の》まれ、消えた。

「消えた……？」

紅運は目を見張る。他の皇子たちも声を失って奇跡の跡を見つめていた。眩さに焼かれた目を冷ますような暗闇《くらやみ》が広がり、静寂が満ちる。辺りには瓦礫《がれき》の残骸《ざんがい》と、石段に獣の爪が付けた五本の痕《あと》だけが残っていた。

羅真大聖はくたびれたように肩を回した。

「こんなのは間に合わせだぜ。いつ破られるかわからねえ。だが、目下の問題を片付けるには――」

彼女の顔の右半面が傾いた。紙を縦に裂いたようなずれ方だった。

「羅真大聖！」

紅運が叫ぶ。大聖の半身が血の一滴も流さずにずり落ちた。

「くそ、来たか！　紅運、忘れるな。本当の陣の完成はお前次第だ。九人目の皇子はまだ……」

大聖の身体が風に散り、千々に裂けた紙の人形が宙を漂った。女の声が響いた。

「相変わらず嫌な御老人ね。今は御老体ではないようだけれど」

藍栄と橙志が咄嗟に武器を構える。紅運は唇を震わせる。

「龍皇貴妃……やっぱり、あんただったんだな」

暗闇の中、豪奢《ごうしゃ》な衣を吹雪《ふぶき》に煽《あお》られながら、龍銀蓮は艶然と笑った。

「何のことかしら。皆様怖い顔をしてどうなさったの？　あの仙人は陛下に仇なしたのよ。殺すのは当然だわ。皆様は怒らないの？　それに、ふたりの咎人《とがびと》を牢から出すなんてどういうことかしら」

あまりに普段と変わらない声音に皇子たちは絶句する。黄禁が口を開いた。

「皆、奴《やつ》の言葉を聞くな。あれは人心を惑わせる。父上の遺言もそうだ。父は息子たちを殺し合わせるような皇帝だったか。奴は入内したときから俺たちを殺すことが狙《ねら》いだった。寵愛《ちょうあい》を受ける妃たちを次々殺め、皇貴妃の座を得て、後宮を思うままにしたのもそのためだ」

皇子たちは視線を泳がせた。銀蓮は嫋《たお》やかに笑った。

「そんな風に仰《おっしゃ》らないで。陛下は妾の望みなら何でも聞いてくださったのよ。でも、息子たちを死なせるのはお嫌だったみたい。妾がお願いをするたびどんどん弱ってしまったの。妾との想《おも》いと板挟みだったのね。お可哀想《かわいそう》に。ついに伏魔殿の禁を破っていただいたとき、儚《はかな》くなってしまったわ」

「伏魔殿！」

紅運はぐらつく頭を押さえて叫んだ。藍栄が肩で息をしながら言う。

「やはりな。あの封印は皇帝でなければ破れない。だが、何故《なぜ》赤の大魔を？」

銀蓮は可笑しげに笑った。

「だって、破国の炎魔ですもの。邪魔な都も人間も全《すべ》て滅ぼしてくれる、大魔の中で最も凶暴な子。何故最下位の皇子にだけ彼が従うかご存知？　妾がそうしたの。一生王座が回ってこない皇子なら、我が物にならない国など滅ぼそうと思うでしょう。でも、紅運様はそうしてくれなかったわ。何故？　二百年前に反逆した彼と同じはぐれものなのに」

「屠紅雷はそんな皇子じゃない！」

紅運は頭痛を堪えて声を張り上げた。狻猊が紅運の耳元で低く吠《ほ》える。

「狻猊……聞くべきじゃないのはわかってる。でも、頭が……何か……」

甘い声と花の薫香に目が眩《くら》みかけたとき、遠ざかる意識を一瞬で引き戻す銅鑼《どら》の音が響いた。

「王宮全域に告げます！」

白雄の声が空気を振動させる。

「此度の下手人は龍銀蓮。かの者は皇貴妃に非ず。何故ならその正体は、天地開闢《てんちかいびゃく》の時代から我が国を脅かす始龍なれば。亡き皇帝に忠義を誓う者ならば疾く打ち倒しなさい！」

皇子たちは皆、我に返り、武器を握った。紫釉が冷や汗を拭《ぬぐ》う。

「さすが皇太子様だ。好機をわかってる。いざってときのために残ってもらってよかった」

国全てを敵に回した女は、柳のような痩躯《そうく》を微《かす》かに曲げた。

「非道いことを仰るわ、陛下もお悲しみになるでしょうに……」

「抜かすな、国父が賊に垂れる憐憫《れんびん》はない」

橙志が剣の鋒を向けた。銀蓮は片手を頬《ほお》に当てる。

「こんな国要らないわ。妾の味方が誰《だれ》ひとりもいないんですもの。国には魔だけが住むべきだわ」

「翠春《すいしゅん》は？」

青燕が細い声で言った。紅運の制止を振り切り、彼は前に進み出た。

「翠春は貴女を一番に考えてるよ。自分の望みも押し殺して、本当はしたくないこともして……」

「翠春？　ああ、そんな子もいたわね」

鋼を叩《たた》いたような冷たい声だった。銀蓮の姿が霞《かす》み、皇子たちを貫くような衝撃が走った。突風がうねりを打ち、瞬く間に天に昇る。巨大な竜巻が雲を穿《うが》って消えた。

「どこに消えた！」

黄禁が吠える。紫釉が暗雲を睨《にら》んだ。

「まずったな。白雄だけ残しちまった。奴の狙いはまだ皇太子だぜ」

紅運は狻猊の背に腹をつけた。

「追いかけよう！」

炎の獅子が地を蹴って飛び立ち、皇子たちがそれに続いた。

王城は食い破られたように其処彼処《そこかしこ》が欠け、穴から煙と炎が上がっている。鎧《よろい》の兵士たちが打ち合い、官吏が皇妃や女官の手を引いて逃げるのが見える。四方から湧《わ》く魔物たちが彼らに迫った。

「狻猊！」

炎が血を走り、妖魔《ようま》を焼き尽くす。その脇《わき》を黄禁と紫釉が駆け抜けた。兵たちが二人の後に続く。

「禁軍ども！　白雄の声は聞こえてただろ。奴は俺たち殆《ほとん》どの親の仇《かたき》だ。遠慮はいらないぜ」

「この際忠臣でなくても母を殺されていなくても頑張ってほしい」

大門の前で一台の馬車が立ち往生していた。呉烏用が細腕で退路を塞《ふさ》ぐ瓦礫を掻《か》き分《わ》けている。傾いだ輿《こし》から江妃と琴児が身を乗り出していた。

「琴児！」

紅運の声に炎が巻き起こり、爆風が瓦礫を散らす。烏用は一瞬身を竦めたが、すぐ後ろの女官たちに向き直った。

「乗り込んでください、早く！」

江妃の侍従たちが馬車に駆け寄る。最後尾の若い女官が瓦礫に躓《つまず》く。転んだ彼女に、黒の大魔に操られる兵士たちが迫っていた。紅運は歯軋《はぎし》りする。

「くそっ、狻猊、彼らはまだ人間だ！　殺さず……」

言い終わる前に横から蚣蝮《はか》に乗った青燕が飛び出した。

「妖魔は皇子を狙《ねら》うものだろ、殺すなら僕から殺せよ！」

兵士の兜《かぶと》と鎧の隙間《すきま》から水が噴き出す。体内の水を暴走させられた兵士は身悶《みもだ》えして倒れ伏す。

青燕は馬車の中を覗き込み、眉《まゆ》を下げた。

「ごめん……帰ったら叱《しか》って」

江妃は優しく首肯を返した。紅運も琴児と目を合わせ、静かに頷《うなず》く。女官たちが駆け込み、最後に烏用を乗せた馬車が発車した。阻むように大路の両脇から湧く妖魔を閃光《せんこう》が裂いた。

「援護します！」

桃華が双剣で道を切り拓く。馬車が門を抜ける寸前、壁を破砕して巨人が現れた。

「吸血巨人まで……」

焦る紅運の傍らで黄禁が平然と足を止めた。彼は両手をゆっくりと擦り合わせる。

「捩《ね》じれよ」

たったひとことで巨人の首が捩じ切れた。血をまき散らしながら落下した頭部が宮殿の屋根に落ちた。馬車が門を滑り抜けた。舞い散る瓦礫の中で佇《たたず》む黄禁の指が青黒く変色し、逆に反っていた。

「馬鹿、無駄使いすんなよ。本命はすぐそこだぞ！」

渦巻く妖魔の中心に銀蓮がいた。彼女はわずかに眉を顰《ひそ》める。

「邪魔よ」

雷撃に似た黄金の光が迸《ほとばし》った。紫釉と黄禁は咄嗟に跳躍する。石畳が砕け、真紅の楼閣が折り畳まれるようにひしゃげていく。銀蓮が片手を振るっただけで、宮殿の一角が倒壊した。その背後で無数の光が尾のように揺れていた。

「あれが龍の力か……」

歯を軋《きし》ませた紅運の前に瓦礫が雪崩れ落ち、紫釉たちと分断した。瓦礫の上から妖魔が次々と顔を覗《のぞ》かせる。

「くそ……」

狻猊の炎が走り、燃え殻から次の魔物が続々と現れる。瓦礫の先で兄たちが妖魔と交戦するのが見えた。援護を求める余裕はない。銀蓮の笑い声が響いた。

「紫釉様、大魔を使えないのね？　可笑しいわ、何故？　貴方は皇子ではないのかしら？」

「確かに皇子なんて願い下げだけどな！」

電撃が紫釉を襲った。紙一重で避けた彼の髪が一房焦げ、煙を上げる。

「ああ、くそ、妖魔が多すぎるんだよ！」

「大魔もない皇子と、痩《や》せぎすの死に損ないでは話にならなくてよ」

黄禁が銀蓮の前に進み出た。彼の唇から燐光《りんこう》に似た輝きが溢れる。

「俺が何故こんなに痩せているか、教えてやろうか。妖魔を出せるのがお前だけと思うなよ。黄の大魔は暴食を好む。来い、饕餮《とうてつ》」

吐き出された光が膨れ、夜を塗り潰《つぶ》した。稲穂のような毛に覆われた巨大な獣が現れる。頭の双角は黄禁を守るが如《ごと》く、眼前の敵に向けられていた。饕餮が哮る。その喉から怒濤《どとう》の黒い妖気《ようき》が溢《あふ》れ出た。靄《もや》は身構えた銀蓮を擦り抜け、流星のように四方へ飛び散った。

「何をしたの？」

黄禁は大魔に手を触れる。

「俺が饕餮に食わせ、腹に隠した妖魔の数は百八。お前が呼ぶ魔物共を殺すには充分だ。そして、そのどれかひとつはお前の命に届くだろう」

銀蓮はくすりと笑う。

「饕餮《とうてつ》、その子に妖魔を溜《た》め込んで自分の身体《からだ》に隠していたのね？　面白いわ。今までの皇子様は敵を食べさせたり、武器庫として使っていたけれど、そんなことをする方は初めて」

黄禁は鋭い一瞥《いちべつ》を返す。黄禁の妖魔が黒い流星の如く宮廷の上を駆けた。瓦礫を駆け抜け、元いた妖魔に食らいつく。魔物の群れが次々と食い破られ、黒い塵《ちり》が雪に交じって宮廷に降った。視界が晴れた紅運は体勢を立て直す。

「狻猊！　ここは任せて白雄の元に向かうぞ！　あっちも騒ぎに気づいて向かってきてるはずだ！」

瓦礫を炭に変えて突出した炎の獅子《しし》を横目に、銀蓮は表情を打ち消した。黄禁と紫釉が彼女に接近する。銀蓮は振り向きもせず、手を振った。

「兄上！」

ふたりを庇《かば》うように前に出た饕餮が顎門《あぎと》を開いた。黄の大魔が螺旋《らせん》の如く押し寄せた電光を呑み込む。獣の牙《きば》の間から黒煙が漏れ出た。

「本当に何でも食べるのね。でも、いつまで保つかしら」

傾いだ宮殿の重みに耐えかねた柱が自壊する。天鵞絨《ビロード》の緞帳《どんちょう》と竹細工の窓が崩れ落ち、影に隠れていた小さな姿を暴き出す。半分折れた柱に紫玉が縋《すが》っていた。

「兄さん、黄禁様まで……何故《なぜ》皇貴妃が……」

彼女は青ざめた顔で呟《つぶや》く。銀蓮は獲物をいたぶる猫のように微笑《ほほえ》んだ。

「そんなに怯《おび》えないでちょうだい。死を恐れることはないでしょう？　だって、貴女はとうの昔に死んでいるはずだもの」

「何を言っているんですか……」

戸惑う紫玉に、紫釉《しゆう》と黄禁は顔を伏せた。

「母娘一緒に冥府《めいふ》に行けるように同じ毒を使ってあげたのよ。なのに、お母様だけが亡くなって、何故貴女は生きているのかしら？」

紫玉は愕然《がくぜん》と目を見開き、上ずった声をあげた。

「貴女がお母様を……！」

「紫玉！」

飛び出しかけた妹を、紫釉が遮った。

「これで誰《だれ》が敵かわかっただろ。俺たちも取り繕うのはもうよそうぜ」

彼の声には冷たい怒りが満ちていた。紫玉は頷き、崩れかけた宮殿から踏み出す。銀蓮が音もなく放った閃光を、黄禁の大魔が再び呑み込んだ。

「愚かだな。お前は先に気づくべきだったぞ。戦う術のない妹が戦地に踏み込んだならば、紫釉が止めぬはずはないだろう」

銀蓮の頬が引《ひ》き攣《つ》った。紫玉は既に兄の傍にいた。渦のように流れる煙の中で紫釉は彼女の背に手を触れる。

「ごめんな、紫玉」

「いいの。私はそのためにいるんだから」

紫玉の肌が薄い光を帯びた。褐色の肌が膨れ上がる。

「紫の大魔はただ力のみを好む。出ろ、狴犴《へいかん》！」

倒壊した宮殿も、雪が染める夜闇も埋め尽くすような巨獣が現れた。微《かす》かに紫を帯びた全身の毛を逆立てた虎がそこにいた。

「やれ！」

巨獣が跳ねる。地面が爆《は》ぜ、石畳が陥没した。豪速の風が銀蓮に突進する。防御の構えを取った彼女の身体が纏《まと》った光ごと吹き飛んだ。白亜が激震し、瘡蓋《かさぶた》を剥《は》がすように屋《や》根瓦《ねがわら》が落ちる。紫の大魔は身を屈めて唸《うな》りを上げた。狴犴《へいかん》の権能は唯ひとつ、純粋な破壊力のみ。それが権力も戦力も好まない皇子に与えられた大魔だった。

「狴犴……！　貴方たち、そう……」

地の底から這《は》い上がるような暗い声が響いた。

「貪食《どんしょく》の儀を行ったのね……死にかけの皇女に大魔を入れて命を繫《つな》いだ……！」

「皇帝の血を引く者ならば、できるぞ」

黄禁は視線を敵から逸《そ》らさずに答えた。瓦礫《がれき》に埋もれた銀蓮が、死角を狙って閃光を放つ。地を這う光を饕餮《とうてつ》の踵《かかと》が踏《ふ》み潰した。その背を蹴《け》って虎が跳躍し、瓦礫に飛び込んだ。土煙の中、金属を引き裂くような悲鳴が上がる。粉塵《ふんじん》から巨獣が上半身を現し、血に染まった頭を振るう。牙には千切れた女の腕が挟まっていた。

「紫玉、退け！」

煙幕から放たれた光が大魔の頭を掠《かす》めた。虎は空中で旋回し、距離を取って着地した。落ちた腕が血飛沫《ちしぶき》を上げ、雪上に転がった。鈍色の髪は解れ、衣を赤に染めた銀蓮が傷口を押さえる。

「何てひとたちなの、皆して妾を……」

銀蓮の瞳《ひとみ》が歪《ゆが》んだ。泣き出しそうな子どものような目に皇子たちが一瞬怯《ひる》む。次の瞬間、銀蓮が慟哭《どうこく》し、音と光の波濤《はとう》が全《すべ》てを塗り潰した。

衝撃波が宮廷の全てを押し包む。銅鑼の元へと狻猊を駆り立てていた紅運の身体が宙に浮く。

「紅運！」

五感が麻痺《まひ》する中、狻猊の声だけが聞こえた。

視界が回転し、身を切るような冷気が脳を冷却する。紅運の前に渦巻く星と雲海があった。衝撃の余波が届く前に空中に退避した狻猊は、炎の推進力のみで飛行していた。

「皆は⁉」

「全員回避した。それより向こうがまずいぜ。ついにやりやがった」

眼下に広がる大路に一条の線ができていた。巨人が悪戯《いたずら》して指でなぞったように楼門も石段も境なく破砕されている。紅運は大路から宮廷に視線を移し、息を呑《の》んだ。黄金の炎が駆け、皇族が暮らす内廷の一角が消失した。悲鳴も音響も、黒煙すら上げさせず、瞬く間に雷光が平らげていく。駆けつけた禁軍の一兵が火砲を構えた。水面に小石を投げ込むように金の軌道が跳ねた。地上に触れた光が炸裂《さくれつ》し、兵士たちを光の爆弾で散らす。血肉は一瞬で蒸発し、焼け焦げて潰れた火砲が石畳に張りついた。遅れて爆音が轟《とどろ》いた。

「滅茶苦茶だ……」

鱗粉《りんぷん》のような火の粉が擦れ合い、燎火となって膨れ上がる。禍々《まがまが》しい光彩が宮廷を見下ろす影を映し出した。宮廷を見下ろし、焼き払うのは、月よりも煌々《こうこう》と輝く黄金の龍だった。紅運は灰塵《かいじん》と化す王宮を見下ろした。かつて戦った幻影の龍はあれより遥《はる》かに小さかった。滅国の予兆の炎もあれほどの破壊力を持っていなかった。今までの戦いは、兄たちならば勝てると思えた。

「あんなもの……どうすれば……」

飛来した矢が黄金の龍の瞼《まぶた》を掠めた。逃げ惑う女官たちを狙《ねら》った稲妻が僅《わず》かに逸《そ》れ、楼閣が崩壊する。紅運は拳《こぶし》を握りしめた。

「藍栄《らんえい》の矢だ……宮廷に向かえ、皆がまだ戦ってる！」

炎の獅子は紅運を乗せて跳んだ。乱舞する銀矢が紅運を導く。空中を蛇行していた狻猊が地上を睨んで加速した。着地の衝撃が地を削り、熱で溶けた石畳が歪む。紅運は素早く周囲を見回した。

橙志《とうし》が指揮する兵士が焦げた盾を構え、大路を逃げる者たちを守護していた。藍栄は盾の柵《さく》の間から上空へ向けて矢を放っている。少し離れた場所で白雄が大魔を使役し瓦礫を要塞《ようさい》の如く連ねていた。電撃は間断なく降り注ぐ。

「加勢するぞ、白雄！」

狻猊が駆け抜ける。紅運が突き出した銅剣から炎が巻き起こり、雷光と衝突する。粉塵が屋根瓦を散らしたが、巻き込まれたものはいない。

「感謝します、紅運」

瓦《かわら》が宙で陣形を作り、次いだ稲妻を弾いた。何世紀も宮殿を守り続けた重厚な瓦が跡形もなく融解する。新たな雷が鞭《むち》のように地を這った。波状の光は蛇の如くうねり、兵士たちの中央を目指す。

「橙志！」

電光は彼の足元に迫っていた。至近距離で放たれた矢が稲妻の蛇の頭を潰し、地面が炎を噴く。

「間一髪、だったかな」

藍栄が袖《そで》に浴びた火の粉を払い、弓弦を震わせた。橙志が目を剝《む》く。

「剣士の前に出る弓兵がいるか！」

「弟を庇わない兄がいるかよ」

橙志の歯軋りと藍栄が微かに笑う声が爆音の中でも聞こえた。屋根をふたつの影が飛び越え、大魔に乗った紫釉と黄禁が降り立った。

「前言撤回だ。こんなの逃げるしかないぜ」

「早すぎるのでは」

黄禁が眉を下げる。空から滂沱《ぼうだ》の雨が降り注いだ。雫《しずく》は即座に蒸発し、満ちた水蒸気を新たな光が撃ち抜いた。到着した青燕《せいえん》が呻《うめ》く。

「これじゃ足りない。空気が乾燥しすぎてるんだ……」

「悪戦は承知です。範囲が広すぎる。せめて敵の攻撃を一手に絞れればいいのですが……」

白雄が表情を曇らせたとき、黒煙燻《くすぶ》る大路の角から少年が現れた。

「母上……」

翠春《すいしゅん》は呆然《ぼうぜん》と空を仰いだ。兄弟が口を噤《つぐ》む中、青燕が彼に駆け寄った。

「しっかりするんだ。そこに立ってたら殺される」

「おれは、死んだ方がいいよ。母上もみんなも傷つけて、何の役にも立てなくて……」

「役に立たなきゃいらないなんて、道具と一緒じゃないか！」

翠春は弾かれたように顔を上げた。兄の青い瞳が彼を見据えていた。

「僕の牢《ろう》の鍵《かぎ》を開けてくれたのは君だろ？」

「兄さん、わかってたの……」

「翠春は自分で動けるんだよ。それで間違ったら僕たちが叱《しか》る。そのための兄弟じゃないか」

魔と魔の攻防は間断なく続いている。長い前髪に覆われた瞳を上げ、翠春は龍を見た。

「このままじゃ宮廷も市外もやられる。攻撃の範囲を限定できればいいんだよね」

彼の声から気弱さは消えていた。白雄が頷《うなず》く。

「ごめん……母上の理想の場所には一緒に行けない。その代わり、同じ地獄に行くから。緑の大魔は閉塞《へいそく》を好む。椒図《しょうず》、母上を止めてくれ」

紅蓮《ぐれん》の空が暗く翳《かげ》った。再び巨大な二枚貝は迷いなく殻を閉じていく。輝く上殻に頭を押さえられた龍が憤怒の咆哮《ほうこう》を上げた。

「これが最後の決戦です」

静かに告げる白雄の声は微かに震えていた。

「青燕は消火のため残ってください。紫釉も。貴方ならば官吏との連携も容易《たやす》いでしょう」

「楽していいのはありがたいけど、死ぬなよ」

白雄は完璧《かんぺき》な微笑を作り、首肯を返した。

「後の者は椒図の中へ、我らで邪龍を討ち滅ぼします！」

緑の大魔が宮殿ごと圧砕し、全てを包み込む。藍栄と橙志が真っ先に内側へ飛び込んだ。白雄が続いて地を蹴る。踏み出した翠春は急に転倒した。彼は膝《ひざ》をつき、自分の肩を弾いた男を見上げた。

「黄禁兄さん……どうして……」

「皇子が死ねば大魔は消える。お前はここで踏ん張る方がいい。それに、母が死ぬのを見るのは辛いぞ」

道服の裾《すそ》を翻し、黄禁は中に消えた。紅運は狻猊の背に腹をつけた。

「俺たちも行くぞ。お前の前の主の因縁もここで終わりだ！」

上殻は地面に触れるほどに近づいている。彗星《すいせい》の如く加速した狻猊が滑り込み、貝は閉塞した。

龍久国継承戦　五　下

薫香が紅運《こううん》を包んだ。

「これは……これが翠春の大魔の中なのか？」

魔物の体内とは思えない神聖な光景が広がっていた。薄霧の向こうに墨色の楼閣が連なり、隙間《すきま》に桃の花が咲いていた。水墨画の中の宮殿のような光景に紅運は溜息《ためいき》をつく。

「感傷に浸ってる暇はねえぞ。こいつは取り込んだ敵が死ぬまで解けない結界だ。始龍を殺さなきゃ俺たちも干からびる」

狻猊《さんげい》が首をもたげる。爆破の残響が聞こえた。遠くが仄《ほの》かに発光している。楼閣の一部から放たれた赤光を霧が乱反射した。

「俺たちは少し出遅れたんだな。もう向こうで戦闘が起こってるんだ。急ごう」

狻猊が飛び立った。爆音が近くなる。目下の屋根瓦が裂け、突出した閃光《せんこう》が雲海を焼き払った。砕けた屋根から黄金の川が覗《のぞ》いた。水面は波のひとつひとつが蠢《うごめ》き、濁流のように流れている。巨大な龍の背だった。

「下りるぞ！」

狻猊は地上に墜《お》ちる星のように加速する。乱れる視界を光熱が灼《や》いた。着地の寸前、横一文字に薙《な》ぎ払《はら》われた光の刃が紅運の額を掠めた。無作為に乱射される光線を狻猊が旋回して避ける。空中での回避は遅い。花開いた無数の光に呑まれかけたとき、紅運の全身を重力が襲った。不自然な速度で急降下した狻猊が五体を地につける。狙《ねら》いを外した光線が空中で爆発した。

「動けますか、紅運！」

狻猊の不機嫌な視線の先で蛇矛が閃《ひらめ》いた。重力負荷による緊急回避。それを行った白雄《はくゆう》は相変わらず汗ひとつかいていない。

「助かった！」

紅運は体勢を立て直した狻猊の上で気丈な声を繕った。墨色の宮内は既に半壊していた。燃える天蓋《てんがい》を藍栄《らんえい》の矢が駆ける。黄禁が床板に手をついた。湧《わ》き上がった骸骨《がいこつ》の群れが光線の盾となり、無惨に弾ける。死闘は息つく間もなく続いていた。橙志《とうし》が連れる鈍色の龍が波状の音圧で炎を搔《か》き消《け》す。紅運は橙志の背後へ身をつけた。

「橙志、戦況は今どうなってる？」

「龍の攻撃は威力も範囲も落ちている。だが、俺たちの大魔もだ」

漆黒の天蓋が震動する。地鳴りに似た響きに甲高い声が混じった。

「愚かなひとたち」

黒煙の中で龍が嗤《わら》った。口元から赤い口腔《こうこう》が覗く。

「大魔は妾の子よ。力の根源は龍脈なの。妾を抑えようとすれば貴方たちの大魔の力も弱くなるの」

「九子全《すべ》てに歯向かわれるとは、余程酷《ひど》い母だったのだな」

皮肉を返す黄禁の額から汗が滴った。彼を狙《ねら》った閃光を、白雄が築いた瓦礫の盾が防ぐ。

「大魔は人間に与《くみ》する同胞ですが、力の源は妖魔《ようま》と同じ。しかし、黄禁の道術は違う。それは妖魔に対抗すべく生まれた力だからです」

白雄は蛇矛の柄で割れた床を打った。

「私と藍栄で足止めをします。橙志、紅運、黄禁《おうきん》の術が整うまで保たせてください」

「わかった、囮《おとり》は任せろ」

橙志は無言で末弟と視線を交わした。紅運を乗せて駆け出した狻猊を光条が追う。無数の矢が飛び立った。瓦礫の防壁は藍栄の射撃に合わせて位置を変え、攻城兵器と化す。紅運は狻猊の首にしがみつき、ひたすら駆ける。雷撃が間近に落下し、地を焼いた。細かな破片が肌を打つのも構わず紅運は前方を睨《にら》んだ。煙幕の先に黄金の河が見える。

「狻猊！」

獅子《しし》が吼《ほ》え、濃縮された炎が龍の腹を穿《うが》った。金貨のような鱗《うろこ》が散り、緑の眼《め》が紅運を捉《とら》える。

「回避しろ！」

旋回した狻猊が足場にしかけた壁が電撃で砕かれ、燃える踵《かかと》が宙を掻く。紅運を狙って豪雷が放たれた。雷鳴を掻き消すほどの轟音《ごうおん》が響き、紅運の聴覚から一瞬音が消える。地上から発射された音波の砲弾が稲妻を相殺した。橙の大魔が喉《のど》を震わせ、着地した狻猊の横に並ぶ。

「油断するな」

橙志は眉間《みけん》に皺《しわ》を寄せ、憮然《ぶぜん》として答えた。金の龍の呻きが地を揺らす。

「乱暴な方ね……数多《あまた》の皇子を見てきたけれど、貴方のような野蛮な者は初めてよ」

「奇遇だな。俺も多くの貴妃や皇女を見てきたが、お前のような毒婦は初めてだ」

哄笑《こうしょう》が雷鳴に変わった。地表が爆《は》ぜる。狻猊と橙志が同時に跳躍した。電光が波状に壁を走り、下半分を残して爆砕する。狻猊が宙の瓦礫《がれき》を爪で掴《つか》んで更に跳躍した。炎が雷と衝突し、打ち消し合う。漏れた電撃を下からの音波が掻き消した。雷の摩擦で起こった火が地上を焼き始める。高速の移動を続けていても感じる熱風に紅運は顔を顰《しか》めた。

——戦況はほぼ膠着《こうちゃく》状態《じょうたい》だ。だが、本当か？　銀蓮は狡猾《こうかつ》だ。何か企《たくら》んでいるのでは？

息苦しさと肌に纏《まと》わりつく熱気が紅運を苛《さいな》む。主に影響を及ぼさない狻猊の炎では起こらない弊害だ。滴る汗が視界を奪い、紅運は目を擦る。

「まさか……！」

幾重もの赤い暖簾《のれん》のように揺れる炎を雷が裂いた。矢の軌道が龍を大きく逸《そ》れて飛んでいく。

——大魔は皆、龍の子だ。龍はその権能を把握している。

紅運は叫んだ。

「気をつけろ、狙いは藍栄だ！」

一際激しい雷撃が地表を貫いた。白雄が築いた瓦礫の要塞が一瞬で押《お》し潰《つぶ》された。陰で射撃を行っていた藍栄が身を現し、次の電撃が彼の姿を掠《かす》める。橙志が上体を捻《ひね》って剣を跳ね上げる。光の奔流は音よりも速い。黒曜石の床が乾いた土のように捲《めく》れ上がり、紅運の身体《からだ》が爆風に煽《あお》られた。煙で目を開けることも叶《かな》わない。煙幕から飛来した瓦礫が腕を打ち、思わず狻猊に縋《すが》る手を離す。宙に投げ出された紅運を風圧が荒波の如《ごと》く押し流した。

炎が燻る音がする。瓦礫の上に落下した紅運は、全身の鈍痛を堪えながら目を開いた。融解した床が墨汁のように流れ、熱気で泡立っていた。

——くそ、火で雷の軌道を隠したんだ。その上、俺たちの視界を奪って、矢を打ち損ねた藍栄の場所を探っていた。

痛む身体を無理に起こすと、細い息が聞こえた。血と汗で曇った目が傍で倒れる影を捉えた。

「橙志！」

うつ伏せに倒れた橙志の鎧《よろい》は雷撃で破れ、端々から煙を上げていた。助け起こした紅運の手が赤く濡《ぬ》れた。夥《おびただ》しい血が橙志の顔面を染めている。額からの流血は右目があるはずの眼窩《がんか》の空洞に溜《た》まり、湖水のように紅運の顔を映していた。

「そんな……」

興奮状態で忘れていた恐怖が背筋を這《は》い上がった。橙志の体温が抜け落ちるように生温かい血が流れ続けている。

「考えろ、どうすればいい……」

口元を覆った手から鉄錆《てつさび》の匂《にお》いが濃く立ち上る。狻猊が身を寄せた。

「このままじゃ死ぬな。目が完全に潰れたし、頭からの出血も酷え」

「わかってる！　でも……」

「最初に会ったときを思い出せよ。お前は宮殿を捨てて人命を選んだ。今はどうすればいい」

「何とか、目と額の傷さえ塞《ふさ》げれば……」

狻猊が喉を鳴らす。紅運は橙志《とうし》の身体を揺すった。

「少し我慢してくれ、焼いて止血する！」

橙志が微《かす》かに首肯を返した。狻猊が彼の潰れた右目に前脚を押し当てる。肉の焦げる匂いと細い煙が上がった。橙志が呻き、唇に血の雫が玉を作る。紅運は祈るように目を伏せた。狻猊が身を引いた。

「これで命だけは助かるだろ」

「ありがとう、助かった」

狻猊は肩を竦《すく》めるように燃える毛を震わせた。

「そうだ、他の皆は……」

破壊の痕《あと》の先には残火と煙が燻っている。紅運は橙志の脈を確かめてから、瓦礫の山《やま》を乗り越えた。泡立つ床に白雄が膝をついていた。杖《つえ》代わりに縋る蛇矛は罅《ひび》が入り、白い衣は焦げついていた。彼が見上げる上空に黄金の影がある。龍は無防備な皇子を見下ろし、五本の爪を弾いた。藍栄《らんえい》が地上に放り出され、砕けた矢筒が遅れて転がる。浅い呼吸を繰り返す彼の藍色《あいいろ》の袍は血に濡れていた。

「厄介な弓兵は消えたわ。双子は死に顔も同じかしら？」

「藍栄……」

「白雄、しっかりしてくれ！」

白雄は呆然《ぼうぜん》と片割れを見つめていた。紅運が肩を掴んでも反応はない。龍の喉が鈍く輝き、とどめの雷撃に備える。

「くそっ……狻猊、俺たちだけでも」

紅運が銅剣を構えた瞬間、龍に光の網が絡みついた。緑の瞳《ひとみ》が嫌悪に見開かれる。清廉な光条は羅真大聖の術に似ていた。

「黄禁！」

紅運に応《こた》えるように九角の光芒《こうぼう》が範囲を狭めていく。我に返った白雄が片膝《かたひざ》で立ち上がった。彼が蛇矛を握ったとき、龍が吼えた。怒りに任せて放たれた閃光は無造作に地を抉《えぐ》った。爆風が紅運と白雄に迫る。粉塵《ふんじん》が目の前に広がり、全身に強い衝撃が走った。

紅運の左右を暗闇《くらやみ》が流れる。何枚もの壁を破って水平に弾き飛ばされた身体を縦の重力が襲った。受身を取る間もなく地面に叩《たた》きつけられる。

紅運が身を起こすと、途方もない闇《やみ》が広がっていた。上方に波のような光の線が揺らぐ。目を凝らすと、炎に包まれた真紅の宮殿が見えた。椒図《しょうず》の結界がそこだけ破れ、現実の光景が覗いているらしい。紅運は辺りを見回した。狻猊が鳴き声で応える。

「白雄は？」

あれほどの衝撃を受けて無事なのは白の大魔が防護したに違いない。闇の中でも煌々《こうこう》と輝く狻猊が灯火《ともしび》となって、奥に佇《たたず》む影を映した。

「無事だったんだな！」

紅運は駆け寄って彼の顔を覗き込む。瞳は虚で、唇は震えていた。

「もう、駄目だ……」

返った声は今まで聞いたことのない弱々しい響きだった。紅運は思わず問い返す。

「白雄……？」

「もう終わりだ。二百年も何事もなかったのに、何故《なぜ》私の代で……」

上ずった声に普段の態度は欠片《かけら》もなかった。髪が乱れるのにも構わず白雄は頭を掻き毟る。

「皇太子が双子だから不吉なことが起こると、ずっと言われてきた。それでも必死でやってきたのに。本当は藍栄の方がずっと相応《ふさわ》しいとわかっていたけれど、辞められなかった。私にはこれ以外何もないから！」

唖然《あぜん》とするばかりの紅運に、白雄は手を下ろし力なく微笑《ほほえ》んだ。

「軽蔑《けいべつ》しましたか？　これが本当の私です」

汗で溶け出した煤《すす》で黒ずんだ顔の、卑屈な笑みだった。

「本当は何もかも人並みでしかない。どうとでも取れる警句を弄《ろう》して問題を見送り、賢い振りをした。学は翠春《すいしゅん》に遠く及ばない。政の才も黒勝や紫釉《しゅう》の方がある。橙志との試合も大魔の力を使って互角に見せていただけです」

「それでも、あんたは皇太子として完璧《かんぺき》だったじゃないか。父が死んだ日の夜だって……」

「あの夜、非常事態にすぐ反応できたのは怖くて眠れなかったからです。黄禁に呪術《じゅじゅつ》を使われたら？　橙志や大魔の活用が上手《うま》い青燕《せいえん》に闇討ちされたら？　勝てる訳がない。そうされない自信もありませんでした。私には弟たちを信じる善心すらないのだから」

闇が質量を持ったような重い沈黙が降った。嗚咽《おえつ》と煙だけが流れる。紅運は皇太子の震える肩に手を伸ばしかけてやめた。

「一番遠いと思ってたあんたが、あの夜、俺と同じことを考えてたんだな……」

白雄が僅《わず》かに顔を上げた。

「俺は完璧を演じる度量すらない。ずっと、宮廷にいてもいいと思えるものがほしかった。皇位でも才能でも何でも。でも、それじゃ駄目だ」

紅運は視線を下げた。

「猰狻の昔の主が同じことを言って、独りで死んでしまったから……何も持たなくても生きていいと証明したい」

猰狻が低く喉を鳴らす。暗闇に細かな火の粉が鱗粉《りんぷん》のように舞い、仄明かりを散らした。

「白雄。逃げても、逃げるのをやめてもいい。でも、生きて帰らなきゃどっちもできないんだ」

「もう私たちが帰る場所は……」

白雄が掠れた声を漏らした。遥《はる》か高みから射す光は、燃え盛る宮殿の赤を写している。現《うつつ》の世界を見せる亀裂から聞き慣れた声が微かに漏れ聞こえた。

＊＊＊

紫紺の光を帯びた虎が妖魔の群れを爪で切り裂く。

「いいぞ。遠慮なくやっちまえ。宮中の奴らの避難はどうなってる！」

紫釉が虎の上から声を張り上げた。散開する兵士が魔物と斬り結びながら叫ぶ。

「呉按察使の馬車が先刻王宮を発ちました。江妃殿下と直属の女官、並びに紅運殿下の乳母《うば》も同乗しています！」

「よし、その調子だ。親父《おやじ》の愛馬も使え。死んだら名馬もクソもないからな！」

蔵で黒い霧が蠢《うごめ》いた。現れた妖魔が逃げる女官たちに飛びかかる。

「くそっ、あっちに行ったぞ！」

紫釉の声に兵が反応するより早く、魔物は女官に躍りかかった。甲高い悲鳴。空中で閃《ひらめ》いた刃が魔犬の腹を横一線に薙《な》ぎ払《はら》った。弾かれた妖魔が蔵に衝突し、霧散する。

「何たる醜態。女子とはいえ、宮に仕えるなら主を守る術くらい持たずどうします」

火の粉を細い青龍《せいりゆうとう》刀で払い、香橙《こうとう》が憮然として眉《まゆ》を顰めた。

「流石《さすが》橙志の姉だ。妖魔よりおっかない」

紫釉は呟《つぶや》くと、大魔に乗って宮殿の屋根へ駆け上がった。香橙は陽炎《かげろう》の揺らめく大路に躊躇《ためら》いなく踏み出した。

「お前たち、火砲の準備はまだなのですか！」

駆け寄った兵が彼女の傍を守りながら答える。

「恐れながら、先の戦いで大半が故障しております。これ以上許可なく使うことは……」

「ならば、左将軍の権力に溺《おぼ》れた妻が独断で使ったことになさい。それならば私の首ひとつで済むでしょう！」

「それは困る。妻に責を負わせるなど面目が丸潰《まるつぶ》れだ」

大路に並べた火砲の前で、豊かな髭《ひげ》を蓄えた将軍が豪快に頷《うなず》く。

「貴方」

香橙は眉間の皺を打ち消し、彼に肩を並べた。

「妖魔《ようま》どもを蹴散《けち》らしたいところだが、あの貝の中の皇子に響いたらと思うと難しいのう」

「大魔の中の皇子たちは殻で守られているのでしょう。配慮は要りません。橙志も火砲如《ごと》きにやられる鍛え方はしていませんから」

「弟君は案じておらん。だが、中には藍栄殿下もいるぞ」

「それが何か」

左将軍は髭面《ひげづら》に似合わない繊細な笑みを浮かべた。

「彼はお前の最初の想《おも》い人ではなかったかな」

「それが何ですか。最後の御人は貴方でしょう。余計な気を揉《も》まず、やればいいのです。私が死ぬときまで貴方の側《そば》にいるのですから、顔に似合わぬ杞憂《きゆう》はおやめなさい」

平然と答える香橙に「敵わん」と手を上げ、彼は火砲に向き直った。

「とはいえ、儂《わし》もこれの扱いには慣れておらん。詳しい者がいればいいのだが」

「僭越《せんえつ》ながら、私は実戦で扱ったことがございます」

名乗り出たのは橙志の部下、王禄《おうろく》だった。彼は火傷《やけど》の残る腕で砲弾を積み、砲口を宙に向ける。

「必ずこの危機を乗り越え、皆様にも戻って来てもらわねばなりません。私はまだ師範から罰を受けていないのですから」

砲声が轟《とどろ》いた。幾多の楼閣を乗り越えて着弾した火薬が爆裂し、魔物の群れを一瞬で灰に変える。


青燕は煙幕に噎《む》せ返りながら余波で崩れた建物を見上げた。翠春が彼の肩を支える。

「兄さん、大丈夫?」

「僕は大丈夫。でも、消火が間に合わない……!」

青の大魔は絶えず水を渦巻かせていたが、炎はそれより早く赤い手で宮殿を包んでいく。

「空気が乾燥しすぎてるんだ。せめてもう少し水があれば……」

雪すら熱気に溶かされて地表へ届かない。青燕が赤い空を睨《にら》んだとき、蹄《ひづめ》の音がした。揺らめく炎を踏み越え、一頭の馬が駆けてくる。無人に見えた葦毛《あしげ》の背には小柄な老婆が縋っていた。蹄鉄《ていてつ》が焼け解けた石畳を蹴《け》り、馬がふたりの皇子の前に降り立つ。馬上の琴児が身を乗り出した。

「青燕様！」

「どうしてここに、母上と逃げたんじゃなかったの？」

「お伝えしなければならないことがあり、無理を言って馬をお借りしました。江妃様が湖の水門をお開けになりました。もうすぐ大河からの水が城へ流れ込みます」

琴児が皺《しわ》の刻まれた眼尻《めじり》を下げた。

「江妃様の言伝です。『貴方ならできると信じています。どうか母を城を沈めた悪人にしないで』と」

「母上が……」

青燕は顔を綻《ほころ》ばせた。遠くから波打ち際にいるような雄大な響きが聞こえ出す。青燕は翠春の肩を借りながら、大水に向かって手を翳《かざ》した。押し寄せた白い波濤《はとう》が紅炎を塗り潰《つぶ》した。

＊＊＊

破滅で彩られていた現の世界に砲声と波音が満ちていく。

「皆……」

紅運は光を見上げながら呟いた。いつの間にか立ち上がった白雄が同じように顔を上げていた。

「私は、己の度量も測れないほど幼い頃《ころ》ですが……皇帝になったら、誰《だれ》も殺されないで済むよう、妖魔を根絶したいと思っていたんだ……」

髪も衣も乱れ果て、常時の姿は見る影もない。

「いいじゃないか。俺なんて女官を馬に乗せたいって言ったんだぞ」

「お互い豪気で愚かでしたね」

皇太子と末弟は笑みを交わした。白の大魔と赤の大魔が其々頭を垂れた。ふたりは同時に己が従僕に飛び乗る。重力の波が撓《たわ》み、炸裂《さくれつ》した炎が皇子たちを舞い上げた。闇《やみ》が豪速で飛び退り、雷鳴と炎光の狂宴が近づく。白雄と紅運は武器を構え、地を削って着地した。

再びの地獄絵図が広がっている。墨色だった宮殿は跡形もなく崩れ、僅かに骨組みを残すばかりだった。その梁《はり》も火に包まれ、捩《ねじ》れた炭に変貌《へんぼう》しかけている。焼け落ちる宮殿に、皇帝の遺言があった夜の悪夢が蘇《よみがえ》る。瓦礫《がれき》の陰に倒れた藍栄《らんえい》と橙志《とうし》がいた。荒ぶる龍が咆哮《ほうこう》をあげる。黄禁は両腕を地につけ、光の網で龍を凌《しの》いでいた。

「只今《ただいま》戻りました！」

白雄の叫びに黄禁が顔を上げる。顎《あご》から汗を垂らしながら彼は虚ろに微笑《ほほえ》んだ。龍が雷鳴を絡めた哄笑《こうしょう》を上げる。

「可哀想《かわいそう》なひとたち。生き残ってしまったのね。潰れていた方が焼け死ぬより穏やかだったのに。無駄よ。皇子はもう八人。どれだけ足掻《あが》いても陣は完成しないの」

紅運は兄たちに視線をやる。白雄の虚勢が再び陰りを見せていた。黄禁は無言だが、両腕の震えが限界を示す。

「それでも……」

「無駄なものか」

紅運の隣で掠《かす》れた声が響いた。男の姿に戻った狻猊が紅蓮《ぐれん》の髪を暴風に泳がせていた。

「貴方は……」

龍が低く唸《うな》る。

「この姿ではわからないか。それとも、使い道のない木端など覚える気がなかったか」

いつもの粗暴さが消えた、静かで思慮深い声だった。紅運は赤毛に包まれた横顔を見つめた。見慣れた面差しが儚《はかな》い記憶の像と線を結ぶ。狻猊の髪から炎の色が退き、黒に変わった。金眼から光が薄れ、鋭い犬歯が唇に収まる。紅運は既にその姿を見ていた。祭りの演劇で、古書の挿絵で、悪夢の中で。その男の横顔は——。

「屠紅雷……」

二百年前の皇子がそこにいた。

「どうして……」

紅運は呟く。憂いを帯びた彼の顔は最近までの己に似ていると思った。

「無能は死ぬことすら仕損じた。形を変えて宮廷を脅かす始龍の存在を伝えなければ、と今際《いまわ》に未練が出た。俺は狻猊を取り込み、二百年間封印された。その内、己が自分かも狻猊かもわからなくなった。愚かだろう」

薄く開いた唇から見慣れた犬歯が覗《のぞ》いた。

「だが、俺より愚かな誰かが俺の封印を解き、俺の雪辱を晴らすと言った。お陰でやっと思い出せた」

金色の龍が低く笑った。

「思い出したわ。あのご老人の真似《まね》をしていたから気づかなかったけれど。大昔、妾に挑もうとした愚かなひと！　失うものなどなかったのに更に奪われた、可哀想な皇子が貴方ね！」

「うるさい……！」

踏み出しかけた紅運を男の手が押し留めた。

「気にするな。その程度のことは二百年間己に言い続けた。それに、言葉より行動で見せてやる方がいいだろう？　九人の皇子はこれで揃《そろ》った」

紅運は頷いた。白雄は男と龍の双方に視線を向けていた。弛《たゆ》まぬ警戒は、恐怖を押し隠すものだとわかった。黄禁は蒼白《そうはく》な顔で首肯を返した。藍栄と橙志は動かないが、まだ呼吸はある。紅運は深く息を吸った。

「やろう、屠紅雷」

「命令しろよ、主だろ」

男は獰猛《どうもう》な笑みを浮かべた。黒髪を炎の赤が塗り替え、瞳孔《どうこう》が金を帯びる。犬歯が鋭い牙《きば》に変わった。

「やるぞ、狻猊！」

「九星は揃った。始龍よ。皇子ならば此処《ここ》にいるぞ」

龍が放った雷鳴を炎が打ち消した。赤い獅子《しし》が炎の壁を起こし、猛攻を阻む。白雄が叫んだ。

「黄禁、頼みます！」

「九星の陣を発す！」

黄禁は両手を地についた。ひび割れた黒曜石の床に清廉な光が走った。身動ぐ龍を囲って光は屈折し、芒星《ぼうせい》のような陣を描いていく。

「邪魔なひとたち！」

始龍が低く身を屈めた。紅運は狻猊に飛び乗った。

「龍は飛ぶ気だ。白雄、押さえてくれ！」

重責が始龍を押さえつけ、金の翼を軋《きし》ませる。龍が放つ電撃を空中で避け、狻猊が火を噴く。雲海の如く天蓋《てんがい》に滞留した炎の渦に龍が呻《うめ》いた。

「熱い空気は上に行くからな！」

龍の爪が床板を破り、瓦礫と砂塵《さじん》が飛び散る。黄金の巨体が沈み始めた。それは熱と重圧のせいだけではない。紅運は目下を見る。

「龍の身体《からだ》が……」

始龍は穴の開いた舟が沈没するように、徐々に地面に呑《の》まれていた。暴れる巨躯《きょく》を光芒《こうぼう》の網が捕らえている。黄禁は震える手で地を押さえた。

「国土は龍の身体から成る。もう一度奴を土に返すのがこの陣だ……」

始龍が絶叫した。音圧が空気を震わせ、紅運の肌を痛いほど打つ。根源の恐怖を煽《あお》る叫びに耐えながら、紅運は狻猊を駆り続けた。

「そうよ、この国は妾の身体。全《すべ》ては妾のものだった……」

始龍の怨嗟《えんさ》に地面が泡立ち、ぼこりと隆起する。黒い床が鱗《うろこ》じみた金に染まり出した。紅運は上空と地上に視線を走らせる。

「まだ何か仕掛ける気か……？」

白雄が蛇矛を手に一歩進み出た。

「我らが国はとうに天子の所有物です。まだ気づきませんか？」

龍の巨大な眼球が彼を睨む。瓦礫が独りでに立ち上がり、龍に吸い寄せられるように収束し始めた。

「何をしたの！」

大地の金色が龍の喉《のど》に吸い上げられ、稲妻が瓦礫を破砕する。

「いえ、何も」

白雄は冷然と答えた。龍は目を見開く。防御から攻撃に妖力を回した龍の身体は更に地面に沈み込んだ。

「大魔の力を使っただけのはったりです。高貴な王とばかり戦った貴方には信じられないでしょう。私の半生はこれに費やしていましたから」

白雄は皮肉な笑みを浮かべた。半身が殆《ほとん》ど埋もれた龍が全身を波打たせた。光の網が千切れそうに震える。黄禁が苦々しく呻いた。

「あと少し、始龍の力を削らなければ……」

始龍を地中に吸い寄せる網が保たない。紅運の額に汗が滴る。

「削ると言っても奴は硬すぎる」

「紅運、知ってるだろ。魔物を殺すなら内側からだ」

「やれるのか」

「そのために生きてきた」

紅運は頷き、天上から叫んだ。

「俺たちがやる！」

龍が怒りに任せて身を捻《よじ》った。その首が膨れ、発光した。僅《わず》かに残る王宮の壁が膨れ上がり、閃《せん》光《こう》と共に飛散する。無作為に放たれた電撃が一直線に炸裂した。爆風に絡んだ瓦礫が狻猊を打ち、紅運ごと落下する。黒煙の中に散弾のような破片が迫るのが見えた。白雄の権能が瓦礫の盾を作るが、細かなものは障壁を逸《そ》れて直進する。一際鋭い破片が紅運の心の臓目掛けて閃《ひらめ》いた。肉を抉《えぐ》る鈍い音がし、鮮血が飛び散った。紅運の前に差し出された白い衣の袖《そで》を赤が染めていた。

「白、雄……！」

破片は白雄の構えた蛇矛を砕き、右腕に深々と突き刺さっていた。夥《おびただ》しい血を流し、白雄は荒い息を吐く。

「大事ありません。止血は既に……」

白の大魔の重責が白雄の衣を引き絞り、血を止めていた。

「でも……！」

「命に比べれば安い物です。紅運、私たちを生きて帰してくれるのでしょう……」

青白い顔で白雄が微笑《ほほえ》む。紅運は唇を嚙《か》み、狻猊の首を掻《か》き抱《いだ》いた。

「必ず！」

狻猊が炎を纏《まと》って飛び立つ。龍が甲高い叫びを上げ、無数の雷が鞭《むち》となって荒れる。雷撃を掻い潜る紅運を、龍の瞳《ひとみ》が捉《とら》えた。黄金の鱗が蓄電の光を帯びていく。

「あと少しなんだ……！」

白雄は残った左腕を持ち上げた。攻撃の力は残っていない。彼は震える指で銀の髪留めを爪で弾いた。鈴のような音色に、藍栄が目を開く。

「橙志……！」

橙志が血を吐いた。彼は地を這《は》い、転げた弓と最後の一矢を掴《つか》む。橙志の肩に藍栄が手を添えた。

「私が見定める。射ってくれ。まだ弓は覚えているだろう……」

橙志は引き寄せるように弓を番える。弓弦に血が伝い、矢尻《やじり》が震える。

「無論！」

「今だ！」

銀の閃光が金の雷を抜けて飛ぶ。紅運だけを捉えていた龍の緑眼を矢が貫いた。龍が痛みに声を上げる。叫びとともに漏れた電撃は地を這って瓦礫の山《やま》を塵《ちり》に変えただけだった。

「いける！」

紅運は狻猊と視線を交わした。叫び続ける龍の顎門は迎え入れるように大きく開いている。地獄の火坑の如《ごと》き口腔《こうこう》に狙《ねら》いを定め、狻猊は一直線に跳ぶ。生温かな空気が吹きつけ、紅運を闇《やみ》が包んだ。五感の消えた世界で紅運は呼吸を整える。

「闇と熱気、あの日の伏魔殿と同じだ。炎は俺の味方だ……！」

暗黒の中で狻猊の髪が灯火《ともしび》のように輝いた。紅運は足元で脈動する龍の喉に銅剣を突き立てた。

「狻猊、焼き払え！」

豪炎の赤が全ての黒を拭《ぬぐ》い去《さ》った。

火が潮のように引き、周囲が灰となって瓦解《がかい》する。開けた視界に映った黒は完全な闇ではない。星と雪が煌《きら》めく夜空だった。ふらついた紅運を赤毛の行者が支えた。皇子の顔か、妖魔《ようま》の顔か、確かめたかったが視界が渦を巻いてわからなかった。

「戻ったのか……？」

「おう」

ぐらついて見える宮殿は無惨に焦げた骨組みを晒《さら》し、瓦《かわら》と塗装が僅かに張り付いていた。辺りは水で濡《ぬ》れ、夜空の光を朧《おぼろ》げに映していた。

「皆は……」

水が薄氷に変わり始めた大路を青燕《せいえん》と翠春《すいしゅん》が駆けてくる。

「紅運、戻ったんだね！　兄さんたちは……」

紅運に代わって狻猊が背後を顎で指した。白雄は血塗れの片腕を庇《かば》いながら、藍栄に残る手を貸している。黄禁は背負った橙志に殆ど押《お》し潰《つぶ》されかけていた。

「手を貸してくれるだろうか……」

「馬鹿、生き残ったのに圧死してどうするんだよ」

紫釉《しゆう》が橙志の襟首を引いて退けた。紅運が慌てて手を振る。

「雑に扱わないでくれ、重傷なんだ！」

ざわめきの中、翠春が細い声を上げた。

「母上、いや、始龍は……」

「終わったはずだ」

紅運は目を伏せる。殺したとは言えなかった。

「そうだよね。だから、椒図《しょうず》も戻ったんだ。敵を……敵が死ぬまで解けない封印なんだから――」

地面が蠢《うごめ》いた。皇子たちの前で地表が破れ、黒い影が飛び出す。慄く全員の前、龍がそこにいた。黄金の鱗は剥《は》がれ、黒炭が代わりに覆っていた。身体は大路の端に並ぶ宮殿の半分ほどもない。しかし、焦げた体躯《たいく》を引きずり、こちらへ近づいていた。青燕が声を震わせる。

「そんな……もう皆戦えないよ……」

紅運は剣に手を伸ばしたが指が開かなかった。白雄が荒い息を吐く。

「私が……」

そのとき、一匹の妖魔が屋根を飛び越え、龍の首筋に嚙みついた。子犬のような妖魔はすぐ靄《もや》になって消えた。それだけで龍の脆《もろ》い喉は煙を噴き上げた。千切れた首がごろりと転げ、水溜《みずた》まりに落ちて霧散した。紅運は狼狽《うろた》える。

「今のは……」

「百八のひとつ、確かに命に届いたようだな」

振り返ると、黄禁が無理に口角を上げて見せた。炭化した龍が朽ち、風に吹かれて散る。黒い煤《すす》が舞う中、全身を血に染めた女が立っていた。

「龍銀蓮……まだやる気か！」

紅運は今度こそ銅剣の柄に手をかける。狻猊が首を横に振った。一同の視線を身に受ける銀蓮の瞳は、ひとりに向けられていた。

「母上……ごめん……」

翠春は首を振った。母に初めて見せた拒絶だった。

「非道い子ね」

銀蓮は瞳孔を細める。

「貴方みたいな恩知らずは連れて行ってあげないわ。精々人の世で足掻《あが》きなさい」

女は艶然と微笑み、灰塵《かいじん》となって消えた。翠春が痛みに耐えるように瞑目《めいもく》した。そのとき、煤が舞う夜空に星より眩《まばゆ》い輝きが走った。宮殿の屋根瓦《やねがわら》を黄金の獣が駆けていく。魔物に変貌《へんぼう》した皇帝は息子たちを一瞥《いちべつ》し、月を喰《く》らうように夜空に飛び去った。紫釉が呟《つぶや》いた。

「流石に奴《やつ》を追うのは無理だよな」

白雄が頷《うなず》く。

「後のことはいずれ。生きていればどうとでもなります……」

「何か今の皇太子らしくないぜ」

紅運は密《ひそ》かに微笑んだ。

「これで、ひとまず終わりだ……」

狻猊の吐いた熱い呼気が寒風に絡む。全《すべ》て燃え尽きた後の黒い煤は闇に溶け、白雪の欠片《かけら》が静かに舞い降りていた。

エピローグ

災禍が去った。

焦げた宮殿の梁《はり》は白に変わり、落ちる灰に桃の花弁が混じった。紅運《こううん》は窓際で花とも灰ともつかない白い欠片が絡んだ風を受けていた。つい数日前の戦闘が嘘《うそ》のような静寂だった。

「紅運、今平気？」

青燕《せいえん》が顔を覗《のぞ》かせ、紅運は文机に散らばった筆や紙を押《お》し退《の》けた。

「もう動き回っていいのか？」

「うん、僕は大した怪我《けが》もしていないからね。復興を手伝わなきゃ」

「相変わらずだな」

紅運は窓外の破壊の痕《あと》を見た。城内は執務を行う外朝の三割、皇族の暮らす内廷の半分が焼失していた。国全土にも争乱は周知の事実となったが、混乱を収めるための公務どころか、皇族の住居すらままならない。

「酷《ひど》い有様だからな。死者が三桁《けた》に満たなかったのは奇跡だ」

「皆、皇子が前線に立ったからこの程度で済んだって言ってくれてるよ。僕たちだけのお陰じゃないと思うけど。この状況でも士気が下がらないのはいいことだよね」

「ああ、兵士たちが張り切って燃え残った宮殿を即席の療養所に作り替えたんだろう。死者の埋葬も既に大方終わったようだし、俺の仕事は何もないな」

青燕の気遣わしげな視線を感じ、紅運は肩を竦《すく》めた。

「戦いに参加してもすぐ全てが変わる訳じゃない。俺にできることをやっていくしかないさ」

「紅運は変わったよ。勿論《もちろん》いい意味でね」

「だといいが」

紅運は文机の隅に寄せた紙に目を留めた。

「それは何？」

「絵を描いていたんだ。兄たちの見舞いに……父のときには間に合わなかったけれどな」

「きっと喜ぶよ。僕も丁度皆のお見舞いに誘おうと思って来たんだ」

まだ残った仕事を片付けるからと青燕が去り、紅運は机上の紙を取り上げた。廊下には裂けた緞《どん》帳《ちょう》や破られた扉がまだ残っていた。


皇帝が余暇に使った部屋を病室に変えたため、傷ついた兵たちの息が彼方此方《あちこち》から聞こえた。紅運は橙志《とうし》の部屋の前で足を止めた。入り口に先客がいた。服の下から火傷《やけど》と刀傷を覗かせているのは、橙志の副官の王禄《おうろく》だった。

「師範、お裁きを受けに参りました」

彼は後ろに手を組み、紅運に背を向けていた。奥の寝台から橙志の声が答える。

「火砲の件なら左将軍が使用許可を出した。俺に責める権利はない」

「皇子に矢を向け、傷を負わせた件です。如何なる処遇も覚悟はできています」

「俺の言は全て受け入れるか」

王禄の肩越しに橙志が見えた。右眼は血の滲《にじ》む包帯で覆われていた。

「ならば、聞け。俺の眼は龍に抉られた。それが全てだ。反論はないな」

王禄は身を折るように深く礼をした。彼が部屋を後にしてから、橙志は寝台で上体を起こした。

「いつまでそこにいる気だ」

「気づいてたのか……」

紅運は部屋に入る。窓から早春の風が吹いていたが、辺りには薬と血の匂《にお》いが残っていた。

「具合は？」

「大事ない。動けないがもどかしいだけだ。何か用か」

紅運は迷いながら紙を差し出した。

「……見舞いに絵を描いてきたんだ」

「お前が？」

橙志は紙を広げ、鋭い瞳で見つめた。

「これは……猪か？」

「馬だ。琴児《きんじ》はわかってくれたのに……」

紅運は俯《うつむ》く。橙志はもう一度絵を眺め、紙を丸めて枕元に置いた。

「受け取った。もう行け」

いつにも増して取り付くしまのない態度に急き立てられ、紅運は項垂《うなだ》れて部屋を出た。

「少しは仲良くなれたと思っていたんだがな」

暗い廊下で溜息《ためいき》をついてから首を振り、紅運は再び橙志の元へ進んだ。

「下手《へた》だと思ったならそう言ってくれても……」

戸口から声をかけたとき、寝台に蹲《うずくま》り、肩を震わせる橙志が見えた。傷が痛むのかと思ったが、漏れ聞こえたのは呻《うめ》きではなかった。

「笑ってる……」

紅運の声に、橙志がハッとして顔を上げる。彼は顔を拭って表情を打ち消した。

「笑ってない」

「何で否定するんだ。別に笑ってもいい。驚いただけで……」

「ないと言っているだろう。早く行け。傷が開いた。少し休む」

「笑ったから傷が開いたんじゃないか！」

橙志は背を向けて寝転んだ。絵は枕元に広げられていた。紅運は苦笑し、もう一度息をついた。

黄禁《おうきん》の部屋に向かうと、既に入り口には青燕《せいえん》がいた。

「絵はどうだった？」

「笑われた」

「橙志兄さんって笑うの？」

「俺も初めて見た。傷が開いたからと追い払われた」

「何だそれ」

声を上げて笑う青燕の後ろに、隠れるように翠春《すいしゅん》が立っていた。

「翠春も来ていたんだな」

「うん、謝らなきゃいけないと思って」

鉄色の髪に隠れた瞳《ひとみ》は怯《おび》えと決意がないまぜになっていた。紅運は頷き、扉を押した。

「おお、たくさんいるな」

寝台の上の黄禁が虚ろな笑みを返した。

「具合はどうなんだ」

「問題ない。後は食って寝て体力を取り戻せと」

黄禁は一番後ろに立つ翠春に目を向ける。彼は両手で自らの肩を抱きながら進み出た。

「黄禁兄さん、謝りに来たんだ。許してとは言わないけど……」

「何をだ？」

「だって、おれと母上のせいで死ぬかもしれなかっただろ。道妃だって……恨んでるよね」

翠春は自分の足元を見下ろした。黄禁は静かに告げた。

「誰《だれ》も恨んでない。寂しいだけだ」

翠春が僅《わず》かに視線を上げる。

「お前はどうだ？　お前の母は俺が殺したようなものだろう」

「それは……おれも、寂しいけど恨んでないよ」

「そうか」

黄禁は微笑《ほほえ》んだ。病室に白と黒の模様の猫が入ってきた。太った身体《からだ》を皇子たちの脹脛《ふくらはぎ》に擦り付け、足をばたつかせて黄禁の寝台に登る。

「お前も無事だったか」

黄禁は猫を抱き上げた。

「彼の名は考えてくれたか？」

紅運はあっと声を上げる。

「すまない、忘れていた」

「いいんだ。俺がつけようと思った名がある。黄星。闇夜《やみよ》を導く光になる。そういう名だ」

「猫の名前にしては大袈裟《おおげさ》じゃないか？」

翠春《すいしゅん》が細い声で呟いた。

「大昔の道士が好んでつけた名前だ。子どもが闇《やみ》に連れて行かれないように明るい星の名前を……」

黄禁は一瞬肩を震わせ、目を細めた。

「そうなのか、知らなかったな」

彼が眺めた窓外には皇妃が眠る龍墓楼の楼閣が聳《そび》えている。猫が喉《のど》を鳴らした。


紅運は青燕《せいえん》、翠春と長い廊下を歩んでいた。皇太子の部屋は失われた外朝の代わりに内務を行う場として開放されているとはいえ、一歩踏み入ったときから辺りには厳粛な静寂が満ちていた。青燕が苦笑する。

「何だか緊張するね。ここだけ何の声もしないや」

「ああ……」

扉に手をかけたとき、重い空気を金切り声が断ち切った。

「紫釉《しゅう》殿下も少しは手伝ってくださいｌ　貴方は何の怪我《けが》もしてないでしょう！」

開けた扉から烏用に肩を揺さぶられる紫釉の姿が覗いた。

「普段の百倍は働いたよ。しばらく動けない」

「普段が働かなさすぎるんですよ。怪我人に手伝わせて恥ずかしくないんですか？」

烏用が指した方には、寝台に文机を置いて書物の山に向き合う白雄と、傍に立つ藍栄《らんえい》がいた。

「いつも通りだね」

青燕が眉を下げた。

「弟たちが来たぜ。丁度いい。手伝わせよう」

紫釉が手招きする。白雄は寝台から微笑を返した。

「ふたりとも寝ていた方がいいんじゃないか」

藍栄が軽薄な笑みを浮かべた。

「私はもう平気さ。白雄はまだ休ませたいが、公務を放り出して寝てはいられない性質だからね」

烏用がぼやく。

「皇太子殿下の勤勉さを見習ってほしいですよ」

「こんなときでも変わらないな」

寝台まで歩み寄った紅運に、白雄が囁《ささや》いた。

「変われないのです」

ふたりは秘密を共有した者同士、口角を上げた。

「右腕は……？」

「繋《つな》がってはいますが動くかわからないそうです。切り落として義手をつけることも考えています」

藍栄が肩を竦める。

「完全無欠の皇太子が何てことだろう」

「これで見分けがつくでしょうか」

白雄は皮肉めいた表情を浮かべた。

「私と君が似ているのは顔だけだろう？」

「似た者同士だ。誰にも相談しないで誰かの身代わりになろうとするところは特に」

紅運は憮然《ぶぜん》として口を挟んだ。紫釉も歯を見せて笑う。

「ああ、藍栄さんは真面目《まじめ》だからな。不真面目な奴《やつ》を真面目に演じられるくらいには」

藍栄は肩を竦めた。

「怖い怖い。参ったな」

様子を窺《うかが》っていた翠春が伏し目がちに歩み寄った。

「おれ、できることなら何でもするよ。全部おれと母上のせいだから、償いにもならないけど」

寝台から紙片がはらりと落ち、翠春が拾う。白雄は左手で受け取った。

「親の責を子に問うのはやめにしましょう。ですが、助力は願ってもないことです」

重なる書類の上に置かれた彼の右腕は骨董《こっとう》のように動かなかった。

「書は得意ですね？　私の手は動きません。貴方の知識で民を安らげ、国を纏《まと》めるための書を書いていただけますか」

「でも、おれが知ってるのは空想の小説ばかりで、政治のことは……」

「いいのです。数多《あまた》の血が流れた今、必要なのは荒唐無稽《こうとうむけい》でも信じたいと思える夢想ではないでしょうか」

白雄はいつもより幼い笑みを浮かべた。

「僕たちも手伝うよ。皆でやる方が早いからね」

青燕が持ち上げた書類から一枚引き抜き、紫釉は歯を見せた。

「紅運も頼むぜ。宮廷の影の支配者なんだからな」

「何だそれ」

「巷《ちまた》のビラだ。読んでやろうか？『今まで全貌《ぜんぼう》を隠していた第九皇子こそ、燎原《りょうげん》の炎を操る最も強大にして皇太子すらも凌《しの》ぐ権力を』……」

紅運はビラを引ったくった。紙面では、獅子《しし》のような髭《ひげ》を蓄えた巨漢の男が身の丈ほどの剣を携えていた。

「誰だ、これは……」

紅運は暗澹《あんたん》たる息を吐く。見たこともない武人の下には己の名前が黒々と記されていた。

職務の手伝いを終えた頃《ころ》には、朱の透かし彫りから夕陽《ゆうひ》が差し、一段濃い赤が染み出していた。

廊下を進む紅運を、物陰から女官たちが覗《のぞ》いていた。彼女たちの視線には今まで向けられたことのない光があった。

「いらしたわ。何方に消えていたのかしら」

「御公務よ。これから更に取り立てられるのでしょう」

紅運は纏わりつく視線から逃れようと足を早めた。

「嬉《うれ》しくない変化ばかりがある。皆、急に何なんだ！」

廊下を抜けたとき、若い女官とは違う質素な深衣が見えた。

「琴児！」

「これは、息を切らせてどうなさいました」

琴児は駆け寄った紅運に柔和な笑みを向けた。

「いや、何でもない。どこに行ってたんだ？」

「療養所でございます。包帯を替える程度しかできませぬが」

彼女が抱えた手桶《ておけ》には洗い立ての包帯が入っていた。琴児は女官たちのいた方を眺め、紅運を穏やかに見つめた。

「紅運様、此度の戦よく生きて帰ってくださいました」

「ああ……急にどうしたんだ」

「御武功を挙げた貴方様はこれから望まぬ衆目を受けることもございましょう。ですが、周囲が幾ら変わろうと、私と亡き御母堂は変わらずここにおります」

紅運は口元を緩めた。

「琴児は何でもわかってるんだな」

「年の功があります故」

夜の冷たさを帯びた風が吹いた。

「少し行くところがあるんだ。すぐ戻る」

紅運は踵《きびす》を返しかけて再び琴児に向き直った。

「そういえば、馬に乗ったとは本当か？」

「お見せしとうございました」

少女のように破顔した琴児に頷《うなず》いて、紅運は歩き出した。


伏魔殿の修復は後に回され、道のりには瓦礫《がれき》と炎の痕《あと》が生々しく残っていた。紺碧《こんぺき》の空が垂れる石段を上り切ると、赤の楼門が見える。紅運は破片を避けて石段に座った。首筋を撫《な》でる冷風に、炎の熱が絡んだ。

「狻猊《さんげい》」

赤毛の男が瓦礫に構わず隣に腰を下ろしていた。

「宮廷も巷も現金な奴ばっかりだな。景気よさそうじゃねえか」

「やめてくれ」

狻猊は犬歯を覗かせた。火の色の髪に包まれた横顔は凶暴にも、寂しげにも見えた。

「お前はどちらなんだ。狻猊か、屠紅雷なのか？」

「とっくに魂が混ざっちまってわからねえよ。だが、普段は出てこねえが紅雷もずっと奥底にいる」

男は指先で己の胸を叩《たた》いた。

「どちらでもお前に変わりないいか」

紅運の答えに男は目を伏せた。

「お前は紅雷の汚名を返上するって言ったよな。俺のためか？」

「どうだろうな。お前を従えるための、俺なりのけじめかもしれない」

「けじめなんていらねえよ」

紅運は問い返す。ふたつの月が地に落ちたような金眼が見つめていた。

「お前といてやっとわかった。紅雷のことは消したい悪夢じゃねえ。あれはあれで悪くなかった。人間が言う『いい思い出』ってやつだ」

「そうか……悪かった」

「わかってねえな。お前とあいつは違うって言ってんだよ。奴はいい思い出、お前は今だ。お前といるのは過去の清算のためじゃねえ。ただ、お前と今いるだけだ。その意味をよく考えろ」

紅運はしばらく言葉を探し、小さく笑った。

「じゃあ、これからもお前を従えるために努力し続けろってことか」

「謙虚だな。流石《さすが》宮廷の影の支配者は違う」

「それも聞いていたのか」

呆《あき》れ笑いを返し、紅運は城下を見下ろした。崩れた城郭に篝火《かがりび》が焚《た》かれ、煌々《こうこう》と輝いている。ほぼ被害が及ばなかった城下町は酒楼が次々と明かりを灯《とも》した。狻猊が喉を鳴らす。

「城が焼かれたってのに市井は相変わらずだな」

「これでも犠牲者への追悼で自粛しているらしいぞ」

「それでこれかよ。都も随分栄えたもんだ。二百年前とは大違いだな」

「ああ、この国を治めるなんて想像がつかない」

「気弱なこと言うなよ。皇帝になるんじゃねえのか」

紅運は首を振った。

「そう言ったが、やはり難しい。襲ってきた敵と戦うことはできても、常に国を守るのはまた違うからな。やっと父がやってきたことのすごさがわかった。いや、父に俺を認めさせたかったのに、俺が認めてどうするんだ……」

「馬鹿だな。なら、お前はどうしたい？」

「……俺は宮廷に居場所がほしかっただけかもしれない。俺は国といっても、自分の周りしか見えてなかった。父や兄たちに認めてほしかったんだな。子どもと変わらない」

「紅雷も似たようなことほざいてやがったな」

渦巻く赤毛に鼻先をくすぐられ、紅運は小さく笑う。

「始龍も、ここは自分の国なのにと言っていた。あいつも俺と同じかもしれない」

「馬鹿言えよ」

「俺には周りにひとがいたけど、奴《やつ》はずっとひとりだった」

「情けをかける気か。奴はまたいずれ国を襲うぜ」

「わかってる。もっと狡猾《こうかつ》なやり口も考えてくるはずだ。だから、今のままじゃ駄目だ。国を奴に返すことはできなくても、別の方法で居場所を作ってやらないと戦いは終わらない」

「ひとだけじゃなく妖魔《ようま》も治めようってか」

紅運は肩を竦《すく》める。

「皇位なんて夢のまた夢の第九皇子なんだ。ひとつ夢が増えても変わらないだろ？」

「傲慢《ごうまん》だな。暴君になるぜ、紅運」

「そうなったら民の前にお前に殺されそうだ」

「まさか、俺が従順なのは知ってるだろ。逆徒の方を殺してやるよ」

「どっちが暴君だか」

紅運は笑って、燦然《さんぜん》たる夜光に目を向けた。国を滅ぼす炎が鎮まり、護国の篝火が不夜の輝きを照らしていた。


七日後の早朝、宮廷は大火以来の騒がしさだった。皇太子直々に一連の騒乱に対して声明を出す場が設けられる。まだ夜半の色が残るうちから官吏は末端に至るまで集められ、外朝に並んでいた。

廊下を進んでいた紅運は、陰に隠れる少女を認めて苦笑した。

「桃華」

桃華ははっとして振り返った。紅運は足を止めて向き合う。

「無事でよかった。大丈夫だとは思っていたけどな」

「ええ、紅運も無事で何より……無事以上で少し思うところがありますが……」

「何故《なぜ》不満げなんだ」

桃華は目を吊《つ》り上げ、女官たちが寝起きする殿を指した。

「随分人気ではないですか。彼女たちは全く現金すぎます。今まで見向きもしなかったくせに。そういう輩《やから》に絆《ほだ》されたりしないでしょうね」

「俺だって辟易《へきえき》しているんだ」

桃華ににじり寄られ、紅運はのけ反りながら叫んだ。桃華はまだ不満げに身を引いた。

「まあ、紅運はまだ子どもですからね。かえって将来が不安なくらい。誰《だれ》が嫁に来てくれるやら」

「そっちこそどうなんだ。相手が見つからない者どうしで落ち着くのもいいかもな……いや、今の冗談は悪かった。忘れ……」

紅運の口を桃華の両手が塞《ふさ》いだ。

「何が忘れろですか。忘れていたのは紅運の方でしょう。子どもの頃《ころ》も同じことを言って……」

桃華は腕の力を更に込めた。

「今日は皇子がお触れを出す日です。これも公的な約束と心得ました。忘れませんからね」

桃華は身を翻し、風のように去った。立ち尽くす紅運を急《せ》かすように銅鑼《どら》が鳴り響いた。


皇子たちは一足早く荘厳な錦虎殿《きんこでん》に集った。紅運は金雲を描いた柱を見上げる。ここで己を含む皇子たちの生死について会談が幾度も設けられた。今、その面々が誰も欠けずにいる。白雄が皆の前に立った。

「不遜《ふそん》とは知りながら、僅《わず》かの間、私が皇帝に代わり政を行います。先んじて伝えることが幾つか」

彼は傷ついた腕を錦で隠し、常の乱れひとつない姿で胸を張る。

「執務の取《と》り纏《まと》めは翠春《すいしゅん》、そして、此度の功績を鑑み、呉烏用を宰相として行います。藍栄《らんえい》の臣籍降下は正式に棄却し、彼を皇太子補佐に任命します」

藍栄は目を閉じて一礼した。翠春は書物を抱えて、小さく身を折る。紫釉《しゆう》が口笛を吹いた。

「烏用の奴、本当に出世しやがった。こき使ってやれよ。どうせ俺で慣れてる」

白雄は思わず笑いかけ、咳払《せきばら》いで誤魔化《ごまか》す。

「父の葬送も正式に行うつもりです。そして、黒勝の弔いも」

紅運は目を伏せた。唯ひとり救えなかった兄がいた。もっと早く自分が力を得ていたら、何か変わっただろうか。溜息《ためいき》をついた紅運に、青燕《せいえん》が囁《ささや》いた。

「そういえば、知ってる？　刑吏が言ってたんだ。黒勝兄さんの葬儀のために、お墓を改めたら……」

言葉は銅鑼の音に遮られた。皇太子の陳述の刻を知らせる響きだった。青燕は紅運の肩を叩いた。

「後で話すね」

殿の扉が重々しく開け放たれ、皇子たちは外へと踏み出した。橙志《とうし》は正面を見つめたまま言った。

「黄禁、俺に言うことはないか」

黄禁は彼を見上げる。橙志の右目には武骨な黒眼帯が巻かれていた。

「何の話だ？」

紅運は慌てて近寄る。

「橙志は責めてるんじゃない。たぶん、処刑のことでいろいろあったからわだかまりを……」

「何で同じ国で通訳がいるんだよ」

口を挟んだ紫釉を睨《にら》んだとき、黄禁が微笑した。

「兄上。眼帯は下を向いてつけると髪が邪魔にならないらしいぞ」

橙志は残った目を見開き、首を振った。

「覚えておこう」

初春の風と眩《まぶ》しい朝日が皇子たちを包んだ。紅運は息を呑《の》む。宮殿の大路を埋め尽くすほどのひとが整列していた。その奥に見える城郭が蜃気楼《しんきろう》の如く歪《ゆが》み、紅運は気が遠くなる。白雄は毅然《きぜん》と彼らの前に進み出た。無数の目が一斉に向けられる。

「お集まりいただき感謝を。最早警句は不要。皆が知るべきことをお伝えします」

詩を諳《そら》んじるような声が響いた。

「此度の騒乱の全《すべ》ては、龍久国を長きに渡り脅かした始龍によるものでした。それが目覚めたのは、我らが皇帝陛下が身罷られたためです」

周囲がざわめく。白雄が重責に耐えるように左手の拳《こぶし》を握ったのを紅運だけが捉《とら》えていた。

「皆の協力により、元凶は打ち倒されました。しかし、全てが終わったわけではありません。王なき今、妖魔は依然として我々を脅かすでしょう。そして、一体の魔獣が逃げ去り、未《いま》だ行方《ゆくえ》が掴《つか》めていません」

宮殿が民にまで開放され、全てを明るみに出すなど、有史以来考え得ないことだった。衆目を一身に受けながら、白雄は顎《あご》を上げた。

「我々は命を賭《と》して国を守ってきました。民なくして国はなし。ですから、皆にもどうか力を貸してほしいのです」

彼の声は震えていたが、口元には微《かす》かな笑みがあった。陶磁器じみた微笑ではなく、恐れから自分を守る、ただの青年の笑みだった。

「魔獣の正体は妖魔と化した先帝。討つのは不敬に当たらず、善く国を治めたかの王へ最後の敬意を示すものだと考えます。我々は、国を護《まも》る勇士を募りたい」

紅運は目を泳がせる。

「何を言う気だ。白雄……」

彼の後ろに立つ翠春が口角を上げた。

「我らが父の遺言の一部を公開しましょう。魔を統べる者が国を統べる。私は父の遺志を尊重したい。故に、かの魔獣を討った者を次の王とする、龍久国継承戦をここに開幕します！」

集められた者たちは一様にどよめく。皇子たちも声を失った。青燕が翠春に駆け寄った。

「ねえ、これって君が見せてくれた本にあった……」

「うん、仕事の合間に少し話したら読みたいと言われて……でも、まさか本当に使うなんて……」

翠春は小さく笑った。

周囲は口々に意見を交わし、紙に筆を走らせている。喧騒《けんそう》の中、紅運は白雄に歩み寄って囁いた。

「とんでもないことを考えたな」

「賛辞として受け取りましょう」

「褒めてるけど呆れてる。本当にこんな形で皇位を譲る気か？」

「まさか。我々が勝てばいいのです。私は常にそう仕向けるよう生きてきましたから」

白雄は片目を瞑《つぶ》った。

「紅運、これで貴方も競争相手です。善く競い合いましょう」

紅運は溜息混じりに苦笑し、首を振った。

「あんたにそう言われる日が来るなんてな」

八人の皇子たちは当惑の表情を浮かべるものもあれば、満足げに笑うものもいる。紅運は空を見上げた。蒼天《そうてん》に舞う花弁に、己にしか見えない炎のような髪が揺らいでいる。傍に視線をやると、赤毛の男が獰猛《どうもう》に歯を見せた。
九人の皇子が並び立つ宮殿に、銅鑼の音が響いた。

あとがき

作者の木古おうみです。この度はお読みくださりありがとうございます。

本作は「戦うイケメン」中編コンテストの優秀賞受賞作でした。コンテストのタイトルの面白さに惹《ひ》かれ、何も考えずに応募したのですが、バトルものは何度か書いたことはあってもイケメンものに馴染《なじ》みがあまりなく、出だしに一番苦戦した思い出があります。

題材はどうしようかと悩んだとき、最近後宮ものや中華BL作品など女性向けの作品で中国王朝風の創作が人気だと思い、少年漫画のようなバトルメインのもので中華ファンタジー作品があったら楽しいかなと思いました。元々『水滸伝《すいこでん》』（九人の皇子の名前や武器などは相当影響を受けています）や『捜神記《そうしんき》』などの中国古典文学や、ドラゴンや異常に強い丸坊主の老人が空を飛ぶカンフーアクション映画が好きなので、そういったものを目指しました。「イケメン」よりも「戦う」の部分に焦点を絞ろうと思いつつ、イケメンものというジャンルの胸を借りているので舐《な》めた真似《まね》はしたくないなという気持ちで、せめて個性豊かな皇子を揃えました。

中国の伝承には今の日本のサブカルチャーで取り入れられているもの以外にも、ヲタクなら絶対に好きであろうかっこいいものが多く、その筆頭が、龍が産み落とした九匹の魔物で、それぞれ異能や好むものが異なる伝説の生物「竜生九子」でした。これをもっと広めて、いろんな創作者さんに使ってほしいと思い、竜生九子の各々をモチーフにした皇子を作っていきました。本当は末弟の紅運が持っている炎の魔物は九番目ではなく八番目だったり、どうあがいても異能バトルに使えなさそうな魔物は少し改変したりと、虚実入り混じっているところもあります。興味を持ってくださった方は調べて、「ぼくの考えた最強の竜生九子」創作をしてくださったらぜひ見たいです。

普段書かないものへの挑戦でもあったので、読者さんも普段とは異なる層の方も少なくなく、最初に宮殿が燃えたり、怪獣並みの化け物が大量に出るのはあまり普通でないなどのアドバイスをいただいて驚きました。カクヨムでの連載時は各皇子を気に入ってくださった方々の意見や要望を取り入れつつ、やりたかったトンチキB級アクションにもできたので楽しかったです。

当初はイケメンものならたくさん男性キャラを出せる、男性が多い職業をモチーフにしようと思い、「落語家はほとんど男性だ!」と十八番の落語を異能に変えた落語家のバトルにしようと思ったのですが、プロットの段階で多くの方に「それは少し考え直した方がいい」と止められました。今考えると中華ファンタジーにしてよかったと思いました。落語バトルもいつかやりたいです。

書籍化にあたって、イケメンものというテーマで選んでくださる方だけでなく、少年漫画が好きな女性読者さんや男女ともに楽しめるライトノベルにしようと方針が決まりました。

主人公の目的や、人外バディの紆余曲折《うよきょくせつ》、兄たちとの関わりを明確にするため加筆し、群像劇的なカクヨム版よりも紅運主人公の少年漫画的作品としてわかりやすくなったのではないかと思います。

一章分丸ごと改変や、プロローグ、最終決戦の加筆など大幅に変わったところも多々ありますが、一番大きいのはヒロイン・桃華の存在でした。カクヨム版にはいない新規キャラクターで、最初は読者さんの反応がどうか少し気になるところもありました。当初は非戦闘員のサポート役ヒロインだったのですが、しっかり戦える方が最近の少年漫画らしいし、書いていて楽しいだろうと思い、紅運より少し強いくらいの少女になりました。最終的に橙志《とうし》に次いで小型の鬼軍曹が増えた形になり、「出てくると主人公の具合が少し悪くなるヒロイン」という評価になりましたが、怪物まみれの龍久国で生きていける女性にできてよかったです。これからも主人公の具合を悪くしていきたいです。

好きなものを散らかしたトンチキな話になりましたが、少年漫画っぽさも綺麗《きれい》な中華ファンタジーらしさもあるとても素敵な鴉羽《からすば》さんのイラストをつけていただきました。細かい調度や中国剣術の構えまで細部に拘《こだわ》ってくださり、表紙から興味を持ってくださる方も多く本当にありがたいです。自分も加筆にあたっていただいたキャラデザから人物を方向づけたところもあります。今回まだビジュアルのない人物たちもいつかお見せできるよう、頑張っていきたいと思います。

また、帯文をご寄稿いただいた珪素《けいそ》先生とロケット商会先生にもお礼申し上げます。両先生の作品の連載を追うことが、自分がカクヨムでの活動を続けるモチベーションでもあり、バトル描写でも多大な影響を受けました。

改めて、本作の執筆時は同年に第7回カクヨムＷｅｂ小説コンテストでホラー部門の大賞をいただいた『領怪神犯』との並行作業になり、忙しくもありましたが、また別の雰囲気のものが書けて楽しかったです。

本作に携わっていただいた皆様、連載時から読んでくださった皆様、新しく拙作を手に取ってくださった皆様、本当にありがとうございました。貴重な機会とご縁を大切にこれからも頑張っていきたいです。重ねてお礼申し上げます。

カドカワBOOKS

はぐれ皇子《おうじ》と破国《はこく》の炎魔《えんま》
～龍久国継承戦《りゅうくこくけいしょうせん》～

2023年２月10日　初版発行

著者／木古《きふる》おうみ

発行者／山下直久

発行／株式会社KADOKAWA

〒102-8177
東京都千代田区富士見2-13-3
電話／0570-002-301（ナビダイヤル）

編集／カドカワBOOKS編集部

印刷所／大日本印刷

製本所／大日本印刷

ISBN 978-4-04-074816-0 C0093

新文芸宣言

かつて「知」と「美」は特権階級の所有物でした。

15世紀、グーテンベルクが発明した活版印刷技術は、特権階級から「知」と「美」を解放し、ルネサンスや宗教改革を導きました。市民革命や産業革命も、大衆に「知」と「美」が広まらなければ起こりえませんでした。人間は、本を読むことにより、自由と平等を獲得していったのです。

21世紀、インターネット技術により、第二の「知」と「美」の解放が起こりました。一部の選ばれた才能を持つ者だけが文章や絵、映像を発表できる時代は終わり、誰もがネット上で自己表現を出来る時代がやってきました。

UGC（ユーザージェネレイテッドコンテンツ）の波は、今世界を席巻しています。UGCから生まれた小説は、一般大衆からの批評を取り込みながら内容を充実させて行きます。受け手と送り手の情報の交換によって、UGCは量的な評価を獲得し、爆発的にその数を増やしているのです。

こうしたUGCから生まれた小説群を、私たちは「新文芸」と名付けました。

新文芸は、インターネットによる新しい「知」と「美」の形です。

2015年10月10日
井上伸一郎

歩くたび増えていく
新しい出会い、新しいスキル
この世界で、
のんびり旅はじめます。

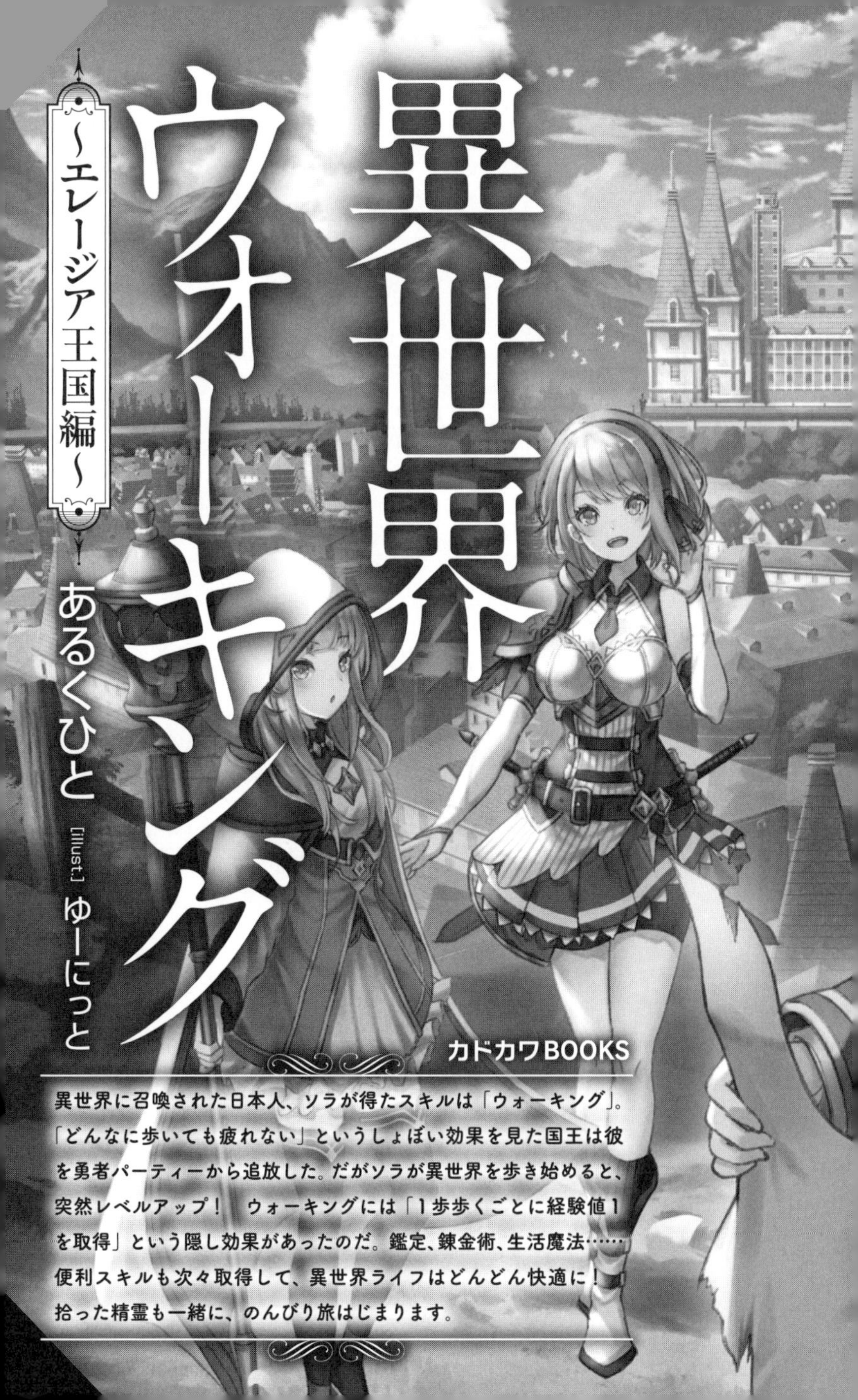
異世界ウォーキング
~エレージア王国編~
あるくひと
[illust.] ゆーにっと
カドカワBOOKS
異世界に召喚された日本人、ソラが得たスキルは「ウォーキング」。
「どんなに歩いても疲れない」というしょぼい効果を見た国王は彼
を勇者パーティーから追放した。だがソラが異世界を歩き始めると、
突然レベルアップ！　ウォーキングには「1歩歩くごとに経験値1
を取得」という隠し効果があったのだ。鑑定、錬金術、生活魔法……
便利スキルも次々取得して、異世界ライフはどんどん快適に！
拾った精霊も一緒に、のんびり旅はじまります。

奇跡に詠唱は要らない――
気弱で臆病だけど最強な
魔女の物語、書籍で新生!

百花宮のお掃除係
黒辺あゆみ
イラスト しのとうこ
転生した新米宮女、後宮のお悩み解決します。
シリーズ好評発売中！
カドカワBOOKS
前世の記憶をもったまま中華風の異世界に転生していた雨妹。
後宮へ宮仕えする機会を得て、野次馬魂全開で乗り込んでいった
彼女は、そこで「呪い憑き」の噂を耳にする。しかし雨妹は、それ
が呪いではないと気づき……

FLOS COMICにて
コミカライズ連載中!
漫画・shoyu
憧れの後宮はトラブルだらけでした!?
新米宮女、医療チートで大活躍!
風邪の予防にアルコール消毒!
呪い信者の道士と医学論争!?
無害な化粧品づくり!
第4回カクヨムWeb小説コンテスト
キャラクター文芸部門
〈特別賞〉